HERMES

在古希腊神话中，赫耳墨斯是宙斯和迈亚的儿子，奥林波斯神们的信使，道路与边界之神，睡眠与梦想之神，亡灵的引导者，演说者、商人、小偷、旅者和牧人的保护神……

西方传统 经典与解释　**HERMES**
Classici et Commentarii

古希腊肃剧注疏
Tragicorum Graecorum
cum commentariis

刘小枫◎主编

欧里庇得斯的现代性
La Modernité d'Euripide

[法]德·罗米伊 Jacqueline de Romily ｜ 著

方晖　罗峰 ｜ 译

华夏出版社

古典教育基金·"传德"资助项目

"古希腊肃剧注疏"出版说明

　　古希腊肃剧源于每年一度的酒神祭（四月初举行，通常持续五天），表达大地的回春感（自然由生到死、再由死复生的巡回），祭仪内容主要是通过扮演动物表达心醉神迷、灵魂出窍的情态——这时要唱狂热的酒神祭拜歌。公元前六百年时，富有诗才的科林多乐师阿瑞翁（Arion）使得这种民俗性的祭拜歌具有了确定的格律形式，称为酒神祭歌（διϑύραμβος = Dithyrambos），由有合唱和领唱的歌队演唱。古希腊肃剧便衍生于在这种庄严肃穆的祭歌之间有情节的表演，剧情仍然围绕祭神来展开。

　　我国古代没有"悲剧""喜剧"的分类，只有剧种的分类。我们已经习惯于把古希腊的 Tragedy 译作"悲剧"，但罗念生先生早就指出，这一译名并不恰当，因为 Tragedy 并非表达"伤心、哀恸、怜悯"的戏剧。的确，trag-的希腊文原义是"雄兽"，-edy（ἡ ᾠδή［祭歌］）的希腊文原义是伴随音乐和舞蹈的敬拜式祭唱，合拼意为给狄俄尼索斯神献祭雄兽时唱的形式庄严肃穆的祭歌，兴许译作"肃剧"最为恰切——汉语的"肃"意为"恭敬、庄重、揖拜"，还有"清除、引进"的意思，与古希腊 Trag-edy 的政治含义颇为吻合。古希腊的 Com-edy 的希腊语原义是狂欢游行时纵情而又戏谑的祭歌，与肃剧同源于酒神狄俄尼索斯崇拜的假面歌舞表演，后来发展成有情节的戏谑表演，译作"喜"剧同样不妥，恰切的译法也许是"谐剧"——"谐之言皆也。辞浅会俗，皆悦笑也"。肃剧严肃庄重、谐剧戏谑浅俗，但在歌队与对白的二分、韵律及场景划分等形式方面，肃剧和谐剧基本相同。约定俗成的译法即便不甚恰切也不宜轻举妄动，但如果考虑到西方文明进入中国才一百多年光景，来日方长，译名或术语该改的话也许不如趁早。

古希腊戏剧无论严肃形式（肃剧）抑或轻快形式（谐剧），均与宗教祭祀相关。从祭仪到戏剧的演化，关键一步是发明了有情节的轮唱：起先是歌队的领唱与合唱队之间的应答式轮流演唱，合唱队往往随歌起舞。尽管轮唱已经可以展现情节，但剧情展示仍然大受限制，于是出现了专门的演员，与合唱歌队的歌和舞分开，各司其职。从此，合唱歌队演唱的英雄传说有了具体的人物再现。起初演员只有一个，靠不同的面具来变换角色、展开戏剧情节。演戏的成分虽然增多，但合唱歌队的歌和舞仍然起着结构性的支撑作用。

僭主庇西斯特拉图（Peisistratus，约前600—前528年）当政（公元前560年）后，把狄俄尼索斯祭拜表演从山区引入雅典城邦，搞起了酒神戏剧节，此时雅典正在加快步伐走向民主政制。创办戏剧节对雅典城邦来说是一件大事——有抱负的统治者必须陶铸人民的性情，为此就需要德育"教材"。从前，整个泛希腊的政治教育都是说唱荷马叙事诗和各种习传神话，如今，城邦诗人为了荣誉和奖赏相互竞赛作诗，戏剧节为得奖作品提供演出机会，城邦就有了取代荷马教本的德育教材。剧场与法庭、公民大会、议事会一样，是体现民主政制的制度性机制——公民大会有时就在剧场举行。总之，古希腊戏剧与雅典城邦出现的民主政制关系密切，通过戏剧，城邦人民反观自己的所为、审查自己的政治意见、雕琢自己的城邦美德——所有古代文明都有自己的宗教祭仪,但并非所有古代文明都有城邦性质的民主政制。古希腊肃剧的内容,明显反映了雅典城邦民主制的形成、发展和衰落的过程,展现了民主政制中雅典人的自我认识、生活方式及其伦理观念的变化。追问中国古代为什么没有肃剧,与追问中国古代为什么没有演说术,同样没有意义。把古希腊戏剧用作一种普遍的戏剧形式来衡量我们的古代戏曲并不恰当,我们倒是应该充分关注雅典戏剧的特殊性,并关注它所反映的民主政制与传统优良政制之间的尖锐矛盾。

古代戏剧的基本要素是言辞(如今所谓"话剧"),戏剧固然基于行动,但行动在戏台上的呈现更多靠言辞而非如今追求的演技。由此引出一个问题:如何学习和研究古希腊戏剧。结构主义人类学兴起以来,古希腊肃剧研究不再关注传世的剧作本身,而是发掘戏剧反映的所谓历史文化生态和社会习俗,即便研读剧作,也仅仅是为了替人类学寻找材料。亚里士多德在《论诗术》中说,肃剧作品即便没有演出,也值得一读——人类学的古典学者却说,要"看戏"而非"读戏",甚至自负地说,亚里士多德根本不懂肃剧。然而,后世应当不断从肃剧作品中学习的是古希腊诗人在民主政制时代如何立言……"不有屈原,岂见《离骚》"——没有肃剧诗人,岂见伟大的传世肃剧!不再关注诗人的立言,而是关注社会习俗,我们失去的是陶铸性情的机会。按照亚里士多德的教诲,即便如今我们没有机会看到肃剧演出,也可以通过细读作品,"洞性灵之奥区,极文章之骨髓"。

幸赖罗念生、周作人、缪灵珠、杨宪益等前辈辛勤笔耕,至上世纪末,古希腊肃剧的汉译大体已备,晚近则有张竹明、王焕生先生的全译本问世(译林版2007)。"古希腊肃剧注疏"乃注疏体汉译古希腊肃剧全编,务求在辨识版本、汇纳注疏、诗行编排等方面有所臻进，广采西方学界近百年来的相关成果，编译义疏性专著或文集，为我国的古希腊肃剧研究提供踏实稳靠的文本基础。

古典文明研究工作坊
西方典籍编译部乙组
2005 年 1 月

目 录

中译本前言 …………………………………… 1

前　言 ………………………………………… 1
第一章　无序的世界 ………………………… 14
第二章　苦难剧 ……………………………… 63
第三章　观念剧 ……………………………… 103
第四章　怜悯与思想之争 …………………… 137
第五章　戏剧合为时而作 …………………… 161
结语　悲剧家欧里庇得斯 …………………… 197

大事记 ………………………………………… 208

中译本前言

在古希腊三大悲剧诗人中,唯欧里庇得斯享"舞台哲人"之誉,盖因他牵绊于那场堪称古希腊"启蒙运动"的"智术师运动"。相传,他不仅是自然哲人阿那克萨戈拉的学生,与智术师相交甚笃,还分外受苏格拉底关注(尼采就将两人相提并论),更与现代大哲康德、卢梭等人遥相呼应。欧里庇得斯是诗人,何以又跟哲学纠葛不清?欧里庇得斯是古代诗人,何以又与现代性牵扯不明?

对于这两个一直困扰学界的问题,法国古典学大家德·罗米伊(Jacqueline de Romilly,1913—2010)在《欧里庇得斯的现代性》一书中给出了令人振聋发聩的回答。德·罗米伊开宗明义,欧里庇得斯虽是古希腊人,却可谓古代的现代人:不仅诸多现代思想在欧里庇得斯作品中已发先声,欧里庇得斯还凭借其敏锐的洞察力,以一种新的悲剧艺术开启了古典诗文的现代性走向。

一 戏剧合为时而作

德·罗米伊是法国著名古典学家,法兰西公学院(Collège de France,1973 年)首位女教授,生前曾任法兰西学术院(l'Académie Française)院士,荣膺法国荣誉勋位一级勋章等殊荣,凭借对古希腊文明,尤其是对古希腊文史的研究蜚声学界。在巴黎大学获得文学博士学位后,德·罗米伊曾先后任教于法国几所知名大学。德·罗米伊一生勤勉,著作等身,著述广涉古希腊文明和思想史研究,代表论著有《修昔底德与雅典帝国主义》(*Thucydide et l'imperialisme Athénien*,1947/1951)、《希腊的民主问题》(*Problèmes de la démocratie grecque*,1975)、《古代雅典的民主热潮》(*L'élan démocratique dans l'Athènes ancienne*,2005)、《古希腊悲剧研究》(*La tragédie grecque*,1982年第三版)、《厚蕴沉香:希腊悲剧》(*Tragédies grecques au fil des ans*,1995)、《埃斯库罗斯笔下的恐惧与焦虑》(*La crainte et l'angoisse dans le théâtre d'Eschyle*,1958)和《欧里庇得斯的现代性》(*La Modernité d'Euripide*)等,广惠学林。

德·罗米伊以研究古希腊史学起家,在修昔底德研究上造诣尤深,曾先后出版《修昔底德与雅典帝国主义》、《修昔底德的史学与理性》(*Histoire et raison chez Thucydide*,1956)等著作。数年后,她还受邀到美国密歇根大学久负盛名的"杰罗姆讲座"(Jerome Lectures)发表长篇演讲《古希腊作家论城邦兴衰》(*The Rise and Fall of States According to Greek Authors*)。讲稿随后由密歇根大学出版社出版(1977年初版,1991年再版)。可以肯定的是,德·罗米伊对史学的关注绝非现代意义上奉史料考据为圭臬的实证史学,而是带着明显的文明关切。这就是她的史学研究呈现出鲜明的政治史学特点的原因所在。这个特征在她晚期重回修昔底德史学研究时已彰明较著。在2005年面世的《修昔底德笔下政治史学的创生》(*L'invention de l'histoire politique chez Thucydide*)一书中,德·罗米伊就直接挑明了她的政治史学进路。

修昔底德在《伯罗奔半岛战争志》卷一就开门见山,他要从人性本身入手来稽考希腊成败兴衰之理。① 通过细致梳理这场旷日持久的战争给希腊各邦带来的全方位巨变,他期望后世能借此通古今

---

① 参见修昔底德,《伯罗奔尼撒战争史》,何元国译,北京:中国社会科学出版社,2017,1.22.4。

之变，以鉴古观今。在这点上，德·罗米伊显示出与修昔底德一样的雄心：修昔底德通过以文学化（讲故事）的笔触描述那场影响深远的伯罗奔半岛战争，不仅试图探究雅典城邦衰亡的根本原因，还试图借此透析万物之理，穷究深藏于人性中的普遍原因。而德·罗米伊对古希腊文史的研究，甫一开始也结合了她对古希腊这一特殊历史时期普遍的政治危机和道德困境的关注。用她本人的话来说，公元前 5 世纪末的雅典出现了一股风潮，"致力于通盘认识适于多数情况的重要方案"（页 168）。

这一论断不仅适用于公元前 5 世纪末的雅典，以此描述德·罗米伊本人毕生的学术志业也并无不妥。

由此不难发现，德·罗米伊对古希腊诗文（尤其悲剧）的兴趣同步于她对古希腊史学的兴趣。与她的史学论著几乎同期出版的，有数部同样影响深远的诗文研究：《埃斯库罗斯笔下的恐惧与焦虑》（1958）、《怜悯的演化：从埃斯库罗斯到欧里庇得斯》（*L'évolution du pathétique d'Eschyle à Euripide*，1961）、《古希腊悲剧中的时间》（*Time in Greek Tragedy*，1968）、《古希腊文学述要》（*Précis de littérature grecque*，1980）等。德·罗米伊敏锐地注意到，悲剧诗人欧里庇得斯与史家修昔底德的思想存在诸多相似之处。在 1984 年出版的《欧里庇得斯与修昔底德的相似反思》（*Réflexions parallèles chez Euripide et Thucydide*）一书中，她就对比了欧里庇得斯与修昔底德对伯罗奔半岛战争的同步思考。

德·罗米伊把欧里庇得斯与修昔底德的这种对比延续至两年后出版的《欧里庇得斯的现代性》（PUF，1986）中。在这部聚焦欧里庇得斯与现代性的专著中，她明确把欧里庇得斯视为与修昔底德同样重要的思想家。德·罗米伊指出，对于学科分类并非像如今这么泾渭分明的古希腊时期而言，"不仅有一种欧里庇得斯的哲学，也有一种修昔底德的哲学"（页21）。她还发现，触发这两位思想家写作的动机，都在于深入反思伴随那场旷日持久的希腊内战而来的深重的政治危机和道德危机。

不过，在展开论述前，德·罗米伊首先界定了欧里庇得斯与现代性的关系。她很清楚，要把"现代性"这个极为现代的概念用在欧里庇得斯这位古代作家身上，必然引发困惑。为此，必须首先弄清，欧里庇得斯在何种意义上称得上"现代"？

欧里庇得斯的"现代性"首先在于"较之他的同代人和前人，欧里庇得斯是现代人"（页5）。正如她所言，只有在与前人的对比中，才能更好地凸显欧里庇得斯何以是现代人。为此，德·罗米伊跟随阿里斯托芬的眼光，将欧里庇得斯与埃斯库罗斯进行了对比。她发现，伯罗奔半岛战争绝不仅仅带来了一场政治危机，也带来了一场信仰危机：

> 埃斯库罗斯对神义永在的朴素信仰也在一场严重的危机下遭到不同程度的动摇。这场危机改变了戏剧的精神，也改变了邦民的精神。（页6）

对此，德·罗米伊依照阿里斯托芬的见识，将之归因于新旧两代人的差别：有别于亲历过雅典史上最辉煌的波斯战争的前辈，欧里庇得斯见证了这座由此崛起的帝国大厦将倾的末日图景。较之埃斯库罗斯笔下对雅典充满自豪及一切正蓬勃向上的情绪（这种情绪在索福克勒斯笔下仍清晰可辨），欧里庇得斯身处一个"混乱无序的世界"（页22）。从修昔底德笔下可知，这场历时二十余载的战争如何将人类珍视的一切价值毁灭殆尽，战争带来的无谓牺牲和肆意屠戮如何将人性的残忍暴露无遗。此世的无常同样令欧里庇得斯生发了一种幻灭感。我们看到，即便在他笔下的英雄人物身上，起支配作用的也总是灵魂中"人性,太人性的"的那个部分(比较《伯罗奔半岛战争志》,1. 22. 4)。

然而,在公元前5世纪的那场危机中,雅典究竟发生了什么,才让欧里庇得斯如此毅然决然地与传统决裂?很显然,和欧里庇得斯一样,索福克勒斯也亲历了雅典民主制盛极而衰的整个过程,但他没有显示出这种义无反顾的决裂……

对于欧里庇得斯与同时代人索福克勒斯判然有别的精神气质,德·罗米伊将之归因于天性的不同。她还注意到,两人虽同时经历了那场轰轰烈烈的智识革命(智术师运动),在受影响程度上却迥然不同。智术师们在雅典搅弄风云之时,索福克勒斯已过知天命之年,欧里庇得斯却"正值对新事物充满热情的年纪"(页8)。他带着天生哲人般的敏锐感知力,全方位接受了这场思想大潮的影响,并以悲剧创作的方式热情洋溢地投入这场如火如荼的智识革命。

在他的所有传世剧作中,欧里庇得斯无不倾注了对母邦雅典那段令人失望、困境重重的岁月的关切。他的所有作品都记录了雅典在这段罹乱的特殊历史时期遭遇的政治危机和道德危机:内战的爆发令原本就已走向脱缰边缘的雅典民主制的弊端日益凸显,由智术师启蒙开启的质疑一切传统价值的风尚,给雅典社会带来的不是普遍开化,而是价值相对主义和道德虚无。传统伦理秩序一面举步维艰地维系社会秩序,一边渐渐濒临土崩瓦解。

可以肯定的是,欧里庇得斯虽积极投身这股思潮,却并未全盘接受智术师的教诲。面对这场风靡一时的思潮,欧里庇得斯在热情拥抱的同时,也敏锐意识到由智术引发的道德危机,甚至在剧作中以他特有的方式与智术师对抗。

欧里庇得斯的确意识到智术师给雅典社会带来的深重道德危机:普罗塔戈拉等智术师深以为傲的"双重论证"的诡辩技巧,就世间万物展开理性论辩，很可能无意之中为野心家或贪婪之人作了似是而非的辩护。由此带来的价值相对主义和道德标准的缺失，直接冲击了人世基本的伦常秩序。在《云》中，阿里斯托芬就用智术师让儿子学会论证儿子打老子有理的例子，栩栩如生地呈现了智术对传统伦理和城邦秩序的根本挑战。

然而，看到了智术的危险是否就意味着他要为此寻求解决方案呢？

在《海伦》中，欧里庇得斯就显示了非凡的论辩力，通过把特洛亚战争的起源归咎于海伦的"幻影"，他对智术师的诡辩进行了冷嘲热讽。欧里庇得斯在此剧中显露出的论辩力甚至令头号智术师也自愧不如。然而，与前辈埃斯库罗斯对邦民"德性"的关切不同，由于欧里庇得斯关心的是"求真"，他通过"把戏剧变成理论论争的场所"，一面把古希腊悲剧变成"观念剧"，完成了一项"前无古人的创举"（页153），一面又在与智术师对抗中吊诡地与之站在了同一阵营。德·罗米伊诉诸尼采的评断，解释了欧里庇得斯这种令人困惑的悖谬：

> 所以欧里庇得斯的悲剧总是冷和热的混合体，既能让人冻得发僵，又能让人热得发烫。①

德·罗米伊还发现，欧里庇得斯身上独有的气质之谜，集中体现于他的剧作中两种互生龃龉的"趣味"：理智主义的趣味与怜悯的趣味。

通常认为，"追求怜悯与展开理性思考"格格不入。但一旦看到，欧里庇得斯笔下人物的大段说理，几乎总是为了激发"怜悯"，

---

① 尼采，《悲剧的诞生》，赵登荣译，桂林：漓江出版社，2000，第12节。

让理性为激情服务，困难就迎刃而解。这些人物要么受激情所困，要么因时乖运蹇而深陷困境/险境。而且，悲剧人物为了摆脱困境/险境卖力说理的企图越不成功（实际上，欧里庇得斯笔下人物的说理几乎均徒劳无功），就越能凸显这种怜悯，越能使人们将这种不幸归咎于混乱无序的世界（而非个人的不足）。

无论对欧里庇得斯还是修昔底德而言，指出人类犯错的机制，并不意味着就能尽力避免犯错。对"人性，太人性的"部分的深信不疑也使他们毫不怀疑，"只要人性保持不变"（3.82.2），经验所清楚揭示的激情的力量（血气、雄心/野心）就仍会主导人类的行动。对此，欧里庇得斯洞若观火。他无比清醒地呈现了人类在激情裹挟之下走向极端的例子（美狄亚、斐德若、赫拉克勒斯等）。但是，正如揭示这些激情起作用的机制并不意味着能阻止这些激情肆虐，同样，对这些激情进行解释也并不意味着旨在纠正激情。对欧里庇得斯而言，此世过于混乱，重整乾坤不过徒劳。正是在这个意义上，悲剧的时代不仅是"最清醒的时代"，也是"最堪怜的"时代（页176）。

在德·罗米伊看来，公元前5世纪最后30年所经历的双重（政治和道德的）动荡，正是借助欧里庇得斯对悲剧这种文类的革新找到了公开的途径。经欧里庇得斯之手，昔日在埃斯库罗斯那里不合时宜的现实主义手法真正实现了"戏剧合为时而作"。换言之，欧里庇得斯对悲剧的革新，使之真正变得与他的时代精神相宜。

欧里庇得斯对歌队、悲剧角色等传统悲剧惯例和程式的一系列改革，都推动了悲剧的现代走向。在他之后，戏剧变得贴近日常，古希腊悲剧日益朝着现实主义戏剧的方向发展。悲剧一旦开始呈现普通人和日常生活，就向更多可能敞开了。但这在丰富悲剧舞台的同时，也导致悲剧在德性问题上的态度模棱两可，甚至导致有违伦常的("通奸或乱伦")描述也进入悲剧(页12)。

这些在阿里斯托芬看来蕴含着危险的"开端",却与我们的时代紧密联系在一起。欧里庇得斯的剧作在他的时代被视为惊世骇俗的"大胆"之作,却无比契合现代风尚,与现代的各种主张同声相应。为此,德·罗米伊揭示了欧里庇得斯身上的现代性的第二重含义:"在好些特质上,欧里庇得斯又与我们的时代联系在一起。"(页5)

在德·罗米伊看来,备受现代作家推崇的那些所谓令人耳目一新的创作手法,不过滥觞于欧里庇得斯的大胆:法国古典主义是审慎的最后一道堤坝,此后洪水滔天——如今的人们沉迷于肆无忌惮地描述形形色色的情欲,可谓与欧里庇得斯毫不遮掩地敞开一切有违伦常之事意气相投(页12-13)。

在精神气质上,欧里庇得斯无疑更切近现代人。在《古希腊悲剧研究》中,德·罗米伊就断言,埃斯库罗斯与欧里庇得斯的差异要大过欧里庇得斯与拉辛的差异。[①] 如果说欧里庇得斯在他的时代知音寥寥,那么,现代剧作家与他的心性相逢则时有发生:季洛杜(Jean Giraudoux)、萨特(Jean-Paul Sartre)、加缪(Albert Camus)等等……

从某种意义上讲,现代剧作家都是欧里庇得斯的徒子徒孙。区别在于,绝大多数现代剧由于失去了欧里庇得斯悲剧的崇高而丧失了与古希腊戏剧关联的可能。同样是描写战争的剧作,欧里庇得斯笔下除了表现人类的不幸和苦难,还洋溢着一种崇高的气息,这种气息曾存在于法国剧作家季洛杜的作品中(页213)。尽管欧里庇得斯剧作中不乏影射现实的词句,但他判然有别于萨特那样随时宣示

---

① 德·罗米伊,《古希腊悲剧研究》,高建红译,上海:华东师范大学出版社,2017。

政治立场的"介入"派诗人。较之萨特明确把文学作品与集体斗争结合在一起的做法,欧里庇得斯的"现实主义"戏剧显然留有余地。用德·罗米伊的话来说,"欧里庇得斯压根未曾是革命者"(页218)。从这个意义上,欧里庇得斯"合为时而作"的那些戏剧与其说是意在影射时局,不如说是诗人"深情的严肃表达"(页145)。

因此,欧里庇得斯的戏剧中没有党派偏见,他也不是党徒(页218)。归根结底,欧里庇得斯只是一介书生。

所谓爱之深,责之切。诗人晚年对雅典的失望沁入骨髓,年过古稀毅然选择离开母邦雅典远走他乡,在马其顿国王阿刻劳斯的宫廷孤独终老。这位马其顿王(据说品性不佳,是著名僭主,苏格拉底就断然拒绝了他的相邀)① 雄心勃勃的"文化复兴计划"早已吸引了大批希腊人才,有新派画师宙克西斯(Zeuxis)、悲剧诗人阿伽通(Agathon),以及因大胆创新而被观众赶下台的提摩透斯(Timotheus)。对于欧里庇得斯这样的自由心灵而言,远离那个令他黯然神伤的无序世界,让激荡的灵魂得以安顿,改认他乡作故乡又有何妨?

二 欧里庇得斯与现代性

德·罗米伊意识到,欧里庇得斯深受自然哲人和智术师影响,而颠覆了传统观念,与荷马、赫西俄德等传统诗人发生了断裂。她同时也指出,现代启蒙哲人(比如康德)与他有着千丝万缕的思想关联,因此,他堪称现代性思想的肇始者之一。不过,德·罗米伊虽同意阿里斯托芬对欧里庇得斯的批评,却又坚持欧里庇得斯革新古希腊悲剧的创举对现代戏剧有划时代意义。在她看来,厘清欧里庇得斯错综复

---

① 参见第欧根尼·拉尔修,《名哲言行录》,徐开来、溥林译,桂林:广西师范大学出版社,2010,II. 25-27。

杂的多重面相，显得比评断他的意见更为重要。她还鼓励我们欣赏欧里庇得斯为他的时代（和我们现时代）敞开的多样性：

> 对神的批判带来怀疑的同时也带来一种新的经过净化的虔诚；对人类过错的分析不仅带来了对各种激情令人同情的刻画，也带来了对卑劣的怪癖的辛辣刻画；政治和社会分析不仅使虚与委蛇遭到严厉谴责，还带来了充满未来的新观点（譬如和谐或泛希腊主义）。（页231）

德·罗米伊还在最后热情洋溢地指出，欧里庇得斯的独特价值，就在于这种开放和兼收并蓄：

> 欧里庇得斯的思想与他的作品真正的统一，无疑很大程度上就在于这种开放本身和这种接纳的态度。（页232）

但毫无疑问，德·罗米伊也就此站到了现代学术的一方。

对于古今文学的本质差别，亚里士多德早有论断：古之诗人言说"政治"，今之诗人言说"修辞"。① 而亚里士多德所说的"政治"，恰恰与城邦教化密切相关。"诗术"本身就旨在净化城邦卫士的灵魂（激情）。②

古希腊惯以荷马、赫西俄德等人的传统诗作教育邦民，欧里庇得斯却毫不掩饰地展现了民主制走向败坏的生活方式和伦理道德观念，如《希珀吕托斯》（*Hippolytus*）中描写继母引诱继子，《伊翁》以私生子为主题，《阿尔刻提斯》中妻子替丈夫赴死，美狄亚对传

---

① 亚里士多德《诗术》中译本参见陈明珠译，北京：华夏出版社，2020，1450b。

② 刘小枫，《城邦卫士与性情净化：亚里士多德〈论诗术〉中的肃剧定义试解》，载《海南大学学报》2014年第1期，页3-8。

统武士-英雄的解构,都对传统家庭伦理和英雄伦理提出了挑战。公元前5世纪末,雅典民主制深陷危机之时,欧里庇得斯还通过《酒神的伴侣》揭示了"世界城邦"的可怕图景:酒神教仪崇尚无度的自由和平等,预示了康德的"世界国家"理念及现代性思想。

欧里庇得斯"舞台哲人"(Philosopher on Stage)的身份,与他投身那场堪称雅典启蒙运动的智术师运动(Sophistic Movement)不无关联。[①] 公元前5世纪中期,雅典一跃成为希腊政治文化中心,以普罗塔戈拉(Protagoras)、普罗狄科(Prodicus)、高尔吉亚(Gorgias)为代表的智术师蜂拥而至,贩卖"智慧"牟利,整个雅典堪称"智慧议事厅"。[②] 欧里庇得斯与智术师的密切交往,对他的"心智"转向起了关键作用,也使他不可避免地深陷当时的"各种哲学论辩"。[③] 智术师们以科学(自然哲学)审视古希腊神话,极大挑战了雅典人安身立命的宗法。在自然哲人阿那克萨戈拉的影响下,欧里庇得斯甚至在剧中公然宣称,太阳是一团"金色的土块"(《法厄同》,佚失)。在《酒神的伴侣》中,欧里庇得斯更隐微地用"土地"代替"地母神"。[④] 欧里庇得斯的剧中人物不仅质疑诸神的存在,还咒骂诸神和命运的不公。《赫卡柏》(Hecuba)和《特洛亚妇女》已远离了古希腊人对命运的传统理解。在传统诗人笔下,命运是某种无从

---

① 批评史上关于欧里庇得斯诗人与哲人身份的论争,参见罗峰的梳理,《诗人抑或哲人:论欧里庇得斯批评传统》,载《浙江学刊》2014年第3期,页63-71。

② 柏拉图,《普罗塔戈拉》,收于《柏拉图四书》,刘小枫译,北京:生活·读书·新知三联书店,2015,337d5。但要注意,智术师个体之间差异悬殊,并未形成某个固定学派或学说。参见科纳彻,《欧里庇得斯与智术师:哲学思想的戏剧性处理》,罗峰译,北京:华夏出版社,即出。

③ Jacqueline Assaël, *Euripide, philosophie et poète tragique*, Bruxelles: Société des études Classiques, 2001, p. 2.

④ 罗峰,《欧里庇得斯的启蒙》,《国外文学》,2016年第3期,页72。

抗拒的力量，个人"命数"由神分配，人力无可逃遁。埃斯库罗斯笔下俄狄浦斯王的悲剧，就缘于他千方百计逃脱"命数"。

如果说俄狄浦斯的悲惨命运警示了个人在神意前的渺小，那么个体意识在欧里庇得斯笔下的美狄亚身上则可谓登峰造极。在《美狄亚》中，欧里庇得斯将阿尔戈首领伊阿宋呈现为抛妻弃子、自私自利的小人，解构了伊利亚特式的男英雄，却为极富个体意识的新式女英雄的崛起做好了铺垫。这位听凭自然本能、自然欲望和激情行事的外邦女人，不受制于任何城邦和礼法，不仅亲手毁了自己的城邦，还毁了伊阿宋的新妇，最后手刃亲子，犯下骇人听闻的罪行。但令人惊奇的是，在这位悲剧诗人笔下，美狄亚这位典型的反政治人物，却驾着太阳神的金马车逃之夭夭，最终变成了"神"。或许，这部剧在某种意义上表明了欧里庇得斯对人性中自身所含悖谬的深刻洞察。人性中的激情和欲望一旦不受约束，必然导致行事完全不受任何约束的自由个体产生；而一旦人性中的动物性得以全面释放，人性似乎又有了接近神性的一面：

> 神似乎与动物有着某种共性。正如亚里士多德注意到，质而言之，二者都不是社会性的存在，二者也都不具有真正的道德德性……此外，二者均不是社会性存在这一事实，还牵涉到这种观点，即二者都不完全理解人类的需求和痛苦，也无法对之作出回应：动物是因它完全缺乏理解力，神则因之超越苦难，也从未过过受限制的生活。在希腊传统中，这种复杂的观点最早见于荷马，这导致他把诸神描写成轻佻妄为的存在，缺乏伦理的严肃性——人类通过不断接触死亡及其他限度，获得了这种严肃性。①

---

① 参见罗峰编译，《自由与僭越：欧里庇得斯〈酒神的伴侣〉绎读》，北京：华夏出版社，2017，页10。

如果说，人类无节制地追求与诸神分有神性会有损于人性的完整，那么，人类自身所含的动物性一面同样无时无刻不威胁着人性本身的整全。为了竭力维护人的严肃性，避免落入动物性的相互厮杀，亚里士多德诉诸人的社会属性和道德感。亚里士多德关于脱离城邦的人"非神即兽"的著名论断，确立了人的社会属性：人是政治的动物。① 正是在与他人建立的各式各样的关系规约中，人才成其为人。从这个意义上说，人不可能像神或动物一样获得彻底的自由，那是由其自身属性所决定的。因此，诚如《赫卡柏》中这位斩断人间一切信任纽带的特洛亚王后死后必须成为"母狗"，以此指引航海的水手，同样，《美狄亚》中充满智谋的"女巫师"最终也必须成为神。如果说埃斯库罗斯和索福克勒斯笔下具有神样能力的主人公趋向神性的苦难，那么，欧里庇得斯笔下则充分展开了人性走向动物性可能带来的苦难。或许正是在这个反讽的意义上，我们才能理解，为何欧里庇得斯会在《美狄亚》中描写一个完全去除了人的社会属性和伦理属性，践行极端"个人主义"的美狄亚，并将她崇奉为"神"。欧里庇得斯对人性的这种理解，同样适用于他对雅典民主制的诊断：雅典民主制为自由化的个人主义提供了丰饶的土壤，却根本无力承载，因为不受约束的民主制必然追求极端的自由、平等与欲望的释放。② 这就是雅典民主制内含的悖谬和"悲剧"。

在《悲剧的诞生》中，尼采试图通过结合酒神精神与日神精神，为悲剧艺术（也为人性自身）找到一种解决方案。酒神精神作

---

① 亚里士多德，《政治学》，吴寿彭译，北京：商务印书馆，2008，1253a3-4；另参亚里士多德，《尼各马可伦理学》，廖申白译注，北京：商务印书馆，2003，1145a25。

② Alan H. Summerstein et al eds, *Tragedy, Comedy and the Polis*, Bari: Levante Editori, 1993, p. 238.

为一种流动不居、普遍存在的非理性力量，内含消除各种差异的越界冲动。这种冲动甚至能破除人与自然的界限，在沉醉中与自然水乳交融。日神精神代表的则是一种理性区分和对秩序的向往，能给受苦的人类带来"形而上"的慰藉。① 通过结合酒神的灵性与阿波罗的秩序，人类才能真正过上人类的生活。

尽管尼采将欧里庇得斯与苏格拉底乐观的理性主义捆绑在一起，将其悲剧艺术斥为一种"审美的苏格拉底主义"，但我们看到，欧里庇得斯的诸多剧作，已然对人性中的非理性进行过探究。② 在其早期剧作《希珀吕托斯》中，欧里庇得斯就揭示了人类否定并拒斥属己的身体性和爱欲性要素的危险。在《赫卡柏》中，欧里庇得斯又试图让我们相信，即便一个认同甚至笃信社会规约与礼法，具有稳定品质的好人，在遭遇人性中丑恶的一面后也是如何不堪一击，最终沦为兽。③ 在《酒神的伴侣》这部最成熟也最具革命性的剧作中，④ 欧里庇得斯甚至以某种戏剧自觉的方式探索了一种新的酒神精神。他以一种"最具悲剧意味"的艺术手法呈现了个体与城邦走向彻底自由的极端后果。这种危险深埋于人性，粗暴地拒绝抑或简

---

① 尼采，《悲剧的诞生》，前揭，第 17 节。
② E. R. Dodds, "Euripides the Irrationalist," *The Classical Review* Vol. 43, No. 3 (1929), pp. 97-104. 时隔多年，Dodds 还在另一部力作中重申这一观点。见 E. R. Dodds, *The Greeks and the Irrational*, Berkeley, Los Angeles, London: University of California Press, 1951/1997。
③ 纳斯鲍姆，《善的脆弱性》，徐向东、陆萌译，南京：译林出版社，2007，页 554-592。
④ 此剧不断被与女性主义、性革命及反战思潮联系在一起。见 Edith Hall, Fiona Macintosh, Amanda Wrigley eds., *Dionysus since 69: Greek Tragedy at the Dawn of the Third Millennium*, Oxford: Oxford University Press, 2004。亦见 Audrey Wick, "The Feminist Sophistic Enterprise: from Euripides to Vietnam War," *Rhetoric Society Quarterly* 22. 1 (Winter, 1992), pp. 27-38.

单地接纳都不会是正确的解决途径。

从一开始,全剧就笼罩在一种扑朔迷离的氛围中。这点集中体现在剧中的狄俄倪索斯的形象上:他不仅是神,还拥有多种兽形(行922、1018-1019);他不仅是神子,还是凡人(塞墨勒)的儿子;他来自外邦,却又属于忒拜;他是男儿身,却又面带女相;他的出生就带来(母亲塞墨勒)的死亡;他的目光所及,"仍冒着烟"的母亲的坟墓,俨然成了一座不朽的丰碑。更重要的是,他的到来也意味着忒拜城邦走向死亡。① 剧中狄俄倪索斯的多重面相的呈现,带来了一种迷人的流动性,指向一切界限的模糊。剧中的狄俄倪索斯是一位"释放之神"(Releaser),给忒拜及文明世界带来"动物性能量"。②

这些生命最原始的冲动,在进场歌中得到最淋漓尽致的表现。在剧中第三合唱歌中,由酒神狂女组成的歌队还以一种令人迷醉的口吻,追忆起赤着白足彻夜狂欢的自由时光。在这段以"小鹿"视角审视人间政治的合唱歌中,"充斥着一系列矛盾对立物:猎物与猎者、侥幸的逃脱与冷酷的复仇、战争与友爱、礼法与自然。欧里庇得斯以高妙的笔法,将各种对立物浑然天成地混为一体"。③ 在这些自然的性灵眼里,政治世界充满着人工痕迹和人为限制,无疑是追求自由的个体的死敌。歌队就一度把矛头指向拒绝将酒神崇拜纳入城邦的忒拜国王彭透斯。

通过重新唤起彭透斯身世与次人的"地生族"的勾连,欧里庇

---

① 罗峰,《狄俄倪索斯的肆心:欧里庇得斯〈酒神的伴侣〉开场绎读》,载《海南大学学报》,2012年第5期,页10。
② 纳斯鲍姆,"秩序与僭越",收于罗峰,《自由与僭越:欧里庇得斯〈酒神的伴侣〉绎读》,北京:华夏出版社,2017,页40。
③ 罗峰,《欧里庇得斯悲剧与现代性问题》,载《思想战线》,2014年第2期,页91。

得斯让我们注意彭透斯身上被压抑的动物性一面（行 539-542）。彭透斯对狄俄倪索斯的拒斥，同样暗含着他对自身动物性部分的拒斥。而他试图将城邦与这种外来的狂欢教仪隔绝，也表明他欲靠强力在城邦阻断人性中的动物性。这种努力注定以失败告终。彭透斯最终以女人身份被狂女撕裂，尸身散落四处，这些似乎皆悖谬地指向彭透斯人性的不完满——完全不理会狄俄倪索斯的召唤，就不能成其为完全的人类。然而，欧里庇得斯随后以惊人的笔触暗示，全然屈从狄俄倪索斯的召唤，又有沦为兽的危险。说到底，这股深藏于人性的原始力量是盲目的，一旦不受任何限制，便犹如洪水猛兽——狂女们随后不仅撕裂牛群，还劫掠村庄，陷入嗜血的狂欢。

当我们带着这种视角重新审视《酒神的伴侣》时，这出充满矛盾的剧作便开始呈现出相对清晰的轮廓。一旦极端化的个体自由推及城邦，甚至整个文明，可能就是整个人类的灾难。欧里庇得斯很可能通过讲述"新神"到忒拜传教的故事，呈现了城邦走向普世自由化的后果。剧中，外邦新神狄俄倪索斯欲强迫忒拜接受他的狂欢教仪，遭国王彭透斯拒绝后，他令所有忒拜女子发狂，上山狂欢。剧末，不仅国王被以母亲为首的狂女撕裂，城邦也惨遭由老王卡德摩斯亲率的外邦盟军洗劫，最终土崩瓦解。酒神在剧末发布的预言还暗示，城邦的毁灭指向的是一种以极端自由和平等，追求快乐的酒神式新城邦。这种新式世界城邦样式，在精神气质上接近现代启蒙哲人预想的"世界国家"形态。

欧里庇得斯笔下的酒神与基督惊人地相似。[①] 从这点上看，欧里庇得斯创作这部剧作时颇具前瞻性。为了将酒神崇拜呈现为一种普世性宗教，欧里庇得斯甚至去除了其"秘仪"特征。有别于受诸

[①] Michael Benjamin Cover, "The Death of Tragedy: The Form of God in Euripides' *Bacchae* and Paul's *Carmen Christi*," *HTR* 111. 1 (2018): 66-89.

种限制约束的"秘仪",狂欢教仪向所有人敞开,人人(不论男女老幼)都可参加,入会目的也由追求来世福祉转变为追求当下的快乐。酒神开场细述他一路途经之地,暗示着已然接受其狂欢教仪的地域覆盖范围之广,令人震惊。

剧中化作"异方人"的酒神还试图抹去宗教习俗的品质差别。① 忒拜国王彭透斯却认为,不同习俗不仅存在固有的差异,更有天然的高下之别。彭透斯的依据十分素朴:"我们的"才是最好的。因此,他压根不相信,轻易接受异质习俗的外邦人会和希腊人一样信仰宙斯神。的确,作为城邦礼法的基石,宗教信仰的品质与政治共同体的品质紧密相关。不同的习俗代表着不同的生活方式,因此必须考察酒神崇拜的性质。

在剧中,欧里庇得斯将酒神的狂欢教仪呈现为一种普世性宗教,带有鲜明的民主色彩。由吕底亚狂女组成的合唱歌队,就揭示了这种宗教的品质:追求平等、自由和快乐(行 424-432)。这种鼓吹普世自由、平等,以快乐为旨归的宗教,与忒拜城邦格格不入,却彰显了诗人预见的世界城邦样式。② 说到底,此处的"异方人"欲以习俗主义悄然抹去不同宗教品质的自然差异,与忒瑞西阿斯那段关于"与时间一样古老"的父辈习俗的说辞(行 200-203)一样,旨在为新神进入城邦进行辩护。

显然,欧里庇得斯的悲剧创作带有明确的"启蒙"目的。③ 欧里庇得斯剧中不仅充满对生与死、智慧与幸福等重大哲学问题的思

---

① D. J. Conacher, *Euripides and the Sophists*, London: Duckworth, 1998, pp. 84-107. 中译本华夏出版社即出。

② 罗峰,《酒神与世界城邦》,《外国文学评论》,2015 年第 1 期,页 29。

③ Gilbert Norwood, *The Riddle of the Bacchae: the Last Stage of Euripides' Religious Views*, Manchester: at the University Press, 1908, p. 16.

考，还重新审视"虔敬""复仇"等传统主题。在荷马史诗中，俄瑞斯忒斯复仇的故事干脆利落，到了欧里庇得斯那里，却变成了对一起"成问题"的"弑母"行为的重新"审查"。《俄瑞斯忒斯》没有集中呈现主人公的复仇行动，而是将大半篇幅用于讨论俄瑞斯忒斯所犯的罪行。同样，在海伦这个角色的呈现上，欧里庇得斯的态度模棱两可：《俄瑞斯忒斯》中的海伦承认自己的过错（行78-79、99-100），到了同名剧作中又辩称犯下过错的是自己的幻影。在这部令拉辛惊叹不已的《海伦》里，欧里庇得斯显得是在借助对本体论的讨论，引领观众和读者玩一场"解密"的智力"游戏"。①剧中的海伦辩称，抵达特洛亚的并非她本人，而是她的"幻影"（行582）。换言之，真正的海伦并未到过特洛亚。剧中关于名实之分的讨论，堪称高尔吉亚《论不存在》（*Treatise on not-Being*）的翻版。这种影响萦绕在欧里庇得斯的所有剧作中，挥之不去。②

毋庸置疑，阿里斯托芬把欧里庇得斯纳入了古希腊诗教的大传统。③ 在《蛙》中，面对对手（埃斯库罗斯）质问诗人凭什么赢得尊崇时，欧里庇得斯脱口而出的是高明的"技巧"和"教诲"（行1008-1010）。欧里庇得斯了然，悲剧诗人承载着教育城邦的责任。可见，两位诗人天然接受了悲剧的城邦教育功能。阿里斯托芬笔下新旧两代诗人的分歧或许更多在教育的方式上：是和盘托出人世的纷繁复杂，极力渲染人性的冲突与激情，还是更简单、有所选择地呈现人性？

---

① Pietro Pucci, "The *Helen* and Euripides' 'Comic' Art," *P. Colby Quarterly*, 33. 1 (Jan., 1997), p. 75.

② Pietro Pucci. "The *Helen* and Euripides' 'Comic' Art," p. 43.

③ Davidson 认为，欧里庇得斯无疑也是荷马的子孙，只是不时显得"任性"（petulant）。John Davidson, "Euripides, Homer and Sophocles," *Illinois Classical Studies*, Vol. 24/25, 1999-2000, p. 128.

欧里庇得斯不仅声称，他的出发点也是教育民众，还声称要用"民主的方式"创作悲剧，让雅典民众个个"充满智慧"。在《酒神的伴侣》中，欧里庇得斯甚至通过盲先知忒瑞西阿斯之口暗示，好公民要有"心智"（行271）。这种观点显得离经叛道。古希腊人显然不认为，有"心智"是好邦民须具备的品质（比较索福克勒斯，《安提戈涅》，行661-671）。对"心智"的关切，表明了欧里庇得与传统悲剧诗人有着本质区别，却与现代启蒙哲人康德对世界公民的"理性"期待遥相呼应。①

三　雅典悲剧与城邦

悲剧是雅典城邦特有的产物。这种文类与雅典民主制的发展惊人地同步，恐怕不是偶然。② 雅典民主制在其初期和快速发展时期显示出的活力，在伯里克勒斯葬礼演说对雅典民主制的颂扬中可谓体现得登峰造极。的确，民主制带给雅典邦民的诸种好处，以及它对邦民许下的自由平等的承诺，给雅典人带来无上的自豪感。但由于这种制度本身内含诸种矛盾，因此一开始就为日后的崩塌埋下了伏笔。

修昔底德、柏拉图等思想家都对极端民主制表示了担忧。修昔底德笔下的阿尔喀比亚德鼓动发动西西里远征时宣称，要想免于受人统治，就必须统治他人（6.18）。对于习惯了自由的雅典人而言，他们不仅不想"屈从于他人的统治"，多数时候还惯于统治他人（《伯罗奔半岛战争志》，8.68）。柏拉图在《法义》中更进一步揭

---

① 罗峰，《酒神与世界城邦》，前揭，页28。
② 刘小枫："'古希腊悲剧注疏集'出版说明"，收于戴维斯，《古代悲剧与现代科学的起源》，郭振华、曹聪译，北京：华夏出版社，2008。

示了极端自由对人性的彻底败坏。① 雅典民主制由于无法承受个人爱欲的解放和人性中对自由的极度渴求，最终自取灭亡。为了满足民众日益膨胀的欲求，雅典不得不一次次发动对外战争。雅典帝国许诺给邦民的自由，是以对其他城邦的掠夺为基础的：

> 这个为其民主政制自豪的城邦推行的对外政策遵循了一套截然不同的政治原则。坐享内部自由的雅典公民毫不犹豫地对他人施行统治；他们非但没有觉察出任何矛盾，似乎还把雅典帝国视为雅典独立自主的保障。②

雅典对待盟邦的蛮横态度，最终引发了长达数十年的伯罗奔半岛战争。雅典帝国也在西西里远征之后开始土崩瓦解。在《酒神的伴侣》中，欧里庇得斯呈现了人的爱欲的两个极端：全然无视人性中诸种激情的彭透斯，最终只能在卡德摩斯的重新拼凑起其尸身中获得人的整全；而被迫全盘接受酒神精神所蕴含的极端自由、平等及爱欲的忒拜城邦，最终土崩瓦解，不得不屈辱地受外邦人统治。现实中，雅典帝国在极度追求自由与爱欲中覆亡。在《酒神的伴侣》中，欧里庇得斯却将追求自由、平等和欲求的极端民主制，呈现在他所勾画的世界城邦图景中。诗人还以惊人的笔触暗示，极端民主制的实现，是以与人伦世界彻底决裂，甚至以消除人的基本常识为代价的。与凭靠个人意志自由行事的美狄亚一样，亲率外邦军队摧毁忒拜（和希腊诸邦）的卡德摩斯最后也变成了神。这岂不意

---

① 林志猛，《柏拉图〈法义〉研究、翻译和笺注》，上海：华东师范大学出版社，2019，701b-c。

② Justina Gregory, *Euripides and the Instruction of the Athenians*, Ann Arbor: The University of Michigan Press, 1991, p. 10. 中译本将由华夏出版社出版。

味着,不受任何约束的自由个体在极端民主制中被奉若神明?

事实上,早在伯罗奔半岛战争爆发前夕,欧里庇得斯就以超乎常人的敏锐洞察到愈发走向失控的雅典民主制的内在困境:在《美狄亚》中,弑子后的美狄亚宛若神明般高悬于祖父太阳神赫利俄斯的龙车之上,以凯旋之态傲视这人世间。犯下滔天罪行的美狄亚驾着龙车逃之夭夭,却留给观剧的雅典同胞深深的道德虚无感……

从精神实质上看,古希腊"智者运动"堪称现代"启蒙运动"。卢梭、康德等现代哲人,与自然哲人阿那克萨戈拉和智术师普罗塔戈拉等人一样,惯用科学眼光审视宗教。古希腊宗教是传统礼法的基石,为普通民众提供了安身立命的依据,也为统治提供了宗法基础。欧里庇得斯却将大量说理和论辩融入悲剧之中,并塑造了包含理性主义、平等自由思想的新酒神精神,以一种独特的悲剧形式开启了文学的启蒙路向。欧里庇得斯亲历雅典民主制的盛极而衰,见证了雅典的无比辉煌,也目睹了它如何深陷伯罗奔半岛战争内外交困的窘境。雅典与内外世界变动不居的关系,构成了欧里庇得斯毕生(尤其是晚年)思考的一个重要方面。对于剧中蕴含的诸多现代性思想,如自由与平等、政治与爱欲、女性主义、政制与人性等问题,欧里庇得斯都用他"独有的调性"传达着对这些永恒主题的关切,[①] 并作出了相应的反思。

与欧里庇得斯的创作动机一样,促发德·罗米伊写作的动机也是对她所处时代深情而严肃的观照。欧里庇得斯于希腊诸邦联合抵御外敌(波斯)入侵的那年出生,晚年经历的希腊内战使这个昔日联合抗敌的同盟分崩离析。德·罗米伊同样经历了两次世界大战,

---

① Justina Gregory, *Euripides and the Instruction of the Athenians*, p. 11.

还目睹了恐袭带来的动荡不安。这就解释了何以战争在《欧里庇得斯的现代性》一书中占有举足轻重的分量。欧里庇得斯通过革新悲剧艺术，回应他所在罹乱时代面临的危机和困境，这令德·罗米伊感同身受、心有戚戚。

但是，获得这种共情并不意味着全盘同意欧里庇得斯的回应。她一面惊叹欧里庇得斯这位天才般的悲剧诗人开启了诸种全新的现代开端，一面也意识到阿里斯托芬对欧里庇得斯的批评在现代仍有极为重要的意义。的确，欧里庇得斯通过把一种新的悲剧精神融入传统悲剧的崇高形式，并凭借其精妙的手法将之浑然天成地融为一体，不仅使这种独特的文体脱胎换骨，还使它与时代精神更紧密地结合在一起（埃斯库罗斯朝这个方向的首次尝试《波斯人》就以失败告终）。在若干方面，欧里庇得斯都矗立于这种文体至高无上的顶峰。在某些方面，他甚至做到了前无古人、后无来者。由他开启的新起点，往往即是顶点。

在《欧里庇得斯的现代性》中，德·罗米伊确立了欧里庇得斯在思想史上独一无二的地位。毫无疑问，由欧里庇得斯开启并奠定的戏剧的现代性走向，从此使得诗术阔步迈向现代。欧里庇得斯的独特性就在于他处于这个承上启下的关节点上。他使一种快与时代格格不入的文学形式重新焕发生机。或许是对于欧里庇得斯创新的激赏，德·罗米伊多处提醒我们，与其急于对欧里庇得斯作价值判断，不如多关注诗人的多重面相。在这点上，德·罗米伊可谓接续了歌德对欧里庇得斯的评断——"后世为何要模仿他的缺点呢？"[①]

本书由旅法多年的方晖女士主译，我翻译了第三章部分内容并

---

① 参见艾克曼，《歌德谈话录》，杨武能译，成都：四川文艺出版社，2008，页89。

统校全书。在本书的校译过程中，方晖女士都能及时给出中肯的回应，令我受益匪浅，在此致谢。这部完成于非常时期的译著也见证了我们日渐丰盈的情谊。

罗　峰

2020 年孟秋于华东师大外语楼樱桃河畔

2021 年孟夏修订于浙大之江校区中方教授别墅 3 号楼

前　言

[5] 把"现代性"（modernité）这个概念用在古代作家欧里庇得斯身上，有两重含义。首先，较之他的同代人和前人，欧里庇得斯是现代人。在埃斯库罗斯和索福克勒斯之后，欧里庇得斯进行了创新和探索，还引发热议。可以说，欧里庇得斯是他所处时代的现代人。另一方面，在好些特质上，欧里庇得斯又与我们的时代联系在一起。事实上，我们当今的作家就借鉴并强化了他的多种倾向，这些倾向在欧里庇得斯的时代令人愕然。因此，欧里庇得斯还是绝对意义上的"现代人"。

不过，只有在充分确定其"现代性"的第一重含义后，第二重含义才会显现出来。欧里庇得斯在其剧作方向上的创新，其实只有在与前人的对比中才会显露出来。同样，只有通过公元前5世纪雅典那场特有的危机，才能理解这些新方向。在这点上，倘若这些新方向与我们的时代有所关联，那也只是部分的、偶然的，在此，本书仅仅旨在帮助我们理解当时的变迁。

[6] 那么，在公元前5世纪的进程中，雅典究竟发生了什么，以至于它能解释这种义无反顾的决裂？尤其在欧里庇得斯的全部作品问世的公元前5世纪最后三十余年，究竟发生了什么？

说实话，好些领域都发生了许多事件，以至于埃斯库罗斯对神义永在的朴素信仰也在一场严重的危机下遭到不同程度的动摇。这场危机改变了戏剧的精神,也改变了邦民的精神。

首先出现的是政治危机。埃斯库罗斯在一场大捷之后进行创作:雅典借此次大捷帮希腊解除了"外邦人"[译注:指希波战争中的波斯人]的威胁。这是一场正义而高贵的胜利,雅典理应引以为傲。这场胜利还伴随着民主制充满希望的开端。在往后的岁月里,雅典民主制将为雅典带来势力的扩张,财富、艺术和文学的蓬勃发展。我们能从索福克勒斯的部分作品中感受到这种气氛。这些剧作聚焦于人类:尽管人有其限度的观念依旧留存,但这丝毫不影响人做选择的重要性或人类对抗命运时所葆有的尊严。但令人意外的是,到了欧里庇得斯那里,这种势头急转直下、骤然中断。尽管欧里庇得斯并不比索福克勒斯年轻多少(15 岁)且和他同时期去世,但两人除了性情(températion)不同,年代不同也很重要。

实际上,欧里庇得斯的所有传世剧作(若算上萨图尔剧《独目巨人》[Cyclope]并排除被人误认为由他所著的《瑞索斯》[Rhésos],一共 18 部)都凸显了雅典那段充满失望、深处困境的岁月。

雅典卷入了一场新的战争,而这次的对手是希腊人:这就是耗时 27 载的伯罗奔半岛战争(guerre du Péloponnèse)。雅典失去了[7]对抗外邦人的动力(encouragement),也不再有引领一场自卫战的动力:对手指控雅典损害了希腊人的自由。渐渐地,雅典曾经征服的那些地方起身反抗。雅典不得不平乱。雅典发现,敌人越来越多,失败感与日俱增。公元前 404 年,雅典帝国将不复存在,它将目睹城墙被毁,连雅典的自由也(至少在一段时期内)受到限制。另一方面,在这场战争期间,战斗愈发残酷。战火蔓延至希腊,战争之残酷令修昔底德(Thucydide)震惊不已。雅典与斯巴达各自所捍卫的两种政制的冲突也加剧了对抗:我们不妨称之为观念的冲突。这两大敌对阵营的对抗,在希腊的情形和我们现今一样严峻。

暴力升级同样清晰可见。总之，战争伊始，民主制（la démocratie）尚能体现在伯里克勒斯这个人物及其坚定的明智上，在他之后则很快演变成了蛊惑人心（la démogogie）：政客迎合民众，个人野心横行。渐渐地，民众的激情越来越高涨。雅典城邦甚至一度濒临内战边缘。这一切都由修昔底德的史书清楚记载。而我们必须承认，这是一段惨痛的经历。

当时的情形也的确让人对未来和人类失去信心。不足为奇，遭受这种命运的邦民不再信靠埃斯库罗斯的宗教信仰，也不再相信索福克勒斯对人类的信心。雅典遭受的政治危机和道德危机，印刻在欧里庇得斯的所有作品中。

由于欧里庇得斯所受的智识教育使他对新式哲学的怀疑和问题更敏感，上述危机在他身上打下了尤为鲜明的烙印。某种新思想曾风靡一世。人们发现了 [8] 人类理性的一切来源，发现了医学、史学、谐剧。人们还发现了修辞术和辩证法。与此同时，人们还发现了新的思维方式。这与那些人称智术师的人关联在一起。

或许，这就是欧里庇得斯与索福克勒斯相差15岁却如此迥异的一个主要原因。可能正是在与索福克勒斯相隔的这15年间，欧里庇得斯受到了这些新思想的深刻影响。欧里庇得斯的相关古代传记给出了好些他曾师从的哲人和智术师的名字。他的作品也证实他的思想与这些新思想之间的确存在各种呼应。事实上，头号智术师普罗塔戈拉（Protagoras）于公元前444年来到雅典，彼时，索福克勒斯已年届55，欧里庇得斯35岁——正值对新事物充满热情的年纪。已是智术师对手的苏格拉底年方25……

再怎么强调这种智识变化的重要性都不为过。从希腊列邦云集到雅典的智术师（柏拉图精妙地描述了当时的氛围），无不是某项新式技艺和新式思考方式的教师。在实践中，智术师们通过演说和论辩，教授并支撑某种学说、质疑某个观点、探索一种关于各种正反论证的艺术。他们发明了"双重论证"（discours opposés）①或"正反论证"（antilogies）。普罗塔戈拉还自吹，他能使原本最弱的观点变得最强有力。也就是说，智术师们教授论辩一切的方法。不过，他们还把这种新才能运用于哲学、政治和道德思考。智术师们还在这些领域培养学生。就是这位普罗塔戈拉，雅典人纷传他深谙教人"巧言"之术。在柏拉图对话《普罗塔戈拉》（Protagoras）中，[9]普罗塔戈拉还宣称自己教授"政治术"，培养"好公民"（319a）。② 换言之，智术师的教学涵括了政治和道德。只不过，他们在这两个领域的教学不再基于传统。这些论辩教师不愿把他们的道德确立在实践理性上。他们摒弃准则和宗教，大胆质疑可以质疑的一切——从道德义务的基础，到社会差异的基础。

这股探究和质疑的大潮在欧里庇得斯剧作中清晰可见。在他笔下，戏剧人物显得谙熟修辞术，对思想和智性论辩兴趣盎然。但显而易见，在教授这些诡辩技巧和异见时，智术师可能间接地且在无意之中为野心家或贪婪之人作了似是而非的辩护。道德危机因此加剧，这点体现为欧里庇得斯剧中频繁出现的悲观的幻灭感。

我们已知道，科学思想突飞猛进的发展增强了人类对认知方式的自豪。我们也明白，对科学进步的运用造成了重重道德问题，原子弹问世后带来了令人沮丧的恐惧。快速发展具有双重面相。

---

① ［校按］这个术语指向古希腊智术师常用的一种修辞技巧。详见第奥根尼·拉尔修，《名哲言行录》（希腊文-中文对照本），徐开来、溥林译，桂林：广西师范大学出版社，2010，9.51。另参见夏帕，《普罗塔戈拉与逻各斯：希腊哲学与修辞学研究》，卓新贤译，长春：吉林出版集团有限公司，2014，页111-127。

② ［校注］柏拉图《普罗塔戈拉》中译本参见刘小枫译，《柏拉图四书》，北京：生活·读书·新知三联书店，2015。

至于雅典，最后必须补充的是，政治和道德上的双重动荡，借助悲剧这种文类的自然发展找到了公开的途径。事实上，悲剧只是以合乎时代精神的方式发展了悲剧手法。起初，角色数量很少，仅有一名，尔后两名，很快就有了三名。[10] 由于增加了这些手法，心理对比和剧情跌宕变得丰富多彩。歌队则相反，起初举足轻重，随后式微。在欧里庇得斯剧中，歌队往往无足轻重，跟戏剧行动也关联不大，舞台人物由此超过歌队。由此，我们看到的戏剧没那么呆板僵化，而更为灵活多变，可以展现出人意料的情节和论辩，也可以展现心理分析和哀婉动人的突转。一切皆已就绪，准备接受当时的新事物。于是，我们还将迎来心理剧、情节剧和观念剧（théâtre d'idées）……我们所见的悲剧艺术也没那么程式化，而是更贴近日常。戏剧由此开始朝现实主义戏剧方向发展。换言之，一切皆变。欧里庇得斯的剧作则接受了那个时代现代性的所有形式。

我们从欧里庇得斯的同代人阿里斯托芬那里可知，这在当时就被视为某种革命。对此，谐剧《蛙》（Grenouilles）对文学批评的呈现无比绝妙。老实说，阿里斯托芬在他的作品中向来不失时机地嘲笑、援引、戏仿欧里庇得斯，他还让欧里庇得斯充当谐剧人物。阿里斯托芬也从未停止强调这些差别：过去与当下、旧式教育与新式教育、贵族的古老美德与哲人有害的滔滔之谈。简言之，就是新旧两代人的差别。不过，在公元前405年（欧里庇得斯去世不久）所作的《蛙》中，阿里斯托芬想象了一幕情景。在这幕场景中，酒神狄俄倪索斯（Dionysos）必须在两位已故诗人，亦即旧派诗人埃斯库罗斯与新派诗人欧里庇得斯之间作出选择。两位诗人对簿公堂、相互攻讦，埃斯库罗斯显得义愤填膺，欧里庇得斯则冷嘲热讽。两人的论辩涉及开场、人物、韵律、[11] 抒情诗……无论我们偏爱哪一位，显而易见，这出戏（含500多行诗）都栩栩如生地表明了当时人们所感受到的深刻反差,以及某种现代性的出现。

  舞台上的一切自然不是一派严肃。舞台呈现还包括通过开玩笑和一语双关来搞笑。这种笔法比思想更重要,因为它们更容易用作嘲讽。不过,我们仍能注意到阿里斯托芬对欧里庇得斯的四项指控。这些指控有助于我们认清,何以当时被视作新事物的东西,在某些人看来惊世骇俗。

  阿里斯托芬笔下的欧里庇得斯与众不同。首先(有关悲剧这种文类嬗变的最新研究已指出这点),欧里庇得斯笔下的角色形形色色、出身卑微。"欧里庇得斯"甚至自诩:

> 戏一开场
> 我不让一个演员闲着不说话。
> 我让妇女说话,
> 奴隶说话也不比女主人少,
> 我让主人说,少女说,
> 也让老婆子说话。①

  对此,"埃斯库罗斯"抗议道:

> 那样放肆,
> 难道你不该被处死?(行948-951)

  随后,阿里斯托芬笔下的欧里庇得斯还自夸,他"把大家熟悉的普通生活场景引入了舞台"(行959-960):悲剧世界全方位贴近日常生活。这点已经令我们想到,现代戏剧就在这方面变本加厉。

---

  ① [译注] 阿里斯托芬《蛙》中译参见张竹明译,《古希腊悲剧喜剧全集》(8卷本),张竹明、王焕生译,第7卷,南京:译林出版社,2007。

当季洛杜（Giraudoux）或阿诺伊（Anouilh）改编希腊题材时，① 他们引入了士兵和乳母、小阿伽通（petit Agathe）和乞丐；他们甚至引入了安提戈涅（Antigone）的小铲子、园丁的橙子糖浆和小俄瑞斯忒斯（petit Oreste）的蓝长衫。最重要的是，阿里斯托芬笔下的欧里庇得斯（为了搞笑）宣称，像他那样让每个人都发言是"民主"。如今的舞台就是要显得"大众化"。

[12] 然而在阿里斯托芬看来，悲剧开始呈现普通人和日常生活，很快就会带来一种更严重的开端。这个缺口一旦打开，罪人和应受谴责的行为就会顺势登上悲剧舞台：通奸或乱伦就会进入悲剧。老实说，阿里斯托芬以此攻击欧里庇得斯由来已久，这也是他讥讽欧里庇得斯的惯用方式。18 年前，阿里斯托芬就化用了欧里庇得斯一部已佚剧作中兄弟强暴姊妹的情节。而在《蛙》中，他重提这项指控。从行 850 起，"埃斯库罗斯"就提到对手剧中"渎神的爱情"（amours sacrilèges）。随后，"埃斯库罗斯"还夸赞他笔下的人物具有德性，并将之与欧里庇得斯笔下的人物对比："淫荡的斐德拉（Phèdres）和斯忒涅玻亚（Sthénébées）之流"（斯忒涅玻亚指控贝勒洛普丰［Bellérophon］强暴了她。事实却是，年轻的贝勒洛普丰拒绝了她的勾引）。我们的"埃斯库罗斯"接着指责他的年轻对手把这些人物搬上舞台："老鸨、拉皮条者、在神殿内生产的女人、与亲兄弟私通者，以及宣称'活着就死去的人'。"（行 1079-1082）此处的每一句话都针对欧里庇得斯的一部佚失剧作，最后几句话还

---

① ［校注］季洛杜（Jean Giraudoux，1882—1944）和阿诺伊（Jean Marie Lucien Pierre Anouilh，1910—1987）均为二战期间的法国著名剧作家。两人的戏剧创作都惯于改编大家熟知的古典神话传说。季洛杜此类代表作有《安菲特律翁 38》《特洛亚战争不会爆发》和《厄勒克特拉》等。阿诺伊改编了古希腊悲剧诗人索福克勒斯的《安提戈涅》。

出自他的数部传世作品。"埃斯库罗斯"的批评有的放矢、箭无虚发。

我们对欧里庇得斯的大胆感兴趣,因为它反映了一种对人的新看法。无论如何,这种大胆显然涉及本身就令人震惊的创新。此外,我们根据自身经验就能毫不费力地想象这点。因为,这种导致在舞台上呈现罪行(尤其是性犯罪)的丑行,怎能让人不想起,在古典主义引以为傲的审慎之后,我们如今竟如此肆无忌惮地披露形形色色的性欲?欧里庇得斯冒天下之[13]大不韪,敢于呈现乱伦之事,于他的时代而言,欧里庇得斯是现代人。但我们现在的风尚也与之契合。现时代的主张与之同声相应,乃至有时候让人觉得,这种主张与其说像一种解放,不如说更像一种执念(obsession)。我们时代的阿里斯托芬可能会更毫无顾忌地极尽嘲讽之能事!因此在这个绝对意义上,欧里庇得斯也是现代人。

然而,这个特征已牵扯到道德,因此也触及作家本人的哲学思想。在这点上,阿里斯托芬点到即止——因为这是一部谐剧。不过,认清这点至关重要:对阿里斯托芬笔下的埃斯库罗斯来说,悲剧艺术的目的是颂扬德性,通过提升感情使之变得有益,"让城邦公民变得更好"(行 1010–1011)。与俄耳甫斯(Orphée)、缪斯(Musée)或荷马一样,埃斯库罗斯教导勇敢(行 1031 行及下)。他想助母邦一臂之力。但这不是欧里庇得斯的目的。为此,他们各自的祈祷也截然不同:"埃斯库罗斯"祈求得墨特耳(Déméter),而"欧里庇得斯"回答道:

> 但我祈祷的不是这些神灵,是另外的神
> ——什么!你自己专有的新神灵?
> 正是。
> ——那么就向你这些自己特有的神灵祈祷吧。

苍穹，我的牧场，流畅的语言，

聪敏的才智，犀利的嗅觉，

啊，让我能干净利索地击败他的戏剧！（行889-894）

在这种插科打诨之下，我们了然，此处涉及一个全新的世界。这个世界不再以道德和宗教为基石。事实上，两位作家本身的灵感来源也发生了重大改变。这点至关重要，我们会在第一章专门考察。在这章中，我们会指出欧里庇得斯所处的这个无序世界的所有新事物，也会扼要描述那些决定他理解人世的方式的重大变迁。欧里庇得斯其他所有创新均以此为起点。

[14] 不过，在这条基本批评之上，阿里斯托芬还加上了两条：欧里庇得斯悲剧的文风和文学形式。二者很容易与当时的双重危机关联在一起。

阿里斯托芬对其中一条轻描淡写，这条涉及欧里庇得斯所诉诸的怜悯。对于阿里斯托芬的手下留情，我们无须惊讶：这种与战争的苦难、过度的激情或哀悼相关的怜悯，在埃斯库罗斯作品中也能见到，其中所涉及的不幸阿里斯托芬也了然于胸。不过，当这位谐剧诗人谈到欧里庇得斯"为了激发人们的同情"，在舞台上呈现"身穿破衣烂衫的国王"（行1063）时，我们仍能感受到他的愤慨。阿里斯托芬早在20年前就嘲讽过这种手法。他设想了一幕场景，一位剧中人物向欧里庇得斯借破衣烂裳，可供他选择的是各式各样的破烂脏衣服。这些衣裳来自俄纽斯（Oenée）、菲尼克斯（Phénix）、贝勒洛普丰、特勒普丰（Télèphe）等人。阿里斯托芬嘲笑这些瘸腿的贵胄和他们的破碗，还充满嘲弄地添上了该丢弃的蔬果皮！……在《蛙》中，这套老生常谈再次出现："乞丐、全身水泡的皮革商发明人……瘸子的发明人。"……这还是在以谐剧的一贯做法，从外围进行批评。或许从外部来看，这种倾向让我们将之与某些舞台导演对现代破烂戏服的嗜好进行对比，他们甚至将之用在压根儿非新派的悲剧或歌剧中。但我们不能只关注这些表面细节而不深究其里。阿里斯托芬笔下的埃斯库罗斯还批评欧里庇得斯赋予演员独唱时的音乐自由，他再次借用外部细节让我们想起一个 [15]（与另一现象呼应的）现象。此处仍与怜悯有关。比如，阿里斯托芬抱怨欧里庇得斯无病呻吟的重复。他刻意想象了一幕妇人公鸡失窃的日常情景，让妇人戏仿欧里庇得斯的风格吟唱了一首歌。这个妇人说，公鸡不见了，

> 给我留下悲叹啊悲叹。
> 眼里流出的泪水啊泪水，
> 像我这样父母双亡的孤女，
> 不得不淌泪啊淌泪。（行 1353-1355）

语词重复是一回事，悲伤和眼泪是另一回事。但二者经常关联在一起，例如在《伊菲革涅亚在奥利斯》（*Iphigénie à Aulis*）的一个哀叹人生短暂的唱段里，唱词中两度重申人生"充满痛苦啊充满痛苦"（行 1330）。阿里斯托芬嘲讽的这些戏段，让人体味到十足的欧里庇得斯式怜悯。这点也需要另辟一章来探讨，在那里我会阐明欧里庇得斯式怜悯的主要新意和意义，并将考察我们的现代作品如何与这种怜悯呼应。

但我们不能孤立地分析怜悯。因为这种怜悯与一个表面看来截然相反的特征结合在一起，对此，阿里斯托芬极尽嘲讽之能事。这个特征与政治危机无关，却与思想危机有关：悲剧中融入了杰出思想家的所有模式和思想，也引入了各种全新、大胆的精彩学说（我们称之为"现代"学说）。在阿里斯托芬笔下的埃斯库罗斯（及无疑大多数雅典民众）看来，这些学说纯属闲扯和诡辩。"欧里庇得

斯"本人也吹嘘"用各种短诗和题外话"(行942)为悲剧减负,他还宣称:

> 在剧中用争辩的逻辑
> 教会他们使用知识,
> 并使所有的剧中人说话时
> 努力推断出如何与何故……(行973–975)

这话听上去颇有智术师的口气。这种说法将我们带回 [16] (上文已引述)欧里庇得斯向其祈祷的那些新神:心智神或智识神(xunésis 或 sunésis)。这其实是欧里庇得斯爱用的一个语词,就像"智慧"(Sophia)一词:光"智慧"一词的象征意义,他就使用了十余次。不过,欧里庇得斯所谓的"哲学德性",在老派人眼里是彻头彻尾的堕落。我们不妨听听"埃斯库罗斯"对他说的话:

> 你还教会所有公民胡言乱语、闲扯没完、争辩不休。
> 你使所有体育学校的训练场地冷冷清清,空无一人。
> 你教会我们的年轻人和长辈顶嘴,讨价还价,
> 教会水手跟船长提出抗议,听到命令拒不执行。
> (行1069–1072)

这是一种道德批评。但这个批评针对的是论辩的智识习惯。此处译为"反驳"的语词,与智术师在双重论证("正反论证")中使用的语词一致。也就是说,戏剧目的一旦改变,戏剧的基调也得改变。这点也值得专辟一章讨论。显然,我们不仅不能忽视,还应致力于弄清这两个看似针锋相对的特征之间的关联:理智主义的趣味与怜悯的趣味。

阿里斯托芬批评中的主要观点将引导我们的分析。通过勾勒

这些曾经引发争议的新事物，我们希望能领会欧里庇得斯最具特色也最现代的艺术。我们不会止步于分析这三项创新。因为这些创新与我们现代的关系还体现在对上述特征的运用上，也就是主题的选取，在悲剧中呈现战争，以及政治和社会的重要问题。

不过，本书不打算探讨欧里庇得斯悲剧纯粹形式上的复兴。我们不会讨论开场、乞援场景、辩护或相认场景，也不会讨论 [17] 风格的自由或场景设置的问题。对此，诸多专家已有充分研究。这些问题在别的时代也未能引起多少呼应。

我们会特别关注人们对这场大变革潮流的看法，阿里斯托芬的批评足以表明人们对当时的看法。他们视之为可怕的大胆。

当我们想到，埃斯库罗斯的《俄瑞斯特斯》（*Orestie*）早《阿尔刻斯提斯》（*Alceste*）（欧里庇得斯的首部传世悲剧）二十年问世，索福克勒斯的《安提戈涅》（*Antigone*）仅比欧里庇得斯的同名悲剧早四年，我们不由得感到震惊。不过，创新精神一萌芽，一切便有如狂飙！撇开天分不同（这对这些希腊作家无关紧要），我们不妨以此看待这种审美的快速变革：毕竟我们想起，普鲁斯特（Marcel Proust）只比波尔多（Henry Bordeaux）小一岁，而马拉美（Mallarmé）仅比普吕多姆（Sully Prudhomme）小三岁！

在公元前5世纪的雅典这样的城邦里，世事变迁愈发突飞猛进，并将所有人裹挟而去。不过，这些变革还具有"延续性"这个特别的好处。这既是事实，也是一种原则：所有人都在同一文学类型中继承前人。每个人都借用前人的题材、谋篇经验和反思。在这条单向发展轨迹上，新事物的出现愈发明显。一经对比，新事物的产生便一目了然。

我们的分析将循着阿里斯托芬的戏谑追本溯源，根据这些原则探究这些谑语所揭示的诸方面。因此，我们的分析会力图让欧里庇得斯的戏剧［18］（包括我们认为他最经典的剧作）呈现某种（具有双重价值的）新意。

以上便是我们的分析主线。欧里庇得斯与现代的相似之处会逐步显现。相似之处一旦显明，我们就会分析二者的差异：差异和相似同样具有启发。这对理解一些重要方面甚至更有用，尤其在看不出与现代的任何关联时，必须搞清个中就里。

需要说明的是，我们的研究绝不是为了臆想历史的起源，也不主张严格的比较。这些都不是我们关注的重点，而只会出现在相同或相似的细节中。由于希腊是西方文明的开端，我们史上的每个时刻都能（根据情况）从中找到各式各样的相似之处。每个时代都有其偏好，青睐这样或那样的悲剧，这个或那个哲学学派。再说，拉辛的欧里庇得斯与季洛杜的欧里庇得斯一样吗？因此，心性相逢只是个别现象，只要我们不进行系统化阐释，这些相逢就会更有启发。

在这些相遇的情形中，我们特别选择与戏剧作品有关的例子。在这些剧作中，我们特别选择了那些展现某种文学雄心、意图表现悲剧力量的法国作品。季洛杜、萨特（Sartre）、加缪（Camus）的名字会不时出现。在1986年，他们并不代表现代性的顶峰，但他们提供了可资对比的要素。这些作家的戏剧不仅打上了战争的烙印，也代表了现代戏剧艺术的重要时期。

［19］我们自然也不会排除其他方面的比较。关于欧里庇得斯和他的大胆手法，可进行的比较不胜枚举。通过这些比较，我们能更好地了解欧里庇得斯剧作的独特之处。在他的作品镜鉴之下，我们也能更清楚地看出现代面相的某些特征。

第一章　无序的世界

［21］当我们谈论悲剧作家的哲学思想时，总有人大惊小怪。其实他们大可打消顾虑——如果我们把"哲学"理解为（每个作家都有）对世界的某种看法，某种"世界观"（Weltanschauung）。①而当我们谈及公元前 5 世纪的雅典人时，他们就更没有理由大惊小怪了。个中原因很多。其时，戏剧在人们的生活中扮演重要角色。戏剧把诸神和人类搬上舞台，不仅通过戏剧人物，还通过（与剧情无关但更注重沉思的）歌队针砭时事。总之，这个时期的各种文类并不像后世那样泾渭分明：不仅有一种欧里庇得斯的思想（philosophie），也有一种修昔底德的思想。

甚至正因此，人们才能更好地觉察到城邦气氛发生的变化，并能马上把每位作家与他的前人区分开来。

关于我们感兴趣的话题及与现代的对比，可能这也是一个主题格外丰富的领域：［22］有一篇博士论文刚在索邦大学通过答辩，可能即将付梓，论文题目就是《欧里庇得斯戏剧中的荒诞》（*L'absurde dans le théâtre d'Euripide*）。②论文精妙而细致地分析了欧

---

① 这类观点如："这样的世界不存在：对世界没有看法，对人类没有印象。" H. Gouhier, *Le théâtre et l'existence*, p. 29.

② 这篇博士论文的作者 Chariclia Baconicola-Chéorgopoulou 女士是希腊人，她用法语撰写并通过了论文答辩。

里庇得斯的思想。作者得出结论，欧里庇得斯的思想类似现代荒诞哲学，这种哲学在戏剧中表现得尤为明显。在此，我们不再重述这一研究，而只是指出这篇论文值得一读。况且，欧里庇得斯作品与现代戏剧所反映的世界观，并非只在荒诞上相关。

总之，有一点确定无疑，欧里庇得斯的世界（与前人的世界相反，却和数位现代作家的世界相若），是一个混乱无序的世界。这点体现在我们研究的每个方面：无论诸神、未来，还是人类，以及人类的激情和弱点。

一　诸神与机运

实话说，要描述欧里庇得斯的世界，我们可以忽略诸神。这点令人惊讶：对埃斯库罗斯甚至索福克勒斯来说，无视诸神不可思议。单从这点来看，我们就明白，时过境已迁，神意不再确保人类经历的一致性及其意义。

这种观点并非意在质疑欧里庇得斯的宗教观，虽然他的戏剧无疑意味深长地表明了某种新气氛。[23] 我们的确能在他的作品中发现无神论宣称、对似是而非的传说的批评，以及对净化过的宗教不可否认的向往。欧里庇得斯笔下的人物甚至宣称："人们说天上有诸神：压根没有！压根没有！"（语出渎神的贝勒洛普丰，这部悲剧已散佚）。还有人物指控归在诸神身上的行为。连对主神阿波罗忠心耿耿的年轻伊翁（Ion）也感到人言可畏，

> 但是，我得规劝福波斯，他有什么烦恼呢：
> 他强奸了少女，把她抛弃了，
> 偷偷生了孩子，由他去死。

……（《伊翁》，行 435-451）①

我们发现，阿波罗让俄瑞斯忒斯弑母的著名谕令遭到断然谴责：剧中的阿波罗"犯了错"，他下令行"恶"，看上去，阿波罗也"不晓何为善和正义"。这部悲剧借一种神圣的声音表明，此剧关乎一道"不合情理的"谕令。②

因此，人们一旦发难，也就表明了怀疑。我们可以信手举出几条质疑传统道德观的批评。赫拉克勒斯（Héraclès）在《疯狂的赫拉克勒斯》中不信传言："我不认为诸神会热衷于搞不正当的婚姻。"（行 1341 行及下）《伊菲革涅亚在陶洛人里》（*Iphigénie en Tauride*）中的伊菲革涅亚所见略同，她既不敢相信女神会要求人祭，也不敢相信诸如让神啖食儿子肉的坦塔罗斯（Tantale）宴会的可怕传说确有其事。伊菲革涅亚不承认这些传说："我无法接受神会作恶。"（行 391）她还给出一种有力的实证主义解释（颇合智术师品味）。根据这种解释，人类把自身倾向归咎于诸神。

[24] 正因为这点，欧里庇得斯时常在话里留出余地。他在引述传说时会补充说："假如传言多少是真的"……（参见《伊菲革涅亚在奥利斯》，行 794；《伊翁》，行 265）欧里庇得斯对掺杂人为干预的宗教活动也毫不客气，频繁而猛烈地抨击神谕占卜人……

不过，我们有时也发现，欧里庇得斯带着（毫不逊于流行习俗

---

① ［校注］《伊翁》中译本参见张竹明译，收于《古希腊悲剧喜剧全集》，张竹明、王焕生译，第 3 卷，南京：译林出版社，2007。

② 《厄勒克特拉》行 1302，其他引文见《俄瑞斯特斯》，行 76、285 和 417。

的)个人狂热接受神。① 在《希波吕托斯》(*Hippolyste*)中,欧里庇得斯不就以感人至深的笔触呈现了连接某位女神与某个凡人的纽带吗?在《酒神的伴侣》(*Bacchantes*)中,欧里庇得斯不就表明了某种神圣不可抗拒的力量吗?

有些时候,欧里庇得斯又撇开既定的传说和惯例,显得转向某种颇为不同的宗教,诉诸某位近乎哲学或道德感的"神"。赫卡柏(Hécube)在《特洛亚妇女》(*Troyennes*)里的祈祷(行884及下)就是关于某位接近哲学的"神"的典范:

> 啊,你把宝座安放在大地上又是大地依托,
> 宙斯啊,你到底是什么,我搞不明白。
> 无论你是自然的规律还是人力的例子,
> 我都崇拜你……②

显而易见,此处的要害不是受哪位哲学家影响,而是这里呈现的宙斯与赫拉的那位矗立奥林波斯神山的夫君相去甚远。《海伦》(*Hélène*)中的女先知忒奥诺俄(Théonoé)宣称,"我天性里本有一座正义女神的大殿"(行1002),同样与传统相去甚远。我们看到,通往个人宗教(religion personnelle)的道路已然敞开。③

---

① 这个说法来自 F. Chapouthier 的出色研究,*Euripide et l'accueil du divin*, *La notion du divin depuis Homère jusqu'à Platon*(Entretiens de la Fondation Hardt),卷一,pp. 205-237。[译注] Fondation Hardt 基金会是位于瑞士的一家专门从事古希腊-古罗马研究的机构,每年组织专家研讨会,会上的报告或文章整理成册出版。该基金会创始人为 Kurd von Hardt。

② [校注]《特洛亚妇女》中译本参见张竹明译,收于《古希腊悲剧喜剧全集》,张竹明、王焕生译,第3卷,南京:译林出版社,2007。

③ 关于这方面,参见 A. J. Festugière 1945年刊于 *La Vie Intellectuelle* 上的一篇文章,以及 *La Révélation d'Homère jusqu'à Platon*(第二章,页322及下)。

这些形形色色的开放（ouvertures）（充满理性批判甚或狂热，我们不大可能从中［25］理出头绪）本身的多样性，就表明了当时思想的变革和忧虑。时至今日，正统观念早已式微，各种思想形式总是趋向物质主义和实证主义，或许在这点上，现代与欧里庇得斯生活的时代别无二致。

不过，对本书主题来说唯一重要的是，这些批评和向往意味着诸神是世间正义秩序不容置疑的捍卫者这种信念已遭抛弃。诸神依然出现在欧里庇得斯剧中，正义秩序却不复存在。除开《酒神的伴侣》，诸神主要在戏剧开场和结尾出现，旨在解释剧情或宣告结局。①

当然，诸神关注剧情发展，也能让人感到神意的分量。但诸神力图主持正义吗？他们如何做到这点？诸神力图惩敌护友。在这点上，彼此针锋相对的神祇的出现具有启发性。这些对立的神祇不再像埃斯库罗斯《和善女神》（*Euménides*）那样依据正义的程序去评判两种立场，而是随意惩罚不够恭敬他们之人。在《希波吕托斯》中，斐德拉和希波吕托斯因阿弗洛狄特（Aphrodite）的傲慢受到冒犯殒命。［26］过后，阿耳忒弥斯（Artémis）会为受她庇护的人复仇。同样，海伦和墨涅拉俄斯（Ménélas）的命运取决于赫拉和阿弗洛狄特对立的意愿，她们还未解决帕里斯（Pâris）评判留下的争端

---

① 比如《阿尔刻斯提斯》开场中的阿波罗和死神，《特洛亚妇女》开篇的波塞冬和雅典娜、《酒神的伴侣》开场的狄俄倪索斯、《安德洛玛刻》剧末的忒提斯（Thétis）、《乞援女》或《伊菲革涅亚在陶洛人里》剧末的雅典娜、《厄勒克特拉》或《海伦》结尾的狄俄斯库里兄弟（les Dioscures），以及《俄瑞斯特斯》剧末的阿波罗。只有在《疯狂的赫拉克勒斯》中，诸神在剧本中间出现，打乱戏剧行动。阿弗洛狄特和阿尔忒弥斯在《希波吕托斯》开场和结尾的出现不属此类。她们的斗争主导了戏剧行动。但诗人从人类的角度描述了阿弗洛狄特：从此，诸神通过人类的激情发威。

(《海伦》，行888及下）。此外，赫拉纠缠宙斯之子赫拉克勒斯，因为他的出生令赫拉心生妒忌。狄俄倪索斯（Dionysos）血腥残杀了没有敬拜或者太迟敬拜他的人。正如先知［忒瑞西阿斯］所说："和你一样，这位神在意受人尊崇……"诸神报复的次数多过惩罚过失的次数。①

埃斯库罗斯作品中，唯有宙斯能够且切实在所有这些争执中扮演了仲裁角色；而在欧里庇得斯作品中，宙斯则显得总在袖手旁观。宙斯在他的18部悲剧中出现的次数，比在埃斯库罗斯7部作品中出现得还要少。

因此，正义的希望渺茫。② 当然，人们有时也会谈及正义。我们有时又在歌队的唱词中发现关于这种正义美好的传统说法。但这只是证明秉持这种信念的戏剧行动屈指可数。在欧里庇得斯的早期剧作《阿尔刻斯提斯》（Alceste）中，我们尚能看到这种信念，但实属罕见。在《安德洛玛刻》（Andromaque）中，佩琉斯（Pelée）救起安德洛玛刻之时，歌队暗自庆幸，持久的胜利带来了正义。然而，佩琉斯为他的介入赔上了孙儿的性命。关于信念的宣称的重要性和可信度在减弱，而事实本身也否定了这些宣称。

认为诸神任性妄为就意味着任何事都可能发生，谁［27］都指望不上。不要忘记，那个时代打上了战争和罹乱的烙印。昔日的信念不再能指引作者。在《海伦》中，我们还发现两处关于命运无常的动人哀叹。第一处是在行711及下：信使在一段常被引用的大段

---

① 在《酒神的伴侣》行885，把 $ἀγνωμοσύναν$ 译为"罪恶"（C. U. F. 版）错误地引向了正义的观念。我们在别处也会看到，埃斯库罗斯表明了神的正义会有延迟，但总会胜出，《酒神的伴侣》在这段戏文中也如是谈及神"力"（$σθένος$）。

② 或许，我们可以同意《乞援女》中歌队的说法：在这方面，诸神在对待凡人上有很多矛盾（行612）。

独白中质疑神,并以"机运"(tuchè)一词作结:

> 女儿啊,神本来就反复无常。
> 他以某种巧妙的方式领着凡人兜圈子,
> 这边那边地转悠,有的人受着苦,
> 有的人从未苦过,最后却不幸地毁了。
> 人生的遭遇永远说不准。(行 711-715)①

索福克勒斯也谈及命运无常,但他说的是重大变故,而非纯粹的无序。而且,索福克勒斯谈及命运无常,目的是让人类获得由战胜不幸带来的希望或自豪感。②这些在欧里庇得斯作品中阙如。诸神散播苦难。苦难一消失,这一切就不再有分毫意义。正如《赫卡柏》里的一位人物所言:

> 神把它们都搅乱了,颠过来簸过去,
> 弄得人稀里糊涂,好叫人什么都不能预见,
> 只能敬畏他们。(行 958-960)

我们凡人知道什么?《海伦》的歌队在剧中稍后明确承认,我们一无所知。由于不确定,歌队的态度也变得暧昧,唱词有时也晦暗不明。但歌队大体上是说:

> 有哪个凡人敢说
> 他[28]彻底研究过并看清了

---

① [校注]《海伦》中译本参见张竹明译,收于《古希腊悲剧喜剧全集》,张竹明、王焕生译,第3卷,南京:译林出版社,2007。

② 参见拙著,*Le temps dans la tragédie grecque* 中分门别类的戏文,Vrin,1971, p. 79-99。

神或非神或半神①的本性，

当他瞧见神使人事

在相反的意外的

时运波浪中

颠过来又簸过去的时候？（行 1137—1143）

这段话由"神"一词开启，以"机运"（tuchais）一词作结，很自然地由神过渡到命运。

正因此，人们常将两者相提并论。命运可由神赐。② 这两个观念可以互换、合并使用。得知自己受女神赫拉的仇恨迫害之后，赫拉克勒斯就认为自己是命运的受害者（行 1357 和行 1393：tuchè）。而在同一部作品里，忒修斯（Thésée）也揭示了这位女神的忌恨，他建议赫拉克勒斯屈从命运的无常（行 1314 和行 1321：tuchais）——两人在此相互呼应。此外，人们还向诸神祈求好时运（《乞援女》[Suppliantes]，行 553）。"命运"有时也会起作用，人们要么说命运和诸神，要么说命运和时运。③ 人们要么庆幸得了

---

① 这个居间的概念可能会让现代人奇怪，但并没有违反古代惯例。在埃斯库罗斯笔下，普罗米修斯对他听到的声响和闻到的香气提出疑问："这来自神？来自人？还是来自半神"（《普罗米修斯》，行 116）。[校注]《普罗米修斯》中译本参见张竹明译，收于《古希腊悲剧喜剧全集》，张竹明、王焕生译，第 1 卷，南京：译林出版社，2007。

② 关于 daimôn[精灵]一词，参见《赫拉克勒斯的儿女》，行 934-935；《美狄亚》，行 671；《希波吕托斯》，行 832；《伊菲革涅亚在陶洛人里》，行 867 等。关于 théos 一词或某位神的名字，参见《疯狂的赫拉克勒斯》，行 309 和 1393；《厄勒克特拉》，行 890 等。

③ 在上文提到的著作中，Ghéorgopoulou 女士仔细界定了每个语词的含义。我们回到她的研究：她对此进行了必要梳理这一事实本身就足以表明其中存在含混。

"诸神和好运"眷顾,要么抱怨"时运和女神"带来苦难,要么哀叹"至上的命运啊,还有你运气,以及让我失败的神力……"① 我们也这么干。但在这种情况下,我们也抛弃了神意的观念。

[29] 欧里庇得斯笔下的人物心知肚明,这种偶然与神意的观念互生龃龉:《赫卡柏》里的塔尔提比俄斯(Talthybios)明白无误地表明了这点(行 488-491,亦参《独目巨人》,行 606-607)。他还选择了偶然。

埃斯库罗斯以降的演变由此清晰可见。通过考察欧里庇得斯如何继承并修改埃斯库罗斯提出的看法,我们可以具体分析这种演变。埃斯库罗斯曾精妙地写道:"宙斯的智慧隐晦难辨识,彻悟的道途于凡人艰深而晦暗。"(《乞援女》[*Suppliantes*],行 93 及下)但这种沉思带来的是虔敬的祈祷。欧里庇得斯则以更节制的诗句写道:"诸神行事一向不让人们看见,没有人能知道自己面临的灾难。"(《伊菲革涅亚在陶洛人里》,行 476-477)欧里庇得斯已经只谈论不幸。这种看法以对无序的确认结束:"命运常使我们坠入云里雾里。"欧里庇得斯用相同的意象表达截然相反的看法。

于是,神的奥秘令我们越来越要直面偶然带来的彻底无序。

因此,我们看到他长篇累牍地描述人类遭遇的不确定、不一致和荒谬。《希波吕托斯》的歌队为此宣称,人们总是对神意怀揣希望,

> 但是,看到凡人的遭遇和变故,
> 便又困惑不解了。因为,变化接着变化,

---

① 《腓尼基少女》,行 1202;《伊菲革涅亚在奥利斯》,行 1403、行 1136。平衡在对神不利时遭打破,就像我们在《伊菲革涅亚在奥利斯》行 864 看到的祈祷:"啊,幸运和我的先见啊……"

人的一生充满转折。(行1105-1116)①

此外还出现了投骰子的隐喻。② 此处提到"变故"(taragmos)和"混乱"(sunchusisi),以及用来表明变动不居、无法[30]估量的形容词。③ 新的变动层出不穷(《伊翁》,行969;《俄瑞斯特斯》,行1504)。一切都不明朗,一切都令人困惑不解。

哎!欧里庇得斯作品中充斥着的这种含糊不清真令人苦恼!我们既辨识不了德性,也没法认清真正的友爱。靠什么来分辨呢?欧里庇得斯笔下的人物直面这种含混不清,抱怨连天。④ 人的品质也模棱两可,他们的命运亦玄秘莫测。世界从此迷失了方向。

---

① [校注]《希珀吕托斯》中译本参见张竹明译,收于《古希腊悲剧喜剧全集》,张竹明、王焕生译,第4卷,南京:译林出版社,2007。

② 《厄勒克特拉》,行1100-1101,提到了结婚的形式;比较《俄瑞斯特斯》,行603。

③ 除了已经援引的《赫卡柏》例子,taragmos的精妙使用还出现在《伊菲革涅亚在陶洛人里》,行573。关于这些形容词,除了 ἀνώμαλος(fr. 681,1),我们还会在《俄瑞斯特斯》行976及下发现 ἀστάθμητος 一词。这段话是:

> 哎呀,哎呀,朝生暮死,
> 泪眼不干多苦多难的人类啊,
> 你们看,命运女神正朝着你们不希望的方向走去。
> 人们一生中
> 交替着受苦,
> 一切凡间的人永远不得安宁。

[校注]《俄瑞斯忒斯》中译本参见张竹明译,收于《古希腊悲剧喜剧全集》,张竹明、王焕生译,第3卷,南京:译林出版社,2007。

④ 参见《疯狂的赫拉克勒斯》,行62(及多个残篇),亦参行670,以及《厄勒克特拉》,行367及下。

道德却因此摇曳不定。对于那些生活不再受诸神看顾的人来说，道德能有什么准则？毫无疑问，人们在意他人的看法，但理想坍塌了。《希波吕托斯》中的乳母压根不是道德典范，我们听到她公开抛弃公正毫不惊奇：

> 凡间的人对生活不应求全责备；
> 因为，人们甚至连罩在房上的屋顶
> 都没法造得准确……（行 467–468）

任何准则皆非绝对。

当然，这一切不满并没有构成一种哲学，却表明了一种演变。这种演变注定要继续推进，渗入各种哲学学说。众所周知，"运气"（fortune）在伊壁鸠鲁（Epicure）和廊下派（stoïciens）思想中举足轻重。在欧里庇得斯的作品中，"运气"尚未形成体系。不过，"运气"出现在欧里庇得斯剧作的所有跌宕起伏中，揭示了他所处时代的痼疾，[31] 恰恰因为不成体系才愈显可信。当人人开始质疑一切之时，我们听到的可能就是人们在雅典（理发店或市集上）的市井闲谈。欧里庇得斯的戏剧在舞台上呈现这股新气氛，因此显得极为现代（从该词的相对意义上说）。

此外，这种道德氛围在作品中也通过各色戏剧人物看穿人世的评论表露出来。这种氛围体现在戏剧行动的安排上，欧里庇得斯的戏剧行动千变万化——事实上，"运气"把各种跌宕引入戏剧行动，尤其当"运气"与人类的诡计和轻率结合之时。有时候，这当然纯粹是由神的任性引出的意外。但在某种程度上，这已然是一种新事物。

埃斯库罗斯作品中没有"意外"：人们一开始就担心的不幸无从避免地逼近，只有在不幸来临的那一刻，剧中人物才会感到震惊

（观众已在他们之前知晓）。克吕泰涅斯特拉（Clytemnestre）和埃吉斯托斯（Egisthe）就是这样面对意外的。但大家都在等待这个意外，因为这是在预见性地运用神义的施行。在索福克勒斯的作品中，这种前后关联已经削弱了，他喜欢表现希望骤然落空。歌队以为埃阿斯（Ajax）获救，片刻之后，我们却目睹他自杀。俄狄浦斯（Oedipe）得知消息后心生欣慰，而在下一场戏中，他得知了最坏的消息。不过，戏剧跌宕即便扣人心弦，仍处于必要的发展过程中，它早早为命运做好铺垫，将之呈现在观众眼前。相反，欧里庇得斯剧中却有真正的突转。[32]在他那里，剧情跌宕成了命运的跌宕。

我们的确看到，救人者往往以纯属偶然、出其不意的方式出现。谁料得到赫拉克勒斯正好来到居丧的阿得墨托斯（Admète）家中，让他的妻子起死回生？谁会料到雅典国王埃勾斯（Aegeus）① 正好到访科林斯（Corinthe），帮助美狄亚（Médée）重拾勇气？同样，在《疯狂的赫拉克勒斯》中，忒修斯碰巧抵达忒拜（Thèbes）救了赫拉克勒斯一命。② 这类或好或坏的意外充斥其间。这种新戏剧手法在《疯狂的赫拉克勒斯》（*Héraclès*）一剧中尤为典型。

除了最后的大团圆，《疯狂的赫拉克勒斯》其实还包括两起重要的意外（一好一坏），不好的那起意外富含深意。起初，英雄赫拉克勒斯不在家，他的家人面临屠戮。希望破灭，命悬一线的时刻来临。就在此时，一声叫喊导向突转："啊！老翁，我看到了我的爱人！"赫拉克勒斯回来了。他拯救了家人。这是出人意表的救援，

---

① ［校按］此处为作者笔误，《美狄亚》中出现的雅典国王名为埃勾斯；科瑞翁（Créon）是剧中的科林斯国王。
② 欧里庇得斯没有忘记解释忒修斯的到来：忒修斯听说赫拉克勒斯的家人身陷困境。但他的到来毫无征兆，《阿尔刻斯提斯》中赫拉克勒斯及《美狄亚》中埃勾斯的到来也毫无预兆。他们的到来都没有生动的突转，而纯属巧合！

真正的剧情突转。

然而，歌队才歌颂完这场胜利，又一声叫唤开启了新的意外。几位神出现在宫殿上方，令人生畏："哎呀！哎呀！我们又要遭受可怕的折磨吗？"事实将比这还要可怕：这几位由赫拉派来的女神将令赫拉克勒斯发狂，赫拉克勒斯还将手刃［33］亲骨肉。毫无疑问，这场突如其来的毁灭在此剧正中间降临在主人公头上，显然是欧里庇得斯有意突出的重点——这场毁灭会让赫拉克勒斯成为孤家寡人、声名狼藉。从欧里庇得斯处理神话传说时的些许自由中，我们可以看到这点。他把赫拉克勒斯描述成一位真正无可指摘的英雄：不仅是铲妖除怪的英雄，还是忠诚的丈夫、好儿子和尽心竭力的父亲，最后，他还能应对道德秩序的危机。我们甚至不妨认为，此剧整个前半部分没有别的作用，只是为了在赫拉克勒斯毁灭前颂扬他的英雄主义和德性，如此，他的毁灭整体而言就更加令人痛心、更为不义。另一方面，欧里庇得斯没有按照传统的处理方式，把残害骨肉的情节放在赫拉克勒斯生平的前半段，而是匠心独运地将之置于剧末——此时，赫拉克勒斯取得的一切功绩令他的沉沦更叫人无法容忍，也使他不再有挽回荣耀的机会：这个片段给他的人生画上了悲惨的句号。这些轻微的改动表明，整部剧作仰仗的这场意外与欧里庇得斯的运筹若合符节：一种新的戏剧艺术对应一种对世界和未来的新看法。

此外还要补充一点，人类随后试图对威胁他们的世界作出回应，不只是通过固执而坚定地回应，还通过阴谋诡计使戏剧行动一波三折。这些阴谋诡计也使戏剧行动错综复杂。他们其实发明了阴谋诡计（mèchanai）。①

---

① 如阿伽门农所言（《伊菲革涅亚在奥利斯》，行 24-26）：

一种新的戏剧艺术应运而生。我们可以将之 [34] 追溯到更经典的作品，譬如在《美狄亚》或《希波吕托斯》中，诡计和意外令剧情跌宕起伏。更有甚者，我们还发现在一些剧作中，这种诡计和意外的组合其实主导了整个戏剧行动，比如《伊菲革涅亚在陶洛人里》、《厄勒克特拉》（*Electre*），甚至《俄瑞斯特斯》。①《伊翁》尤其如此。事实上，《伊翁》充斥着误会和阴谋：克苏托斯（Xouthos）和妻子克瑞乌萨（Créuse）没有子嗣，前去祈求德尔斐（Delphes）神谕。而年轻的伊翁就在德尔斐，无人知道他就是克瑞乌萨和阿波罗的儿子（一出生就遭抛弃）。当事人会如何行事？阿波罗先是授予国王一条错误的神谕，让他误信伊翁是他婚前所生之子——真理之神是第一个阴谋家！于是国王决定对妻子缄口不谈。而他的妻子因妒忌设计囚禁了这名青年。多亏阿波罗，这个计划才搁浅。年轻的伊翁随之准备谋杀王后。多亏女祭司皮提亚（Pythie），他才在最后一刻住手。整部剧充斥着徒劳无功和尔虞我诈！如歌队所言，一切似乎皆由"诡计和偶然"掌控（行 692）。

一般来说，这种手法涉及最后一刻的意外和恰好避过临头大祸的剧情突转。若干佚失悲剧的场景就因此出名，例如《克勒斯普丰托斯》（*Cresphonte*）中的美洛佩（Mérope）已经举起斧头砍向儿子，就在这时，她认出儿子，住了手——亚里士多德认为这场戏极富悲

  有时候诸神的意愿和凡人的意愿有冲突，
  撞翻了凡人的生活，有时候臣民的
  许多乖戾要求
  把我们的生活打碎。

我们还将在下文看到人类的这些激情：见下文页 41 及下。
① 这些的确是最后临时起意的报复和要挟手段，但都在神的干预下遭到了挫败。

剧性。《亚历山大》(*Alexandre*)里似乎有同样的场景，赫卡柏也差点手刃亲子。就算在那些传世悲剧［35］如《伊菲革涅亚在陶洛人里》中，情形不也如出一辙吗？——姐姐险些烧死弟弟，幸亏及时认出对方（参见行 870，"差点儿"［παραδ'ολίγον］）。

这也解释了欧里庇得斯为何如此热衷在剧末①或相认场景中诉诸神的干预。当然，在相认场景中诉诸神的干预并不新奇，欧里庇得斯的前人提供了不少范例，但他对此进行了改革和完善。欧里庇得斯利用他的时代对逼真的新诉求，在他的《厄勒克特拉》中毫不犹豫地嘲笑埃斯库罗斯满足于运用毫不足信的线索。

这些手法其实表明，欧里庇得斯剧中各式各样的混淆和错误举足轻重。这些混淆和错误构成了整部悲剧的主题，譬如《海伦》和《酒神的伴侣》（参见下文，页 147-149）。毋庸置疑，这种趣味给人传达了一种看法：世事无常、神秘莫测，由随机和荒诞支配。

我在最后使用的"荒诞"一词并非偶然。"荒诞"一词本身就让人想起某个现代戏剧流派。在这类戏剧里，我们时刻都能感受到，欧里庇得斯的这种思想孕育了众多子孙（参见前文［页 22］提到的博士论文）。

关于这种世界观，事实一目了然、无可辩驳：只要简单描述这种观念本身，其义便自见。事实上，如果根据超验规则排除信仰的话，我们只能举出半个世纪以来广泛占据现代思想领域的哲学流派，即存在主义哲学（l'existentialisme）和荒诞哲学。当然，［36］这里面每位作家的看法都不一样，基调也千差万

---

① "巧设机关"（deus ex machina）的作用由此对应了欧里庇得斯对世界的一种看法。

别。萨特和加缪的戏剧相去甚远。他们的戏剧与尤内斯库（Ionesco）①的戏剧相去更甚。这里的重点绝非试图界定每个人的思想。要害是，这些当代学说及其激发的作品的相同点，恰恰在于这些学说认为人生不再有意义，人们也不再能理解这个人类在其中自生自灭的世界。就连那些既不采用存在主义哲学也不采用荒诞哲学的现代作家（他们压根不属于这些流派），也时常受这种智识氛围侵染。蒙泰朗（Montherland）②就是例证。他的戏剧宣扬英雄主义，却不时触及荒诞，还时不常解释荒诞何以会出现在现代戏剧中。在谈及他的作品《马拉特斯达》（*Malatesta*）时，蒙泰朗这样写道：

> 马拉特斯达是盲人摸人（Collin-Maillard）的游戏。所有人都在其中摸索着生活。因此我们生活在动荡的时代。

蒙泰朗还更明确地提到"偶然和荒诞的力量"。蒙泰朗解释说，他随后在自己的剧作中发现——

> 这股力量随处可见。我们并非明确地思考们生活的时代，只是我们生活的时代把它的意象强加给我们。（参见七星出版

---

① ［校注］尤内斯库（Eugene Ionesco，1909—1994），罗马尼亚和法国剧作家，荒诞派戏剧最著名的代表之一，1970 年获选法兰西学院院士，一生获奖无数，代表作有《犀牛》（*Rhinocéros*，1959）。

② ［校注］蒙泰朗（Henry de Montherlant，1895—1972），法国作家。主要作品有《斗兽者》《唐璜》《沙上的玫瑰花》等。早年批评一战后法国人耽于幻想，提请人们保持头脑清醒和荣誉感。蒙泰朗作品风格谨严、自然，兼有法国古典作家的纯朴和浪漫派作家的激昂，为评论家所称道。但这种完美的风格却表达一种夸大和虚弱的思想，为人诟病。他曾在作品中数次赞扬自杀，认为那是"在必要时的些许自由"。

社版［*Théâtre*］，页549）

　　这些相通之处令人惊讶。不过，即使从思想和世界观的角度，欧里庇得斯显然也只是预示了后来这些现代作家的思想，他的悲观主义也没有走得那么远。欧里庇得斯的作品不仅迥异于严格意义上的荒诞派戏剧（尤内斯库、贝克特［Beckett］和热内［Genet］的剧作；如果说荒诞确实不含悲剧意义，那么，这点不言自明），① 而且，[37]他的作品既没有存在主义戏剧那么尖锐，也没有存在主义戏剧表达的一贯立场。欧里庇得斯的"运气"本身的确毫无意义。他笔下的人物饱经沧桑，无法陷入某种形而上的绝望、"恶心"或无谓的等待：相反，他们总是行动或作出回应。可以说，随着诸神意志的意义减弱，他们采取主动的意义逐渐凸显。② 因此，欧里庇得斯的世界观一方面为幸福的结局和出其不意的救星留出余地，另一方面又越来越关注人类的动机、心理和激情——存在主义戏剧将全盘摒弃这一切。

　　世界因此失去了意义。不过，就算我们可以这么说，欧里庇得

---

① 参见拙著，*La Tragédie grecque*，p. 173-174。文中采用的说法引自 H. Gouhier，*Le théâtre et l'existence*，p. 41。Gouhier 在说明他的想法时解释称，"荒诞之所以为荒诞的一个很好的理由，是从定义上说它毫无意义"。

② 即便从道德上看，未来缺乏统一性也不会引发任何绝望情绪，无非让人回到"得过且过"地享受生活的老话。这是年迈的赫卡柏在《赫卡柏》一剧中所言：

　　　　其实这些都毫无意义。不过是
　　　　心里的算计和嘴上的吹嘘罢了。
　　　　每日里不遇上祸事的人最幸福。
　　　　（行626-628；比较《酒神的伴侣》，行910-911）

斯也没有小题大做。① 他的戏剧与加缪的戏剧有着天壤之别。仅仅因为他所说的"我觉得目前的情况不满意",加缪笔下的卡里古拉(Caligula)就可以遁入血腥的疯狂。

欧里庇得斯的作品在他的时代是现代的,因此也早已在酝酿着另一种现代性,这种现代性会在某一天赋予他的思想更深刻的影响力。反映这些思想的戏剧艺术显然也不尽相同。

在欧里庇得斯的时代,戏剧创作发生了变化。戏剧创作[38]不再采用埃斯库罗斯悲剧所惯用的程式化、一致的手法:在埃斯库罗斯的悲剧中,整个戏剧行动集中于单项行动,甚至集中在一条消息的宣告中(例如《波斯人》[Perses]),其间穿插冗长的合唱歌(吟诵希望、祈祷和沉思),在已经高度浓缩的戏剧行动中充当完全的休止,旨在赋予戏剧行动某种关键的宗教维度。在欧里庇得斯的作品中,这种维度不复存在。在变得复杂多变的戏剧行动中,剧中人物针锋相对、尔虞我诈。在这点上,可以说所有现代戏剧形式(无论哪一种)都紧步欧里庇得斯后尘。

不过,诡计、幻象和相认的手法还以更独特的方式用在(我们谈及的现代剧之外的)另一种戏剧中,在不少情况下还用于不再是悲剧的戏剧。有人甚至怀疑,欧里庇得斯最广泛运用这类手法的那些剧作,是否还能称作"悲剧"。《欧里庇得斯的悲剧性》(*Le tragique d'Euripide*)这部杰作的作者瑞维耶(A. Rivier)就为这类作品进行了辩护。瑞维耶认为,欧里庇得斯写作这些作品并非为了创作悲剧,而是旨在尝试某种创新(他的书于 1944 年出版,1975 年再版)。我本人并不认为欧里庇得斯的意图有如此明确,也不认为

---

① [译注] 这句话疑为一语双关,字面意思是欧里庇得斯没有把世界失去意义当成大事,另一层意思通过"n'en fais pas un drame"(意为"小题大做、夸张")这种习惯表述传达出来。

他对文类的差别了然于心。但事实是，这些创新试图牺牲悲剧的一致性来铺展剧情（此外还试图创作导向大团圆结尾的极富同情的戏段），会导致一种新的戏剧类型的扩散。通过充满诡计和误[39]会的新谐剧（米南德[Ménandre]），这类作品将在一波三折的情节剧（大仲马[Alexandre Dumas]① 的作品就属此类）或林荫道剧②中复兴，并更广泛地全面推动19世纪和20世纪的现代剧。

不过，即使局限于欧里庇得斯创新的这个方面，我们也至少应该注意到，"误会"概念激发了加缪的灵感，他就创作了一部名为《误会》的剧。在这部剧中，一切不幸皆源于弄错了身份：母亲和妹妹在不知情下杀害了儿子/哥哥，这位姑娘甚至表示，"您要是想知道的话，其中发生了误会。如果您了解这个世界，您就不会感到惊讶了"。因此，这里的身份错误也与对世界的看法有关。不过，这种关联本身让人更好地理解二者的差异。这种差异与对世界的不同看法属同一范畴：此外，这一点也不足为奇，因为这种差异得到了直接凸显。区别在于，在蒙特朗笔下，谋杀发生了，而在欧里庇得斯笔下，往往恰好躲过谋杀。由欧里庇得斯开启的这场革命由此在现代得到强化，现代还借绝望之名将他远远甩在身后。

欧里庇得斯指明了道路。现代的战争剧和战后剧重新踏上这条道路，只是大大推进了他如此大胆想象和所致力的一切。

以上回顾和平行对比，让我们看清了妨碍欧里庇得斯本人走得更远的原因，这就是他对人的重视和他对人的激情的新兴趣。

实际上，关于戏剧创作，我们此处的引述没有限定于悲剧。我

---

① ［校注］亚历山大·仲马（Alexandre Dumas，1802—1870），人称大仲马，法国19世纪浪漫主义作家。大仲马著作颇丰，以小说和剧作为主，代表作有剧作《亨利第三及其宫廷》、长篇小说《基督山伯爵》和《三个火枪手》等。

② ［译注］19世纪末20世纪初流行于巴黎的商业剧。

们要［40］补充的是，还有其他伟大的名剧充斥着更多戏剧行动和跌宕起伏、更多无用的阴谋诡计和各种干预，却保留了传统悲剧形式，并把它们的悲剧品质建立在对人类激情的探究上。同样，我们也引用了这样的例子：人们造成的误会因知情人突然到来或神的作用及时消除。不过，我们还应补充，有些例子是误会一贯到底，直到死亡，只不过，这完全不是身份的误会。希波吕托斯确实枉死，因为忒修斯相信儿子有罪。希珀吕托斯的死是一场误会，但这个误会源于斐德拉的激情，源于她的报复欲或对荣誉的欲望，源于忒修斯的轻率。总之，此处的根源还是人的激情。

这一切让我们重返欧里庇得斯剧中将取代悲剧维度的那样东西，而直到那时，这个维度都是由人类命运遭命数和诸神摧毁的观点所赋予。从此，这种新的悲剧维度认定，人类命运遭某些力量摧毁——人们有时视之为神意，但它们总是以激情的形式出现在我们面前。

诸神的退场只是意外地让阴谋和偶然上场，其主要作用是使悲剧性从此放在了人身上。然而，这些主宰一切的新力量与正义毫不相干，也毫无一致性可言。这些新力量重塑了悲剧，却在人类生活中引入了新的无序。

二 人类的激情

［41］我们想到欧里庇得斯的戏剧时，这些表现阴谋的悲剧其实并没有压倒性地占据主要地位。所有时代都不断重述着这些伟大的人物：嫉妒而愤怒的美狄亚竟至于杀子复仇；陷入有悖伦常之爱的斐德拉与之斗争，秘密败露，名誉受损，她又在自杀后冷酷无情地报复；因儿女殒命而绝望的赫卡柏（Hécube），断然以挖出罪人

双眼的血腥行为弥补她所有的痛苦；由于无法置情敌和情敌的儿子于死地，被妒忌冲昏头脑的赫耳弥俄涅（Hermione）在可怕的疯狂中让俄瑞斯特斯（Oreste）杀死自己的丈夫……所有这些充满激情、嫉妒而愤怒的女主人公主导着这些伟大悲剧的戏剧行动，全凭她们盲目的欲望的力量决定事态发展。这些就是阿里斯托芬坚定不移地影射的罪有应得的女人！

不过，这在当时还是新事物，是那个时代的现代特征。欧里庇得斯的前人并没有忽略这些主导戏剧行动的伟大女性人物，埃斯库罗斯就借助克吕泰涅斯特拉（Clytemnestre）呈现过一位伟大而可怕的女性。已然不贞的克吕泰涅斯特拉还在这条道上走到黑。克吕泰涅斯特拉已是罪人：《阿伽门农》（*Agamemnon*）这整部悲剧就呈现了她（在情夫帮助下）在丈夫归来当日将其杀害的罪行。而随后旨在报复这场谋杀的种种罪行，本身也源自她策划的这场谋杀。这都是事实，但在埃斯库罗斯的三联剧中，策划这场谋杀的与其说是克吕泰涅斯特拉，不如说是诸神，［42］因为诸神想惩罚阿伽门农的过失。此剧名为"阿伽门农"，而非"克吕泰涅斯特拉"。同样，儿子的复仇也由神下令。因此，没有哪种心理分析能转移人们对这种最初的神意的关注。我们甚至不知道（对此仍众说纷纭），促使这位王后谋杀的是她有罪的爱情、女人的嫉妒、因献祭伊菲革涅亚生发的母亲的怨恨，还是对可能的报应的恐惧。克吕泰涅斯特拉伟大又可怕。但在这部剧中，我们要关注的不是她的激情，她的激情没有真正主导戏剧行动。

与之相反，索福克勒斯则善于刻画女英雄。他的剧作以女人的名字命名，例如《安提戈涅》（*Antigone*）或《厄勒克特拉》（*Electra*）。甚至可以说，这些女子的意志和性格是我们关注的重点，也是其戏剧行动的根源。但此处的差别形同天壤！我们能拍着胸脯说，一切皆因激情吗？这些女子一个个受神圣义务的想法驱动，为此准备献出生命。对美狄亚或赫卡柏来说，这依然关乎义务吗？对斐德拉来说，这当然是一种义务，她原本打算履行这项义务，却抵挡不了爱情的影响：支配一切的不再是义务，而是这些"力量"支配义务。

我很清楚，绝不能过分简单化。比方说，我明白，在索福克勒斯的作品中，这些年轻女子的性格已比埃斯库罗斯作品中的分量更重。为了进行对比，索福克勒斯杜撰了更温顺胆怯的妹妹，以凸显安提戈涅这一个性十足的角色——并非每个人生来都是英雄。我也明白，在索福克勒斯笔下厄勒克特拉的哀叹里，既有身处屈辱境况的痛苦，也有对复仇的挂念。但这些都还没有欧里庇得斯笔下的冲突那么激烈。在欧里庇得斯作品中，母女并不抱怨，她们在冗长的家庭辩论中冷酷［43］精准地相互检审。在心理学家和精神分析学家大行其道的今天，季洛杜只是轻描淡写，就让人想起这位王后自新婚之夜就萌生的恨意。

因此，尽管埃斯库罗斯和索福克勒斯已铺好路，但欧里庇得斯才真正最先把一切都归因于几种重要的人类激情并关注内在动机。所以，这里有不少发现、诸多革新！

我方才提到人的几种重要激情，但事实上，我提到的所有女主人公都受爱情驱动（我们已经看到，这点没有逃过阿里斯特芬的注意）。那么，在欧里庇得斯之前有人描述过爱情吗？没有或几乎没有！在埃斯库罗斯笔下，爱情没有一席之地（对宇宙的爱欲除外，这是另外一码事）。在索福克勒斯那里，爱情出现在两部传世作品中。安提戈涅的未婚夫叫海蒙（Hémon），他的存在让歌队吟唱了一首关于爱情万能的颂歌，但海蒙没有谈及爱情，安提戈涅也没有。更何况，他们到死才见上面，还是在台下！爱情在《特拉基斯少女》（*Trachiniennes*）中更为重要。在剧中，德伊阿妮拉（Déjanie）

对爱人的依恋①与她发现情敌的担心混杂一起，令她作出自认为无恶意的举动，却导致赫拉克勒斯丧命。不过，较之欧里庇得斯笔下的女主人公，她们该受谴责的激情和明确的复仇决心判然有别！②
[44] 自欧里庇得斯起，爱情成了重要主题。

有时，这是一种无法抗拒的激情，就像《希波吕托斯》中的情形。激情如此难以抗拒，以致人们把激情与神的意志混为一谈。这是"爱情"，也是库普里斯神（Cypris）或者阿弗洛狄忒。这位女神在开场出现，所有人都意识到她在起作用。阿尔忒弥斯本人在剧末揭露了阿弗洛狄忒的行为。不过，这种让我们认识到爱情力量的身份等同，丝毫不妨碍我们用心理学方式来描述：历经爱的期望、担忧、甜蜜和痛苦。

毫无疑问，这是一幅独特而难忘的画面。但这幅画面通过多次

---

① 欧里庇得斯传世最早且唯一在伯罗奔半岛战争前完成的悲剧是《阿尔刻斯提斯》。此剧也集中描述并颂扬了夫妻之爱。但即便在这点上，我们也能觉察到差别：剧中充斥着大量合唱歌和哀叹，旨在提请人们注意这种温存切实存在（以及温存的快乐），这种感情的力量竟能让人自愿接受死亡！

② 在索福克勒斯笔下，德伊阿妮拉的全部嫉妒（亨德尔[Haendel] 将用充满狂怒的歌曲表达）仅用了三四句诗表达：

> 虽然他多次犯这种坏脾气，
> 我却从来没想对他生气。
> 其实这些都毫无意义。但是，和这女子住在一起，共侍一夫，
> 这种事哪个女人受得了？
> 因为，我看见她青春之花正在盛开，
> 自己却像花期已过，正在逐渐凋谢……（行543-548，在此，我们要结合行539-540更直截了当但蜻蜓点水的评论）。

[校注]《特拉基斯少女》中译本参见张竹明译，收于《古希腊悲剧喜剧全集》，张竹明王焕生译，第2卷，南京：译林出版社，2007。

触及爱情、忠诚和嫉妒等问题而贯穿全剧。且不说《伊翁》中呈现的爱情的引诱及由此引发的家庭悲剧,事实是,阿尔刻斯提斯的忠贞、《美狄亚》中伊阿宋的不忠及由此而生的妒忌,最终使这些作品沦为情侣的悲剧,就像《安德洛玛刻》(Andromaque)成了三角恋悲剧。在《安德洛玛刻》中,这个特点格外明显。欧里庇得斯似乎最先把该传说的这两大元素与支配此剧的二女相争结合在了一起。史诗和戏剧都曾提及赫耳弥俄涅的故事:我们知道,埃斯库罗斯的侄儿菲洛克勒斯(Philoclès)据此创作了一部剧,索福克勒斯也写过一部《赫耳弥俄涅》(Hermione,已佚)。另外,传统说法是,安德洛玛刻被俘后被分配给涅俄普托勒摩斯(Néoptolème)(史诗《特洛亚围城记》[Sac de Troie]有载)。不过,这两个故事的要害[45]——安德洛玛刻怀了涅俄普托勒摩斯的儿子、赫耳弥俄涅妒火中烧、俄瑞斯忒斯在德尔斐残害了涅俄普托勒摩斯,似乎皆由欧里庇得斯所杜撰。他利用各种传统说法虚构了二女相争的情节。两个爱人(妻妾)的问题,或许因伯罗奔半岛战争变得真实。总之,这个问题不断出现在这部剧作中,① 以至于我们发现,由于这个问题一再出现于欧里庇得斯的诸多作品,翻译欧里庇得斯的剧作会给人一种荒诞不经的感觉,因为每个人都在不停说着"我的床""她的床"及诸如此类的话……

爱情这一角色是一种毋庸置疑的新事物。我们还有必要强调爱情可能对后世产生的影响吗?我们算得出迄今(尤其20年以来)回归这个主题的剧作有多少吗?当然,由于拉辛,17世纪以来,学界对激情的探究已大获成功。但我们能说就此结束了吗?我们争先恐后、变本加厉地描述、回忆、谈论性,但都不如拉辛的描写贴近

---

① 参见行124("你那敌对的妻妾间的不幸争吵")。行179-180;行465-470;行909。

欧里庇得斯的作品，倒表明我们坚定地与欧里庇得斯所开启的革命性开放站在了一起。

不过，通过描写激情、探究激情的实在及其内在发展，人们很快就发现了其他创新——既是心理学上的创新也是戏剧艺术上的创新。我们可以将这些创新分为两大类，一类涉及心理学探究上的创新，另一类则涉及由此揭示的灵魂本质。

第一类创新中的有些问题，我已[46]在一本书（书名是《耐心点，亲爱的》[*Patience, moncœur*]）① 中进行了较为深入的讨论。不过，要认清这些创新对欧里庇得斯现代性形成的影响，需要我们在此从稍微不同的角度进行回顾。

在这些创新中，至关重要的是发现了矛盾的灵魂。无论埃斯库罗斯还是索福克勒斯的角色，都没有经历这种（激情与理智，或者不同激情的）内心斗争。欧里庇得斯在他的杰出悲剧中留下的典范，完全可以在17世纪法国戏剧中看到。我们从中选取两个最著名的例子。这两个例子都出现在欧里庇得斯传世的早期作品中：美狄亚的独白，以及斐德拉坦白的场景。

在美狄亚的独白中，两种情感在交锋：一边是杀死亲生骨肉战胜对手的欲望，另一边是想要抵制这个计划的母爱。于是，随着支配她的感情左右摇摆，美狄亚从一项决定换（更确切地说"跳"）到另一项决定。在六十余行夹杂着哀叹和具体策划的诗中，美狄亚下了五次决心，每次都不同，每次都斩钉截铁。荷马或埃斯库罗斯曾轻描淡写的片刻迟疑压根无法与之媲美。就算欧里庇得斯之前的戏剧人物曾改变主意、受人怂恿或者相反地摆脱他人影响，我们肯定也从未见过这种内心混乱，它在剧中一览无余，与理智针锋相对。

---

① Les Belles-Lettres, 1984. 此书涉及这些心理方面发现的片段，构成了关于悲剧的那一章（页 53-123）。

因此，此后重写该题材的作家都重新采用了这段独白的主要部分，这并非偶然。就像塞涅卡（Sénéque）的做法：在塞涅卡笔下，独白依然冗长，句子 [47] 同样连绵不断，只是更为抽象。欧里庇得斯笔下的美狄亚感叹："唉，唉！我的孩子，你们为什么拿这样的眼睛望着我？为什么向着我最后一笑？哎呀？我怎么办呢？"（行1040-1042）塞涅卡笔下的美狄亚则说道："我的仇恨离我而去，而我所有的母爱重现……"①（行927-928）。至于高乃依，他也运用了独白（在他的《美狄亚》第五幕第二场），但只有三次前后矛盾的决定，没有具体描述。在[法国]古典时期，欧里庇得斯这段独白中大胆精神蕴含的尖锐意味逐渐消失了。

从文学和道德上看，这段独白令人震惊。不过，三年后，斐德拉坦白的那场戏同样令人震惊。在那场戏中，沉默和德性的意愿与无法抗拒的爱情针锋相对。斐德拉讲述了她与这种爱情所做的斗争。我们得知，她为此精疲力竭、奄奄一息。激情的僭政与灵魂的冲突在此爆发出全部力量。

但与此同时，在这部悲剧开始时，我们目睹了反映这种灵魂冲突的另一场斗争。正是这场斗争让斐德拉坦承了这种爱，虽然她已毅然选择缄默。斐德拉的坦白通过身不由己的感喟、情不自禁的呼唤和哀叹流露出来。渐渐地，她想缄口不谈的情感不由自主地流露。我们清楚，拉辛模仿甚至照搬了这一幕，他重现了这场戏的所有细节，因为这场戏表现了对潜意识力量的发现，这股力量在心灵秘境中蔓延，连最坚定的个体清醒的意志都难以逃脱。

[48] 这场戏的大胆完全源于心理，因此在欧里庇得斯的时代

---

① 有好几个研究涉及《美狄亚》在不同文学作品中的不同版本。最有意思的研究，参见 K. Von Fritz 刊于 *Antike und Abendland* 的文章，此文重刊于 *Antike undModerne Tragöidie*（1962），页 322-429。

是现代的。因为这个特征,两千多年后,这种大胆在此后关注灵魂冲突的戏中重获新生。

不过,除了 17 世纪,我们不能说这种大胆一直延续到了现代。和对美狄亚独白的模仿一样,各种模仿主要出现在古典时代。我们将一探究竟。不过,我们已经清楚,灵魂内部的这些隐秘活动以另一种形式保持着重要性。

然而,在欧里庇得斯作品中,这些隐秘活动远不止此处提到的这两个例子,而是贯穿作品始终。

有时,与美狄亚和斐德拉的情况一样,这些活动引起激烈的斗争,人们似乎屈服于近乎疯狂的激情。于是,他们任由狂怒、复仇心或绝望控制,仿佛被不可抵抗的外在力量附了体。这无疑是欧里庇得斯至关重要的创新。

但有时,内心活动也会通过更隐秘的细节表露:一些细微的分歧、犹豫和突然的诱惑揭示了这股神秘力量。我们仅举欧里庇得斯文学生涯晚期的一部作品为例(也就是说此剧与《美狄亚》和《希波吕托斯》相隔最为久远),我们看到,《酒神的伴侣》中的国王彭透斯(Penthée)受了酒神狄俄倪索斯的可怕诱惑。他接受狄俄倪索斯的建议,乔装前去偷看酒神的伴侣。彭透斯犹豫不决、疑虑重重、关心如何实现,但最后只是说:"进屋去吧!我要思量一下如何是好。"①(行 843)对此,狄俄倪索斯志在必得地表示:"女人们,这人就要落网了!"

然而,内心的焦虑由 [49] 貌似不合理的态度转变表现出来。美狄亚仅用一句话就从一种感情转向另一种感情,从一项决定转向另一项决定。但在戏剧行动本身的发展中,欧里庇得斯的剧作包含

---

① [校注]《酒神的伴侣》中译参见罗峰译,收于《酒神与世界城邦:欧里庇得斯〈酒神的伴侣〉义疏》,卷二,南京:商务印书馆,2020。

大量这种转变的例子。狂暴无比的厄勒克特拉完成谋杀后马上恨意全消:

> 太伤心了,兄弟啊,这是我的过错,
> 我是女儿,她是我的生身母亲,伤心啊
> 我对她的怒火燃烧得太过旺盛了。(行 1182-1184)

这是一段三人抒情诗对话,夹杂着抱怨、感叹和可怕的回忆。和美狄亚一样,厄勒克特拉从一种感情转向另一种感情。《伊菲革涅亚在陶洛人里》中的阿伽门农和墨涅拉俄斯如出一辙,因受感情驱使一变再变。阿伽门农曾屈从军队的意愿,之后又屈服于父爱,再后来又屈服于对军队的畏惧。相反,墨涅拉俄斯则被情感左右:

> 我看见你眼里流出泪来,
> 我怜悯你,自己也流下了泪,
> 我收回刚才说过的话。(行 477-479)①

《伊菲革涅亚在奥利斯》这部悲剧充斥着这种转变,并以伊菲革涅亚的转变结束。伊菲革涅亚的转变远非那么不合情理,但也暗含了某种内心冲突和态度的突转。②

感情世界的这种变幻,暗含着各种捉摸不定的力量的隐秘斗争,自然令现代心理学着迷。首先,在拉辛的《安德洛玛刻》中,感情变化让人觉得赫耳弥俄涅极为前后不一。她命俄瑞斯忒斯杀死自己

---

① [校注]《伊菲革涅亚在陶洛人里》中译本参见张竹明译,收于《古希腊悲剧喜剧全集》,张竹明、王焕生译,第 3 卷,南京:译林出版社,2007。

② 关于这些转变的更深入研究,参见拙著,*Patience, mon coeur*, p. 110-117。

的丈夫（在欧里庇得斯的作品中她没有这么做），并充满激情地坚持这个决定，俄瑞斯忒斯惊恐地服从她的命令。谋杀结束后，赫耳弥俄涅却对他说："你为什么杀他？他做了什么？[50]你凭什么杀了他？谁叫你干的？"在这里，拉辛在欧里庇得斯所开辟的道路上走得更远，效果极佳。拉辛笔下的俄瑞斯忒斯感到震惊："我看见了什么？这是赫耳弥俄涅吗？我刚才听到了什么？"

在这里，我们看到的仍是17世纪的呼应，这种呼应比今天更明显。但我们会看到，这并不意味着呼应在今天不存在。

与心理学和感情描述有关的一切都劈头盖脸涌入戏剧，这与欧里庇得斯的这些创新对应。我们还应补充一点，与之结合的还有更形式化的东西（出发点相同），但这次通过诗歌表达体现出来。

在欧里庇得斯笔下，演员对话经常撞车，亦即两个戏剧人物说同样的台词。这种手法（希腊语叫做 antilabè［关键台词］）在希腊悲剧史中逐渐发展，与之同步的是，悲剧逐步接近真实并愈发贴近感情冲突。在《俄瑞斯忒斯》中，俄瑞斯忒斯与皮拉得斯（Pylade）充满焦虑的对话，就包含两人分享的二十四行台词，而在俄瑞斯忒斯威胁要杀死赫耳弥俄涅的那场要挟戏中，这样的台词有二十行。欧里庇得斯对话中的诗句也更为自由，不合格律的感叹增加。有时，一句更为急促的长短格取代了言说部分常用的格律。在欧里庇得斯的最后一部作品《伊菲革涅亚在奥利斯》中，我们看到有三出戏以这种方式写就。但最重要的是，在欧里庇得斯笔下，最为独特的悲剧形式是演员的独唱——他们演唱而非言说，因为他们的感情强烈到没法理性言说，因为同样的原因，他们不得不完全或部分唱着对话。尤其是，这种抒情独唱[51]埃斯库罗斯只用过一次，索福克勒斯用过两次，欧里庇得斯作品中却用了十九次！厄勒克特拉在哀叹她的命运时用了抒情独唱；陷入不幸疯狂的卡桑德拉

（Cassandre）用了抒情独唱；受惊的赫卡柏也采用了抒情独唱，① 诸如此类……同样的情形出现在双人和三人合唱中，埃斯库罗斯用过一次，索福克勒斯用过两次，欧里庇得斯则用了十余次。感情，个人感情成了规则，遍布剧中。这充分表明了阿里斯托芬在他的戏仿中所嘲讽的自由和长吁短叹。②

在那个时代，这种创新是现代的——在我们的时代或许无足轻重。但我们在此关注这些创新，乃因这种迹象为我们确定了描述情感、怀疑和激情的艺术的原则。这条原则不可能与我们的时代无关，只不过较之未来的荒诞，这种关联没那么惹眼。

存在主义戏剧一向否认自己是心理剧，萨特关于这点的声明很明确。荒诞派戏剧与这种灵感形式同样相去甚远。因此，在讨论与欧里庇得斯的关联时，我们的出发点似乎不对。不过首先，并非所有作家都拒绝承认这种关联。克洛岱尔（Claudel）③ 没有否认这种关联，季洛杜和蒙泰朗也没有。即便在存在主义戏剧中，心理学虽说不是作家们首要[52]关注的对象，却也并非完全没有一席之地。只不过，在所有现代作品中，无论作品对心理学理论持何种态度，心理学在其中的呈现，都略不同于欧里庇得斯戏剧和我们常见的17世纪戏剧。

---

① 对比《厄勒克特拉》，行86-120；《特洛亚的妇女》，行308-340；《赫卡柏》，行59-97。

② 对比上文，页15。我们还将在下文看到这种手法的例子，页93。尤参《俄瑞斯特斯》，行968："这是哀伤的、哀伤的歌……"和行971："完了，完了，佩洛普斯（Pélops）的子孙……"

③ [校注] 克洛岱尔（Paul Claudel，1868—1955），法国著名诗人、剧作家和外交官。克洛岱尔是法国天主教文艺复兴时期的重要人物，创作了许多诗剧、诗歌和宗教与文学的评论，大部分作品都带有浓厚的宗教色彩和神秘感。

若干世纪以来,现代人早已习惯于分析内心冲突。因此我们无须大费周章地解释或描述,彼时,借助欧里庇得斯的诸种创新,人们涉足了一个未知的领域(terraincognita)。我们的时代早就对独白不感兴趣。我们的时代喜欢简约,感情仅用一个动作或平淡无奇的只言片语传达。

另一方面,我们的时代掌握了一种新的心理学,其中涉及潜意识,欧里庇得斯才刚开始揣摩。作为公元前5世纪的人,欧里庇得斯试图用清醒的意识描述潜意识的存在,如今,潜意识变得异常强大,强大到不可名状。心理剧于是或多或少成为精神分析剧,但这个剧种也开始过时(法国一个很好的例子是勒诺芒[H. Lenormand]的剧)。通常而言,剧作家也不太愿意采用内心分析的方法,更别提喜欢运用潜意识了。在他们的作品中,这股潜在的力量只有在行动中突然爆发时才会为人察觉。人们也不再(压根不再!)逐步描述导致这些行为的过程。

这里的差别真真切切,但无法掩盖一个事实:这种描述不清、铺垫不多的新心理学,直接源自欧里庇得斯对这些秘密力量的新关注。

[53]蒙泰朗直言不讳,他要让戏剧"最真实、最强烈、最深刻地表现人类灵魂的某些活动"。他还表明,同一人身上并存数个个体。事实上,蒙泰朗笔下的人物经常出现欧里庇得斯最先描述的那种变化。不过,这种内心变化绝非蒙泰朗所独有:与欧里庇得斯剧作中的情形一样,不明就里的反复——他笔下的主人公突然从一种感情转到另一种感情——现如今已屡见不鲜。

于是,所有人物身上都有一些说不清道不明的力量在起作用,推着"他们行动"。季洛杜或萨特的作品就属此类。在所有人物的情形中,都是这些力量促使他们突然行动,这些行为似乎与他们之前的行为脱节，却清醒而坚定。当然，和欧里庇得斯的剧作一样，这些转变语焉不详。但和欧里庇得斯剧作中的情形一样，这些转变充斥剧中：当萨特《肮脏的手》（*Mains Sales*）中的主人公杀死他开始敬仰的人时，或者在剧末宣称自己对党派不再有用，因此该死时；这样的例子还有萨特《可敬的妓女》（*La putain respectueuse*）中的丽兹（Lizzie），她威胁要杀人，却随即交还手枪，就此作罢；此外，还有季洛杜笔下的埃吉斯托斯（在《厄勒克特拉》中），他受到某种启发后变成好国王，襄助厄勒克特拉，换言之，埃吉斯托斯跟原来的他背道而驰。总之，在所有人物身上，这些讳莫如深的发展突然势不可挡，连他们本人都感到惊讶无措。为此，剧中人物叩问自己的动机，要么在行动的那一刻（如蒙泰朗《死去的王后》[*La reine morte*]中的情形，"我为什么要杀了她？可能[54]有什么理由，但我不清楚是什么"），① 要么在行动之后（如萨特《肮脏的手》中的情形）。②

因此，动机愈不明就愈荒诞。但这些突转和波折都是欧里庇得斯的创意，在他之后也从未有人如此明确地使用过——透过由欧里庇得斯开辟的缝隙，一切汹涌而入。我们没有背离欧里庇得斯运用的那些手法，只是因为我们在他开创的路上走得更远。在这点上，欧里庇得斯最先开始探索人类内心的奥秘。

不过，这种新的关注与人们对英雄主义甚或人类的巨大信念互生龃龉。由此把我们带向第二个系列的创新，这一次涉及欧里庇得

---

① 第三幕第 7 场。随后令人惊讶地采用了欧里庇得斯笔下美狄亚的独白："我的意志让我产生这个想法，我犯了错，我明知这是个错误。"

② 在加缪关于恐怖分子的另一部剧《正义者》（*Les Justes*）中，我们看到了如出一辙的改变。准备杀人者突然打消了念头：其中一人因为瞧见僭主身边有孩子，另一人则因一天过去，他已筋疲力尽。相反，起初胆怯之人却因此成了所向披靡的英雄。

斯剧中揭示的灵魂本质。

三 仇恨与卑劣

　　心理学的确与理想主义格格不入。我们由此发现了主导欧里庇得斯悲观主义世界观的另一个原因。由于牵扯到性格、习惯特征和现实生活中的不同态度，这个原因只在局部与我们时代偶然产生交集。不过，[55] 质而言之，此处表现的悲观主义就是对未来的悲观，因此不可能完全与现代悲观主义无关。

　　在欧里庇得斯描述的这个阴郁的世界里，人类其实对重整乾坤无能为力——相反，人类使之雪上加霜。

　　首先，激情撕裂着这个世界。我们提到那两部具有心理学价值的剧——《美狄亚》和《希波吕托斯》，这两部剧的主题都是可怕的复仇。的确，两位女主人公都承受了痛苦并奋起反抗，但两人实施的都是可怕的复仇，她们一人杀害亲子，另一人提出残忍的指控。在随后的另一部作品《安德洛玛刻》中，赫耳弥俄涅的妒忌心使她恶毒地想要杀害情敌和情敌的孩子。随后，在可怕的狂乱中，赫耳弥俄涅让俄瑞斯忒斯派人杀死丈夫。在《赫卡柏》中，王后赫卡柏的痛苦达到了顶峰，但复仇的激情难平！赫卡柏邪恶地引诱杀害儿子的凶手来到特洛亚女人的营帐，她命人割断孩子的喉咙，刺瞎凶手的双眼。这一切并非无关紧要——几乎所有剧作的戏剧行动都基于从痛苦转向复仇的毁灭性狂怒。同样的情节也出现在《伊翁》的克瑞乌萨身上，以及因走投无路准备杀死一名女子（随后还有一位少女）的俄瑞斯忒斯身上。

　　硬说这些暴行是现代的可能会让人奇怪，但毫无疑问，从其真实的属性及其自觉的残暴来关注这些仇恨，它们就是现代的。现代戏剧无需伊阿宋（Jason）这样的丈夫向我们表明，妻子憎恨丈夫；现代戏剧［56］也无需一位杀人的母亲来让人关注这种针对父亲或母亲的仇恨。

不过，这条道路仍由欧里庇得斯开辟。他当然没有杜撰戏剧行动，因为杀害阿伽门农或克吕泰涅斯特拉的故事在他之前就有，但由于欧里庇得斯在此把激情刻画置于首位，这些仇恨也就再次得以凸显。

厄勒克特拉的例子就是明证。古希腊三大悲剧家都处理了这个主题。从表面上看，我们发现，只有索福克勒斯和欧里庇得斯的作品以女主人公的名字命名并将之置于首位。我们细读之后还会发现，欧里庇得斯无以复加地贬低了厄勒克特拉：他杜撰了厄勒克特拉的婚姻以及由此引发的不幸，他还把厄勒克特拉的仇恨刻画得极为个人。连索福克勒斯笔下的厄勒克特拉都更多考虑为父报仇。欧里庇得斯笔下的厄勒克特拉则叫道："只要我能割开母亲的喉咙，就让我死去吧"，或者"我呢，我将筹谋弑母大计"。欧里庇得斯笔下的厄勒克特拉比季洛杜或萨特的厄勒克特拉更胜一筹，她怂恿弟弟谋杀。俄瑞斯忒斯有些迟疑，寻思预言是否真实，厄勒克特拉便怂恿他，

> 你胆怯了？丧失了男子气？
> ……
> 对，还用那个你诱杀了她的男人埃吉斯托斯的办法……
> （行 982—984）

提及季洛杜和萨特是为了揭示这种笔法的现代性，因为在这两位作家笔下，俄瑞斯忒斯压根不想杀人。在季洛杜剧作的第一场戏中，俄瑞斯忒斯旋即质问姐姐："你为什么这么恨母亲，厄勒克特

拉?"我们根据欧里庇得斯理解这种演变。在欧里庇得斯那里,曾经的神谕或救赎的渴望沦为某种推向极致的感情。现代人只能理解并坚持这点。从这点出发,两位作家都可以 [57] 着力于解释何以俄瑞斯忒斯陷入他本不该参与的这种暴行,因为他本人并没有经历这种漫长而痛苦的酝酿过程。根据欧里庇得斯赋予这个故事的全新视角,我们时代的问题开始出现。

此外,正因这些激情现在成了真实的个人感情,当一种感情被另一种感情取代,或者当一种欲望得到满足而消失之时,这些激情就会消退,或者像我们已经看到的那样导向非理性转变。

这些爱恨因此缺失了些许崇高。阿里斯托芬就震惊于欧里庇得斯剧中呈现的那些应受谴责的爱情。需要补充的是,这只是有目共睹的诸多特征之一,爱欲的激情是欧里庇得斯的主人公独有的,他们身上的弱点和欲望不太容易归咎于诸神。由于欧里庇得斯探究心理,他也发现了各种性格。于是,他经常揭示主人公身上意想不到的弱点,让他们从史诗的伟大跌入残酷的现实,彼此无休止地互相伤害。

除了刻画一位年轻的女英雄,《阿尔刻斯提斯》还刻画了一位贪生怕死的父亲。① 他近乎搞笑地坦言:

> 你高兴看到阳光,你以为为父就不高兴看见阳光吗?
> 我当然知道人在地下的时间很长,
> 生命短促,但活着终究很甜蜜……(行 691–693)②

---

① [校注]此处指阿得墨托斯的父亲菲勒斯(Pheres),亦即阿尔刻斯提斯的公公。

② [校注]《阿尔刻斯提斯》中译本参见张竹明译,收于《古希腊悲剧喜剧全集》,张竹明、王焕生译,第 5 卷,南京:译林出版社,2007。

——他"没有勇气"。①

[58] 欧里庇得斯更大胆地把统领阿开俄斯军队的两位国王转变成懦弱的国王,从而鲜明地凸显了恐惧情绪。《安德洛玛刻》中的墨涅拉俄斯就令人吃惊地在年迈的佩琉斯(Pélée)威胁下落荒而逃,他捏造了一个含糊的借口,抛下女儿独自承担她的企图所引发的后果。在此之前,佩琉斯就辱骂过墨涅拉俄斯,说他没有参战,"毫发无损"地从战场返回。此处的形象与荷马的描绘大相径庭……《俄瑞斯特斯》中的墨涅拉俄斯也没有更勇敢,他害怕民众反对,拒绝帮助俄瑞斯特斯。在这两部剧中,欧里庇得斯都大费周章地把墨涅拉俄斯描述成胆小如鼠的无耻之徒。② 简言之,墨涅拉俄斯是懦夫。

阿伽门农也好不到哪儿去:他总是害怕得罪军队。在《赫卡柏》中,阿伽门农不敢帮助年迈的王后,他对此供认不讳。赫卡柏洞若观火:"因为你害怕,太看重民众……"(行868)。此处一语千钧:赫卡柏用了tarbein,该词在荷马笔下只用于懦夫!最后,在《伊菲革涅亚在奥利斯》中,这种恐惧萦绕不去:阿伽门农承认他害怕"我们成了民众的奴隶"(行450),墨涅拉俄斯为此指责他,"不该太怕民众"(行517)。克吕泰涅斯特拉持相同看法:"他很怯懦,太怕军队。"(行1012)这一次的恐惧强烈到令他想象所有人都会反对他(克吕泰涅斯特拉,卡尔刻萨斯[Calchas],奥德修斯[Ulysse]……),脑海

---

① ἀψυχία一词欧里庇得斯共用过四次,四次都出现在《阿尔刻斯提斯》中,其中三次用在阿德墨托斯父亲身上。

② 对比《安德洛玛刻》,ὦ κάκιστε κἀκ κακῶν [你这懦夫生的最大懦夫];行631:ὠκάκιστε σύ [你这卑劣之徒];《俄瑞斯特斯》,行719:κάκιστε [懦夫],行736:κάκιστος [最坏地],行740和1057:κακός [卑劣的]。关于这两个阿特柔斯家族的人的变化,参见本人在 G. M. Kirkwood 文集中的研究。

中还浮现出军队整装待发，前来摧毁他的城邦和家人的情形（行531-535、行1264-1268）。这种出于惧怕的臆想如此强烈，以致有些评论家试图删除这些［59］诗行（至少在他们一开始评论之时）。他们没有注意到，欧里庇得斯不遗余力地凸显了这位国王狂乱的恐惧。"众王之王"阿伽门农成了一介懦夫：英雄时代早已远去，现实主义的时代已然到来。

英雄时代有时会重现于现代世界和现代剧，但趋近现实主义、气馁和卑劣这些被视为现实生活常态的倾向主导了现代剧。于是，连英雄人物都令人惊奇地毅然接受了属于芸芸众生的平庸。阿诺伊笔下的克瑞翁（Creon）对安提戈涅所说的（关于**珀吕尼刻斯**［Polynice］的）那番话就表明了这点：

> 你可知道你哥哥是谁？他是一个寻欢作乐的蠢货，冷酷而没有心肠的食肉动物，只是驾车比别人快些的、在酒肆挥霍得更多些的野蛮人。有一次我在场，你父亲刚拒绝给他一笔他才输掉的不小的钱，你哥哥脸色煞白，举起拳头骂了句粗话。

一旦给我们时代的人质疑英雄主义树立榜样，他们就多么起劲地变本加厉啊！欧里庇得斯把英雄呈现为不完美的鲜活之人，一马当先为他们开辟了道路。

我们还可以把这种关联推得更远。阿诺伊在呈现珀吕尼刻斯时提到了钱。这第二种激情［爱财］已然使欧里庇得斯的世界蒙上阴影。埃斯库罗斯的作品只字未提珀吕尼刻斯因爱财而兄弟阋墙。当然，他想要他那份财产。俄狄浦斯诅咒儿子们时说，"他们以武器分割他的财产"（《七雄攻忒拜》，行790；对比，行876和行907），但这句简短的话只是笼统地提到儿子们索要他们的权利。而在欧里庇得斯笔下已经被大肆渲染。［60］珀吕尼刻斯出现在《腓尼基少女》(*Phéniciennes*)一剧中。他在其中言说、解释,还向母亲大费周章地描述流放的痛苦:遭流放的人不能畅意直言、没有朋友、没有谋生手段("饥一顿饱一顿",行401)。他甚而抱怨金钱的作用:

> 古来一直这么说,我还要再说一遍:
> "钱财最受人重视,
> 世间万物中它最有力量。"
> 我带来无数军队就是为了争这个。
> 一个人虽然出生高贵,穷了就没人瞧得起。
> (行438-442)①

相较于悲剧惯例,这里的口气如此现代,强调得如此强烈,以致有人想删掉这段话。欧里庇得斯令阿里斯托芬震惊——他还令今天的学者震惊!不过,我们也看到,尽管欧里庇得斯还没有达到阿诺伊描述的那种卑贱,但他已经在朝这一方向推进。

因为毫无疑问,金钱充斥着他的剧作。更不消说《赫卡柏》中的罪犯珀吕墨斯托耳。珀吕墨斯托耳为了"他的金子"残害了托付给他的孩子。这至少表明,爱财可能会成为一种强烈的激情。在《特洛亚妇女》和《俄瑞斯特斯》中,欧里庇得斯矢志不移地认定,奢华的诱惑令美丽的海伦迷失了本性!而在《厄勒克特拉》中,他又坚定不移地认为,穷困令女主人公潦倒,令她苦不堪言!(参见下文,页192-193)

此外,对金钱的崇拜又与对权力的崇拜(亦即野心)结合在一起。这种野心不再简单指让史诗中的众王竞相角逐的荣誉,而是指

---

① [校注]《腓尼基少女》中译本参见张竹明译,收于《古希腊悲剧喜剧全集》,张竹明、王焕生译,第4卷,南京:译林出版社,2007。

当时的民主制争斗特有的勾心斗角。

修昔底德和阿里斯托芬双双揭露了这种野心。欧里庇得斯则满足于在无以计数的戏剧中呈现这种野心。

[61]我们方才看到，遭流放的珀吕尼刻斯（俄狄浦斯两个儿子之一）深切感受到缺钱的苦恼。他的兄弟厄忒俄克勒斯（Etéocle）却醉心权力。厄忒俄克勒斯还在《腓尼基少女》一剧中恬不知耻地宣称：

> 我愿去往星星和太阳升起的地方
> 或者钻入地下——如果我能做到——
> 取得王权，这最为神圣之物。
> 因此，母亲啊，这至善之物我不愿
> 把它交给别人，只想自己留着。
> 谁要是丢了西瓜去捡芝麻，
> 他就是一个懦夫。（行503-506）

在希腊语中，没有比此处对权力的赞誉更令人叹为观止，也没有比此处对野心的描述更畅快淋漓——一人除外：在《高尔吉亚》（Gorgias）中，柏拉图让卡里克勒斯（Calliclès）表达了对权力和野心赤裸裸的看法。卡里克勒斯的很多说法与诸多文本相互呼应。不过，在《高尔吉亚》中，卡里克勒斯就算不是智术师，也代表了那种通过批判传统观点而大行其道的新精神。公元前5世纪的作家反映的这种趋势，因此也正好反映了当时的政治危机和道德危机。欧里庇得斯笔下的厄忒俄克勒斯通过他不可一世的宣称，搭起了一座桥梁，连接起公元前5世纪末的日常经验与柏拉图的道德反思。在随后的那个世纪开端，柏拉图将探索一种道德上的答案。①

　　有意思的是，我们注意到，为了让他笔下的厄忒俄克勒斯为野心勃勃的现代人代言，欧里庇得斯其实彻底改写了埃斯库罗斯曾刻画过的这个人物形象。在埃斯库罗斯笔下，厄忒俄克勒斯拥有正当权利。他是城邦护卫者。争端的起源不过是俄狄浦斯对两个儿子的诅咒。到欧里庇得斯笔下，厄忒俄克勒斯却成了野心勃勃、不知廉耻的粗野之人。②

　　[62] 阿伽门农同样懦弱无能。不过，他的怯懦源于惧怕民众意见：在《伊菲革涅亚在奥利斯》中，阿伽门农的弟弟就把参加民众选举的阿伽门农描述成蛊惑人心的候选人。欧里庇得斯的描绘如此栩栩如生，以致每个人都觉得他是在影射时局。③ 至于奥德修斯，他已沦为蛊惑人心之辈。在《赫卡柏》中，他引发了赫卡柏的一大

---

　　① 参见本人在 Galiano 文集中的研究（Apophoreta Philologica, 1984），卷一，页 259-265。

　　② 或许，某些佚失史诗已设定珀吕尼刻斯有权利执掌大权，但他们并未详谈厄忒俄克勒斯的动机。为了对动机进行双重分析，欧里庇得斯想象了一场兄弟间的讨论。而在埃斯库罗斯笔下，兄弟俩显然没有见面。

　　③ 参见行 337 及下：

　　　　你记得吗？当初你是多么热心，
　　　　想统领达那奥斯人去攻打伊利昂城，
　　　　表面上伪装谢绝，骨子里急切想要，
　　　　那时你对大家多么谦恭，拉着人们的右手，
　　　　敞开大门，让每一个愿意进屋的邦民进去……

有人由此联想到参选的阿尔喀比亚德（Alcibiade），也有人想到获选的尼基阿斯（Nicias）。比较下文，页 185。[校注]《伊菲革涅亚在奥利斯》中译本参见张竹明译，收于《古希腊悲剧喜剧全集》，张竹明、王焕生译，第 3 卷，南京：译林出版社，2007。

段（十分切近时事的）台词：

> 你们是忘恩负义的种子，都巴结民众，
> 追求名誉地位，我真愿不曾认识你们；
> 你们把为害朋友不当一回事，
> 只要能说些什么讨好多数人。（行254–257）①

同样的角色还出现在《腓尼基少女》和《伊菲革涅亚在奥利斯》中。② 自荷马以降，人们就把奥德修斯这个角色刻画得越来越阴暗，而在欧里庇得斯笔下，他不仅是罪人，也是伪君子。③

关于欧里庇得斯笔下人物的这些缺点及由此引发的锐评，我们还可以举出更多例子，这些人物彼此之间［的看法］总是清醒而严厉。结果是英雄变成了凡夫，按照现实形象设想的英雄便不复是英雄了。

[63] 不难发现，这个至关重要的转变中的一大特征，似乎表明了（在阿里斯托芬看来）欧里庇得斯在他的时代的现代性。而我们清楚，这种不恭令当时的观众时而会心一笑、时而深受触动，但往往令人震惊不已。但我们也看到，我们的作家由此开创了一类更接近我们的戏剧。这些崇高的激情曾激发拉辛的灵感，他摒弃了那些不高贵、不合礼法的东西。相反，那些角色及其不乏下作的一面也启发了19世纪以来的诸多作品。

---

① ［校注］《特洛亚妇女》中译本参见张竹明译，收于《古希腊悲剧喜剧全集》，张竹明、王焕生译，第3卷，南京：译林出版社，2007。

② 譬如参见《特洛亚妇女》，行282–287，以及《伊菲革涅亚在奥利斯》，行526。

③ 在欧里庇得斯笔下，正是奥德修斯要求珀吕克塞娜献祭（他之所以这么建议，可能依照了某些传统，但奥德修斯在这里扮演了积极的角色），他还要求阿斯提纳克斯（Astyanax）献祭（这似乎是一种创新）——这一切都与奥德修斯要求伊菲革涅亚献祭的情形一样。

事实上，无论对金钱的欲望、野心，还是日常生活的琐碎，在我们此处讨论的文学戏剧（théâtre littéraire）中都无足轻重。我们反而能在小说中找到这些东西，从巴尔扎克和莫泊桑开始，随后是林荫道剧（théâtre de boulevard），① 或者至少在讽刺工业界品行的作品中（例如布尔德［Ed. Bourdet］的《艰难岁月》［*Temps difficiles*］）。② 我们还能在侦探小说（尤其美国侦探小说）中找到这些东西。在这些侦探小说中，警长和报社老板出于野心无情地尔虞我诈。不过，除了正好浸淫于这种氛围的《可敬的妓女》，此处提到的那些作家都不关心这些主题。

但我们要揭示两个特征。第一个特征：在那些改写希腊主题和希腊英雄的作品中，现代人让这些英雄走下神坛的愿望比欧里庇得斯的作品还要明确。在季洛杜或阿诺伊的作品中，我们发现，在具体描述安提戈涅、厄勒克特拉、俄瑞斯忒斯时，他们仿佛有着十分相近的童年，玩着相同的游戏和玩具。季洛杜《厄勒克特拉》中的阿加特及其《特洛亚战争不会发生》（*La guerre de Troie n'aura pas lieu*）中的海伦，都比欧里庇得斯笔下的人物更明显地也［64］更享受卖弄风情。一群守卫、士兵和乳母围在这些主人公身边。在这点上，谷克多（Cocteau）③ 和上文提到的那些作家的作品并无二致。

---

① ［校注］1850 年以来，在法国创作并上演的一系列通俗剧。因剧作多在巴黎大马路边上的大剧院上演，故称"林荫道剧"。这类剧多采用现实主义和心理分析的手法。因所涉心理分析粗浅，剧本欠缺的文学性往往靠外在的演技来弥补。林荫道剧的代表性剧作是小仲马的一些剧作。

② ［译注］布尔德（Edouard Bourdet）系法国两次大战期间的剧作家兼记者。

③ ［校注］谷克多（Jean Cocteau，1889—1963），法国导演，活跃于 20 世纪的现代主义和各类先锋艺术领域，涉猎广泛，在诗歌、绘画、戏剧和实验电影上都有不俗表现。

此外，在那些与希腊毫不相干（因此也不具可比性）的作品中，也找不到无懈可击的人物。最勇敢的人也有迟疑之时。一个人迫于形势也可能出现英雄行为（也的确出现了），但这些行为必然是个案。往日的英雄不复存在。但要补充的是，正因为这个原因，这些缺点不再是缺点，也不妨碍它们存在。

只不过这不再是同样的缺点。其中部分原因是社会风尚的变化。在我们这个不再实行直接民主的时代，政治上要面临其他危险：人们更关注专政者的野心，而非煽动家的野心；人们更关注专政者的问题，而非专政者对手的问题。无论如何，通过这些取向的差异，我们看到，其他形式的政治斗争（同样残酷），正是延续了欧里庇得斯的创新，同时还保留了阴郁和现实的色彩。

不过，即便欧里庇得斯也不总是如此阴郁。他不仅无意描述冥府般的人生，还常常把我们领向幸福的结局。欧里庇得斯不仅向我们表明，他笔下的人物是他们自己或他人激情的受害者，也表明他们努力向善——他甚至在剧中展现了光明的时刻、纯真之人和高贵的行动。

我们有必要探讨一下这些人物的身份以及他们在剧中呈现的意义。[65] 在这些纯真的人物中，最令人动容的是那些纯粹为了死去并接受这种死而出现（在他剧中）的人物。这份自愿赴死者的名单众所周知。首先是答应替夫赴死的阿尔刻斯提斯。其次是那些同意或者有时自愿牺牲的女子，她们要么为了拯救家人（比如《赫拉克勒斯的儿女》[Héraclides] 中的玛卡利亚 [Macarie]、《伊菲革涅亚在奥利斯》中的伊菲革涅亚，以及散佚剧作中有着同样举动的其他人物），① 要么仅仅因为想不受约束地接受他人强加的要求（比如

---

① 我们在《厄瑞克透斯》（Erecthée）中看到了类似的献祭，这场献祭经父母同意，紧随姐妹俩自愿献祭之后。

《赫卡柏》中的珀吕克塞娜［Polyxène］）。还有《腓尼基少女》中年轻的墨诺克奥斯（Ménécée），为了拯救母邦自尽身亡。不过，玛卡利亚这个人物似乎由欧里庇得斯杜撰。① 伊菲革涅亚转而接受死亡，这也是欧里庇得斯的创新，与埃斯库罗斯笔下的伊菲革涅亚形成鲜明对比：她"像一头山羊那样"被人拖向祭台，塞住嘴巴，"绝望地趴在地上"（《阿伽门农》，行 231-236）。最后，有关墨诺克奥斯的情节似乎也由欧里庇得斯杜撰。换言之，我们从中看到，这是欧里庇得斯戏剧独有的一种场景和道德态度。

欧里庇得斯还乐此不疲地描写这些场景，让这些年轻人长篇叙说充满高贵精神的独白。在某些情况下，欧里庇得斯还着力描述他们平静庄严的死亡，就像我们在珀吕克塞娜身上看到的那样（《赫卡柏》，行 527-582）。

不过，这些形形色色的牺牲者都意识到困扰他们的不幸。她们只能通过请求死亡才能重获自由的感觉［66］——死亡会让她们彻底解脱痛苦和这种终极束缚。因此，这些勇敢无畏、面目一新的形象，与欧里庇得斯世界其他地方呈现的（截然不同）的特点并不矛盾。事实上，牺牲者的勇敢只能以他们迎接死亡的方式表现出来，外界压倒性的暴行迫使他们就死。这些描写之所以令人耳目一新，是因为这一事实：除了年轻的母亲阿尔刻斯提斯，其他人都正值大好年华，几乎还是孩子，仿佛生活的磨难和人事交往永远磨灭不了这份宽厚的纯真。

最后这点在欧里庇得斯的其他人物身上得到证实。他们虽未被献祭，却同样年轻、纯真。其中一位也丢了性命，这就是高洁的青年希珀吕托斯，他根本不愿为阿弗洛狄特效劳。希珀吕托斯在斐德

---

① 无论如何，我们都可以把这场戏的创新之处与埃斯库罗斯的《乞援女》进行比较。埃斯库罗斯压根没让年轻姑娘参与。

拉出场前说的头几句话,就是一阕颂扬纯洁的绝妙赞歌。事实上,希珀吕托斯送给阿尔忒弥斯一个亲手编织的花环:

> 用处女地上的花枝编织而成。
> 这里还不曾有牧人敢去牧过羊群,
> 还不曾有过铁器进入,这纯洁的
> 草地上春天只有蜜蜂飞来飞去;
> 羞耻女神用清洁的河水浇灌这草地。
> 只有那些并非教而知之而是天生知道
> 事事节制的人才可以去这里采摘花草,
> 不知节制的人不许采撷。(《希波吕托斯》,行72–81)

另一位是年轻的伊翁。伊翁是阿波罗的忠实侍从,满怀虔敬。后来有人建议他以王子身份回到雅典,他断然拒绝。① 伊翁无意于金银财宝,喜欢安宁的生活。伊翁钟情于德性。他也很年轻,甚至比希波吕托斯还年幼。[67] 伊翁也还带着这份年轻的无邪:他拿不准,在这样(他本人将之描述为四分五裂、尔虞我诈)的雅典,自己还能否保持这份纯真……

在公元前5世纪世道弥艰的雅典,这种希冀葆有纯真无瑕的青春的倾向,并不仅限于欧里庇得斯的作品。索福克勒斯也曾对比奥德修斯与小伙子涅俄普托勒摩斯(Néoptolème)天生的质朴。他笔下的女主人公(安提戈涅或厄勒克特拉)也是年轻姑娘……

这并不是说,在充斥着整个公元前5世纪末的年轻人和老者的论辩中,索福克勒斯和欧里庇得斯都意在支持年轻人——欧里庇得

---

① 当他找到母亲并听雅典娜解释后,伊翁才接受了这个建议。但伊翁的第一反应是拒绝。

斯甚至强烈谴责年轻人好战、不审慎。这只是表明，在这个越发令人失望的世界里，只有不争权夺利、不汲汲于功业的无邪青春，才能成为让平和之心充满安宁的福佑之地。

或者，这些人必须近乎神、离群索居，比如《海伦》中的女先知忒奥诺俄（Théonoé）。她生活虔诚，敬重他人。忒奥诺俄心里有一座"正义的圣坛"（行1002）。正因为这个原因，她冒着触犯王兄的极大风险把海伦交还墨涅拉俄斯。这里呈现的也是一位别具一格的人物。不过，这个人物的纯真似乎由欧里庇得斯杜撰。因为在这点上，他大刀阔斧改写了荷马笔下的范例——普罗透斯（Protée）的女儿埃多忒阿（Eidothéa）。忒奥诺俄不仅与兄长对比鲜明，还与所有人判然有别。

因此我们觉得，这些不断涌现于欧里庇得斯作品的光明时刻，构成了人们描述的残酷世界的对立面。这些时刻证实了一种看法：[68] 此世的黑暗常在，仍为人痛苦感知。这些时刻传递出一种哀婉动人的怀旧，哀叹德性不再充满英雄主义，哀叹德性一旦与人类发生关联就无法长存。

此外，在《酒神的伴侣》中，这种怀旧通过某种吁请传达出来：[歌队]渴望过上一种远离城邦、经神圣仪式净化的自然生活。这一切都是为了远离充满机巧的世界！

我们能就此认为，在欧里庇得斯笔下，只有那些坦然受死或神秘脱逃的人才是典范吗？难道他没有为头脑清醒、勇敢无畏的真英雄留下一席之地？

除了这些雅典国王——人们通常用恭维的笔触描写他们，使之带上些许造势和约定俗成的色彩——还有一位英雄（典型的英雄），那就是赫拉克勒斯。不过，欧里庇得斯呈现他的方式，与他笔下那些自愿赴死的年轻人的温和形象一样富有启发性。

赫拉克勒斯乃宙斯之子。他铲妖除魔。在欧里庇得斯传世的最早剧作中，赫拉克勒斯经激战让阿尔刻斯提斯起死回生。总的说来，对于哲学家们视之为英雄主义典范的赫拉克勒斯，欧里庇得斯是如何呈现的呢？

欧里庇得斯为赫拉克勒斯创作了一部悲剧——《疯狂的赫拉克勒斯》。我们在前文已提及此剧的主题：这位英雄突然发狂，杀死妻儿。赫拉克勒斯为此身败名裂，最后在雅典国王的庇护下屈辱地孤独终老。

不过，确切地说，结局远非欧里庇得斯这部剧的独特之处。结局提出了一个道德问题。对此，欧里庇得斯给出了别出心裁的解决方案。

[69] 在索福克勒斯笔下，与赫拉克勒斯一样陷入疯狂的埃阿斯屠戮羊群，他以为自己是在砍杀敌军首领。从疯狂中清醒后，埃阿斯自尽身亡。赫拉克勒斯从疯狂中醒来后也想自杀，但在一场长达三百余行的戏之后，赫拉克勒斯打消了这个念头。这部分是由于忒修斯的劝告，部分出于他本人的思考。但无论怎样，赫拉克勒斯放弃自杀，不是因为他缺乏勇气，而是出于真正的勇敢。忒修斯责备他想自杀的念头。他认为，这种行为适于常人（行1248），却不适于赫拉克勒斯这样没有缺陷、为人类造福的大力士（行1250、行1252）。忒修斯劝赫拉克勒斯经受住考验。赫拉克勒斯则自忖：

> 我虽在灾难之中，却仔细想过，
> 免得我死后被人视为懦夫。
> 因为，一个忍受不了苦难的人
> 也不能承受凡人的刀剑。

我要勇敢地活下去。(行 1347–1351)①

在这里，我意译了这番充满英雄气概的宣言的最后几句话。原文只是说"我将坚定地面对死亡"，这种表述在别处②意为"我要经受住死亡"，在此却有了新的意义——"我将负重活下去！"这种转变如此深刻，如此令人震撼，以致时常有人想篡改原文。事实上，这句话表明，人们看待世界的方式已发生巨变，与之相应的新的道德观也应运而生。

在古代戏剧中，这样的例子绝无仅有。和欧里庇得斯一样，索福克勒斯在《特拉基斯少女》(*Trachiniennes*) 中呈现了大功告成后被摧毁的赫拉克勒斯。不过，赫拉克勒斯 [70] 就是被死亡摧毁了。他在奥俄塔山 (Oeta) 上以自焚的英雄壮举死去。后世的塞涅卡沿用了欧里庇得斯的想法，让赫拉克勒斯最终答应活下去，但他笔下的赫拉克勒斯解释说，他之所以答应活着，是出于明确的责任，而非把活着视为终极考验。

这种新式英雄主义以巨大的勇气-——一种新式勇气为前提。此外，虽然这种新的英雄主义在剧作中绝无仅有，却极富特色。

我们不必在现代剧中寻找这些光明时刻和这种新式英雄主义。于前者而言，原因并非这些时刻不存在，而是光明和黑暗总是如影相随；至于这种新式英雄主义，主要因为现代剧再次强化了欧里庇得斯的悲观主义，总体上把拒斥（而非接受）视为一种德性。

不过，倘若指出如下区别很重要，那么显然，在欧里庇得斯的

---

① [校注]《疯狂的赫拉克勒斯》中译本参见张竹明译，收于《古希腊悲剧喜剧全集》，张竹明、王焕生译，第 4 卷，南京：译林出版社，2007。

② 参见《安德洛玛刻》，行 262。关于这一转变及这场戏的总体含义，参见拙文 "Le refus du suicide dans l'Héraclès d'Euripide"，刊于希腊期刊 *Arhéognôsia* I (1980)，页 1–10。

作品中，乐观主义的两种慰藉总是意味着残酷而艰难的世界——正义不占支配地位，最伟大的人也遭到摧毁。

这个世界充满了命运的任意及人类的激情和弱点。这个世界离我们很近、危险丛生，但充满希望和惊异。这不再是荷马、品达（Pindare）的世界，也不复是埃斯库罗斯和索福克勒斯的世界。这个转折点由欧里庇得斯开启。欧里庇得斯开启了现代的诸种困境和不确定性。每逢充满危机和变动的时代，这些困境和不确定性就奔涌而出、加深扩大。此处的关联很深刻，细节的相同只是反映了随机和不稳定。这就是一个大熔炉，余下的一切都在其中锻造。

不过，欧里庇得斯的这种现代视角引出了［71］诸多别的后果。因为正是这个视角表明了欧里庇得斯戏剧的所有独特之处，以及他在当时通行的悲剧中引入的那些创新。

我们甚至可以说，这个视角本身就证明了欧里庇得斯的前后一致。因为，面对我们方才提及的那个世界，欧里庇得斯作出了双重回应：为了突出黑暗，他加强了怜悯；为了解决他的问题，他展开多场思想论辩和论证交锋。两种全新的趋势显得互相矛盾，但每种趋势都以自己的方式反映了这场危机。危机也因此以两种截然不同的方式体现出来。我们在此将尽力指出这两种方式的独创性。

第二章 苦难剧

[73] 质而言之，悲剧表现受苦。事实上，怜悯通常属于受苦的一部分。怜悯存在于埃斯库罗斯的戏剧中，其地位举足轻重。在别处，我们已经试着表明了埃斯库罗斯的怜悯与欧里庇得斯心目中的怜悯差别何在。①但在这里，我们要探索的是激发欧里庇得斯活力的这种新式哲学，如何促使他要么凸显这种怜悯，要么通过诗化哀叹使怜悯的表现焕然一新。

这种增加受苦戏以凸显怜悯的做法，体现在欧里庇得斯戏剧的所有手法中，从简单的场景安排到那些最引人入胜的手法，到呈现戏剧人物本身的选择及面对击倒他们的不幸时表现出的令人怜悯的弱点。

对于戏剧行动的发展，这个趋向很明显。借助戏剧已经具有的这些新手法，欧里庇得斯能够突出这种 [74] 受苦。他也总是以一种炉火纯青、不折不挠的方式践行这些说法。

欧里庇得斯首先借鉴了前辈埃斯库罗斯唯一谙熟的手法，那就是渲染紧张、制造悬念的艺术。事实上，在埃斯库罗斯笔下，最后的灾难都经过精心铺垫。《阿伽门农》就常被视作这方面的典范：

---

① *L'Evolution du pathétique*, *d'Eschyle à Euripide*, Paris PUF, 1961; Les Belles-Lettres 第二版，1980（p. 148）。二者的主要思想差异在于，埃斯库罗斯强调恐惧，而欧里庇得斯凸显受苦。

歌队的忧虑随着开场的期待得以凸显，而忧心之事以缓慢但确定无疑的方式逼近。这种逐步推进的技艺，与由确定无疑的神义支配的世界若合符节。但在欧里庇得斯笔下的苦难世界里，同样的技艺不是用来引出无从避免的灾难，而是用来引出某个被痛苦或愤怒折磨的人物出场。在以她们为主角的两部伟大悲剧中，美狄亚和斐德拉就以这种方式亮相。在《美狄亚》中，女主人公出场前，乳母、保傅和歌队用了两百余行诗谈论她的感受。众人描述美狄亚的悲伤，随后我们听见美狄亚在屋内几番呼喊，之后乳母去找她，好让她出屋亮相。这种技艺强调的不再是未来的秩序，而是激情的强烈。实际上，激情将主导这部悲剧的整体走向。

　　三年后，同样的情形出现在《希波吕托斯》中。在这部剧中，斐德拉也由乳母搀扶出场。她直到行198才发言。同样，这种出场的怜悯效果强调了吞噬斐德拉的激情。这种激情还将成为未来一切事件的根源。

　　和埃斯库罗斯一样，欧里庇得斯也让人对延迟的结果牵肠挂肚、望眼欲穿。但欧里庇得斯在这点上显示了创新。精心维持的漫长等待经常会引出一起意外、一段波折。［75］我们已经知道，这是我们的诗人念兹在兹的命运弄人。因此，欧里庇得斯有时会把越来越无法补救的绝望推向顶峰，而在最后一刻，救星出现。同名剧中的赫拉克勒斯的情况就是这样。诸神及时裁断陷入僵局的争端也一样（例如《伊翁》中的女祭司皮提亚，或者《俄瑞斯特斯》剧末的阿波罗）。还有另一种可能，某位熟人在最后关头意外出现，前来阻止一桩正要犯下的可怕谋杀。在所有这些作品中，漫长的紧张带来的并非看似正在酝酿中的事件，而是这起事件戏剧化的骤然取消。因此，这种酝酿的笔法仅仅是为了烘托一种新的艺术效果（亦即出人意料的效果）。

老实说，这可能也没那么有创意，因为同样的笔法有时也能在索福克勒斯的作品中看到。但经过比较，我们能准确评价欧里庇得斯对这种手法的怜悯用法（即便在处理令人喜出望外的事件时）。

索福克勒斯曾多次借助这类旋即反转的绝望之情。比如他在《厄勒克特拉》中就用过这种手法，因为就在这位年轻的姑娘以为俄瑞斯特斯已死、万念俱灰之时，后者却又出现了。但在索福克勒斯笔下，厄勒克特拉在绝望中愈发坚定决心。她的错误也构成了弟弟设下的计谋的一部分。与之相反，在欧里庇得斯《疯狂的赫拉克勒斯》的整个前半部分，赫拉克勒斯的家人只能空自悲痛，但他们不再寄望的救兵将应运而降。因此，这种手法服务于截然不同的目的：在索福克勒斯作品中是为了颂扬人类的行动，而在欧里庇得斯作品中却是为了给人一种彻底的无力感，唯有出人意料的剧情突转才能挽回局面。

然而，当他们在相反的意义上使用这种出其不意［76］（意外至少对当事人而言是痛苦的）的手法时，反差愈发明显。

索福克勒斯笔下就有这类剧情突转，这些突转表明了（容易受诸神蒙骗的）人类的脆弱性。因此，在《埃阿斯》中，埃阿斯的水手过早地满怀信心，猝然事与愿违；俄狄浦斯也一样，就在他自以为躲过危险之时，却突遭命运打击。索福克勒斯甚至和年轻对手欧里庇得斯一样，学会了运用突然揭露的身份错误或意外之喜（紧随人们不再寄望的相认场景之后）。不过，在这些例子中，如此作比较只是更突显了欧里庇得斯的独创之处。

在索福克勒斯《厄勒克特拉》剧末，埃吉斯托斯发现了藏匿至今的尸体，他本以为是仇敌俄瑞斯特斯的尸体，谁知却是情妇克吕泰涅斯特拉的尸体。埃吉斯托斯的死期也在迫近和酝酿之中，其间的发展出乎他意料之外。在欧里庇得斯笔下，赫卡柏在同名戏剧中也发现了一具掩盖着的尸体,她本以为是女儿珀吕克塞娜的尸体,结果却是(她以为安然无恙的)儿子珀吕多洛斯(Polydore)的尸体(行 681)。这场新的灾难瞬间击倒了赫卡柏,使她陷入痛苦。痛苦燃起了赫卡柏(主导了随后一切的)复仇的怒火。因此,这种新打击带来的痛苦指向赫卡柏本人,指向由此引发的后续行动及其带来的回应。人们不再处于直通正义的路上——我们看到了人类内心深刻的惊颤。我们也看到痛苦接踵而至。

我们不妨补充一点:这种借助突转凸显痛苦的手法,甚至不再体现在场景的谋篇上,而是体现在叙述的布局上。比较埃斯库罗斯和欧里庇得斯就同一主题创作的两部剧(《七雄攻忒拜》[*Sept contre Thèbes*]和《腓尼基少女》[*Phéniciennes*])的结尾,这点一目了然。[77]在《七雄攻忒拜》中,对歌队言说的信使差不多一上来就宣告了城邦得救的重要消息(行 792:"放心吧,城邦获救了。")① 以及两兄弟的死(行 804)。在欧里庇得斯笔下,信使不止一位,而是两位。第一位信使对伊俄卡斯特(Jocaste)言说。他的确告诉伊俄卡斯特,城邦会获救,但在此之前,信使先让她安心,因她两个儿子安全无虞(行 1085:"你的两个儿子目前都还活着。")。然而,这种宽慰只是一时的——"目前"已让人猜到真相。整场战役的描述甫一完毕,报信人就透露,两兄弟准备单独对决(行 1217 及下)。随着伊俄卡斯特和安提戈涅匆忙中连话都说不完整的那场戏——她们打算制止这场对决——众人的情绪再起波澜。直到下一场戏,我们才得知这两兄弟的死讯,我们还听到伊俄卡斯特充满绝望的叙述,她一次次带着泪水和哀叹扑向两个儿

---

① [校注]埃斯库罗斯《七雄攻忒拜》中译本参见张竹明译,收于《古希腊悲剧喜剧全集》,张竹明、王焕生译,第 1 卷,南京:译林出版社,2007。

子……一分为二的叙述令母亲心中生出无谓的希望，凸显了随后哀悼的震撼力。这种叙述还令故事在完全个人的痛苦中结束，而在埃斯库罗斯笔下，个人的痛苦还与城邦得救的慰藉杂糅在一起。

不过，这个显然重要的目的也解释了欧里庇得斯剧中另一类场景的存在。在这些场景中，真正意义上的行动被迫中断，让位于非理性的感情宣泄（这一次被推到极致）。

欧里庇得斯笔下的人面当面论辩、威胁、掩饰或辱骂，毫不留情地彼此决裂。在这点上，欧里庇得斯也没有忽视那些能让人极度怜悯这些冲突或暴力的手法。我们只举几个格外引人瞩目的例子，这种例子不胜枚举。

[78] 第一个例子来自《美狄亚》。我们知道，伊阿宋和美狄亚冲突不断。首先在第一场大冲突中，夫妻俩互相指责挖苦、恶语相向、分道扬镳（这场戏发生在行 446 到行 626）。随后，在确保会得到雅典国王襄助后，美狄亚转而使用计谋。于是我们看到了一场充满虚与委蛇的戏。在这场戏中，对复仇者残忍的反讽比之前的凌辱更令人生畏（这场戏从行 866 到行 975）。我们在戏中看到了悲剧性反讽的手法（埃斯库罗斯笔下的克吕泰涅斯特拉已用过这种手法），尤其美狄亚最后期许能看到"她所盼望的好消息"（行 975）。① 毫无疑问，在此点到为止足矣。但并非如此！复仇一完成，伊阿宋的未婚妻和她的父亲及美狄亚的两个孩子一被杀，欧里庇得斯就想象了一个异乎寻常的结尾：美狄亚端坐于一辆有神力的龙车，伊阿宋

---

① 这涉及搞阴谋之人有意的含糊其辞。这种手法还出现在《赫卡柏》（行 1022）、《特洛亚妇女》（行 270）、《厄勒克特拉》（行 1141）、《伊菲革涅亚在陶洛人里》（行 1213 及下）、《海伦》（行 1201、行 1251、行 1418）、《伊菲革涅亚在奥利斯》（行 715、行 721），更不用说《酒神的伴侣》中狄俄倪索斯的反讽。若干研究探讨了欧里庇得斯笔下的反讽，但没必要高估其重要性。

够不到她,但距离却又没有远到无法对话。此处这场戏呈现了奇异而令人震惊的一幕。①但这种舞台自由让欧里庇得斯造就了多么令人称奇的对话!伊阿宋的绝望和愤怒枉自奔涌而出,美狄亚却占据上风,甚至不让他靠近孩子[的尸身]。于是乎,这部剧就在未经宽恕的仇恨和未经解决的冲突中结束。人们以为会有哀悼或静默,最后百余行诗却描述了令人绝望的暴行本身。

[79] 在《赫卡柏》中,当年迈的王后引诱杀子凶手进入俘虏的营帐时,我们发现,欧里庇得斯的描述同样没有意义:在这里,特洛亚女俘们杀死珀吕墨斯托耳的两个儿子后刺瞎了他的双眼。这起复仇惨无人道,欧里庇得斯描述的方式也毫不逊色。我们先听见珀吕墨斯托耳的叫喊,但这还没完,我们还看到他走出营帐,瞎了眼、跌跌撞撞、浑身是血,徒劳地想抓住刺瞎他双眼之人。从行1056到行1106,珀吕墨斯托耳都在喊叫、诅咒。随后,赫卡柏和他分别在阿伽门农面前申辩。这场戏甚至有意反衬了赫卡柏的平静(她对复仇心满意足:"我在他的身上伸张了正义")与珀吕墨斯托耳独白中不时出现的叫嚣。② 任何不像欧里庇得斯那样沉迷怜悯和现实主义的作家,都显然会让珀吕墨斯托耳稍后出场,或者干脆不让他出场。然而,欧里庇得斯早已让小阿斯提阿那克斯(Astyanax)的碎尸重回舞台,还在《酒神的伴侣》剧末让高傲的阿高厄(Agavè)双手高举亲生儿子的头颅。欧里庇得斯显然不会止步于这种暴力,相反,他致力于表现这种暴力。

事实上,即使在那些没那么可怕的场景中,欧里庇得斯也总是竭力把冲突推到极致,描述人类在仇恨的裹挟下走向死亡。实际上,

---

① 美狄亚说的第一句台词里含一个罕见词,阿里斯托芬在《云》(*Nuées*)中对此进行了调侃。这证明这场戏曾让观众印象深刻。
② 此处的韵律很自然地变化且充满激情。这里的主要音步是五音步。

我们刚才就提到了没必要再在舞台呈现的尸体。《厄勒克特拉》里还有一个很突出的例子,因为在行 880,埃吉斯托斯的尸身被抬上舞台,至行 961 才被搬走。在此期间,只有厄勒克特拉在长篇独白中咒骂这具尸体。厄勒克特拉也清楚自己的做法令人震惊,她表示这么做很丢人,但她还是这样做了。厄勒克特拉幸灾乐祸,她条分缕析[80]了死者的品行和所有缺点,① 仿佛她终于能借此发泄仇恨。这场戏压根没有达到《赫卡柏》那场戏的强调效果,不过,我们无法想象比这更无谓的行为,也无法想象还能怎样更彻底地归之于一种欲望:向世人揭示隐藏在人类激情中的这些力量。②

在诸如此类的场景中,戏剧行动最后都让位于激情,这显然不是巧合。相反,我们由此弄清了如下悖论:即便古代戏剧中最擅长耍弄诡计之人,也至少在某种情形下弃绝了计谋(甚至戏剧结构)。欧里庇得斯两度呈现过赫卡柏的不幸。在《赫卡柏》中,这位沦为战俘的王后遭遇了两种截然不同的不幸,一起构成了两个片段:一段以哀悼作结,另一段则以复仇结束。然而数年后欧里庇得斯推进了这种不幸,他创作了《特洛亚妇女》,集中描述这位老王后与一道沦为奴隶的特洛亚女子的苦难。剧中首先提到战俘对未来主人的贡献,随后是呈现卡桑德拉的片段,之后是安德洛玛刻的片段(她的儿子还被夺走),接下来是墨涅拉俄斯的片段和海伦的片段(赫卡柏试图让海伦哑口无言),然后是安德洛玛刻儿子的尸身[81]被带上舞台,剧末唯剩与陷落的城邦永别……所有片段之间没有任

---

① 此外,长期以来我们已发现,欧里庇得斯之前的作家已明确指出埃吉斯托斯的性格缺陷。在《厄勒克特拉》中,埃吉斯托斯迷恋金钱和女人并充满自恋。在剧本中,这个特征比谋杀阿伽门农更重要。

② 同样,在《安德洛玛刻》剧末,就此剧设定的时间而言,奈奥普托勒姆斯的尸体不可能重新回到舞台,这么做只是为了引出长篇挽歌并让年迈的佩琉斯绝望。

何必然的内部关联，唯一的共同点是都描述了战争的苦难。但这些片段又不像埃斯库罗斯那样强调城邦的陷落——这些个体苦难的并置，皆旨在表现赫卡柏的苦难，但又超越了她的苦难，形成一幅悲壮的宏阔图景（fresque）。

在这种情形中，充满痛苦的情感可以说颠覆了悲剧的结构。埃斯库罗斯的每部作品只呈现一起事件。他通过三联剧的连续性使这些作品结合在一起。① 在索福克勒斯的剧作中，戏剧行动更复杂（有时会出现两个戏剧行动）。欧里庇得斯则把我们带向与传统决裂的边缘，把一系列统一性完全基于感情的事件串联在一起。

这种例子可能空前绝后。但我们会发现，影视作品经常遵循这种路线。在集体冒险重新变得至关重要之时，"宏阔图景"的原则就光荣回归了。因此，欧里庇得斯在他的时代十分现代的做法，在我们的时代不乏呼应。

不过，除了场景的安排，这种突出苦难的欲望还表现在引入新人物，尤其是令人怜悯的人物上。通常而言，欧里庇得斯刻画的人物已经很痛苦。［82］这是一些屈服于激情的女性、受野心折磨的男性、失去一切的俘虏，以及要么蒙冤受屈（如希波吕托斯）要么被献祭要么将死于亲人之手的年轻人。这一切构成了总由苦难主宰的世界。

这个世界从不缺乏怜悯的影响。不过，在考察欧里庇得斯的怜悯时，与其重提这些人物和英雄，或许更具启发的做法是关注欧里庇得斯与前人的差异。欧里庇得斯仍认为，除了表现受苦难主宰的世界，还应加入对最孤苦无依、最值得怜悯之人（如儿童、老人和

---

① 这种连续性很快被放弃。但我们有时发现，我们将之放在一个系列中的三部剧在主题上相关。与《特洛亚妇女》放在一起的系列悲剧情形也一样，特洛亚战争带来的伤害充斥其间。

病人）的现实描述。

埃斯库罗斯作品中没有孩童。索福克勒斯剧作中有一个孩童（作为言说对象）出现在舞台上，这就是埃阿斯尚处襁褓的幼子。然而，欧里庇得斯在诸多作品中引入了孩童，还让他们发言或歌唱。

在欧里庇得斯的首部传世剧作《阿尔刻斯提斯》中，女主人公和一双儿女登台。已然奄奄一息的阿尔刻斯提斯对着孩子们说话，把儿女的命运托付给丈夫。在阿尔刻斯提斯咽气的那一刻，幼子吟唱了一曲由两个唱段组成的抒情歌独唱抒发痛苦："哎呀！我真不幸，娘亲已经去了地下……"（行393行及下）。我们没法想象其他作家笔下会出现如此哀婉动人的场景。

接下来的作品是《美狄亚》。我们知道，（将被母亲杀害的）孩子们在剧中占据着不可或缺的地位。但是，我们阅读剧本时压根体会不到他们在舞台上应有的重要性。孩子们先于母亲出场。乳母对他们说话，之后出于审慎尽快把他们带走（行49-105）。孩子们在[父母]假装和好之时再次出现，美狄亚哭着和他们说话。随后，美狄亚[83]把致命的礼物交给他们（行895-975）。然而，二十五行之后，孩子们再度出现，美狄亚对他们说了那段著名的独白。欧里庇得斯特别注意用语词提醒我们孩子们的在场。他让美狄亚提到孩子们的微笑、他们闪亮的眼神（行1040和行1043）、他们的手、他们的嘴唇……

> 啊，甜蜜的吻、娇嫩的面颊和温馨的呼吸！
> ……（行1074-1075）[①]

[①] [校注]《美狄亚》中译本参见张竹明译，收于《古希腊悲剧喜剧全集》，张竹明、王焕生译，第4卷，南京：译林出版社，2007。

这种离别令人肝肠寸断，作者连一丝细节也不放过。但这些孩子死期将至。只有在此刻，我们才听到他们的声音：屋内传来一声叫喊，随后是几句虚弱的感叹（每个孩子一句，重复了两次）。最后，两具瘦小的尸体在最后一场出现在母亲身旁。换言之，尽管孩子们几乎一言未发，但他们几乎一直在场，自始至终提醒我们：他们才是这部剧的关键和牺牲品。

还有一部是欧里庇得斯的悲剧《疯狂的赫拉克勒斯》（*Héraclides*）。赫拉克勒斯的儿女看起来更年长，但仍是孩童，他们在祭坛边避难（整部剧中他们都待在那里）。这里涉及的还是无情的斗争。他们没有台词，除了年幼的玛卡利亚（Macarie）为了兄弟们提出要挺身赴死。①

这些例子原本足够了，但我们还应提到安德洛玛刻的儿子。在《安德洛玛刻》行 309-463 和行 494-765，安德洛玛刻的儿子有性命之虞：我们看到他被墨涅拉俄斯带走，先是充当要挟手段，之后被杀身亡。但这个小受害者扮演了比上述作品中的孩童更重要的角色：他和母亲有一段抒情歌对唱，［84］两人相互哀叹，其中两句诗他唱了六遍。

我们还要指出，在《疯狂的赫拉克勒斯》中，孩子们出现在舞台上，在僭主的威胁下不敢作声。随后，他们的死成了一段长篇叙述的主题，欧里庇得斯让他们开口（徒劳无益地）向父亲求救（行988-989）。孩子们的尸身与赫拉克勒斯一起再次出现，一直停留到剧末。

同样，在《乞援女》中，七位首领的幼子也和受害的人们一起躲在祭坛边上。临近剧末，孩子们还要亲手捧着装有父亲骨灰的骨

---

① 玛卡利亚只谈到兄弟，我们也只能看到他们。但阿尔克墨涅和姐妹们在屋内（见行 41-43）。

灰罐。他们和众位母亲组成的歌队共同吟唱了一首盛大的挽歌。

在《特洛亚妇女》中,安德洛玛刻的儿子也一样:他未发一言,却至关重要,是唯一出现在两段故事中的人物。在前半部分,安德洛玛刻得知了关于儿子的决定。她被迫与儿子分离,让他去死。

> 我的儿,你在哭吗?你知道自己的厄运了?
> 为什么你紧紧抓住我的袍子,
> 像一只鸡雏躲到我的翅膀底下?(行749–751)

安德洛玛刻的诀别持续了四十行,最后她把孩子交给塔尔提比俄斯处决。随后,塔尔提比俄斯把孩子的尸体交给年迈的赫卡柏(行1123及下)。这一次,我们看到了五十行哀叹。赫卡柏哀叹时提到一个强烈对比,它再现了四分五裂的尸体和不久前所见的孩童的文雅。"可怜的孩子,洛克西阿斯筑起的你祖传的城墙,多么悲惨地削去了你头上的卷发,你母亲无数次抚摸过亲吻过它!"或者反过来说:"你的这双手,多像你的父亲,叫我看了甜蜜。现在伸在那里,无力地连在骨臼上。"欧里庇得斯还详细铺陈了孩童曾经的举止,[85] 使这种哀悼愈发令人悲伤:

> 你可爱的嘴唇,先前说过多少大话,死亡让它闭上了,
> 你依偎在我床前说过的话,如今做不到了:
> "啊,祖母,我要割一大把头发,
> 带一大群朋友到你坟前,敬爱地哭送你。"
> 但如今不是你送我,而是我送你。
> 一个老年人没了城邦,失去儿子之后
> 埋葬一个孩子的可怜尸体。
> 哎呀,无数的爱抚怀抱,我的养育之劳,

还有那无眠之夜，全白费了！

（《特洛亚妇女》，行 1173-1187）

这些具体的回忆和痛苦的感叹都让人想起美狄亚。我们还能在诸多戏段中看到类似的回忆和感叹，比如阿伽门农离开到那时还蒙在鼓里的女儿时所发的短叹：

啊，胸口啊，面庞啊，啊，金黄的头发啊！
那弗里吉亚的城墙和海伦给你带来了
多大的苦难啊！但是我说不下去了，因为
我刚一触到你，眼睛很快就流出来泪水……（行 681-684）

当然，这与《特洛亚妇女》中可怕的场景判然有别，但在一瞬间，同样的怜悯清晰可辨。①

欧里庇得斯在这么多作品中如此凸显怜悯，无疑富有启发。我们有时会觉得难以接受，因为他过分渲染了这种怜悯。不过，这种无情的现实主义不仅用来描述孩童，与之相应，欧里庇得斯也乐于凸显老人的孱弱。老人站都站不稳。因此，《疯狂的赫拉克勒斯》中年迈的伊俄拉俄斯（Iolaos）在奇迹般变年轻之前，曾非常吃力地参战，"你扶着我的左臂，搀着我走……"（行 728）。《安德洛玛刻》里的佩琉斯年事已高，[86] 也好不到哪去："带着我去，我儿。在这里扶着我的手臂。"在《疯狂的赫拉克勒斯》中，安菲特律翁（Amphitryon）垂垂老矣，没法再举起长矛，他的歌队朋友们也行动不便：

---

① 我们有时会将之与俄瑞斯特斯和厄勒克特拉的诀别对比："啊，姐姐的胸脯呀，啊，我亲爱的怀中的姐姐呀……"（《俄瑞斯特斯》，行 1049-1050）但二者只在感叹的手法上相似。

> 别让你的脚疲得那么快,
> 别让你的腿变得那么软
> ……
> 谁觉得脚步蹒跚,
> 抓住他的手,牵住他的衣裳,
> 老年人要相互扶持。(行119及下)①

至于赫卡柏,她不仅是女人(老妪),还历经磨难,可能还行动不便——由于无法行走,赫卡柏在仆从搀扶下登台亮相:"挟住我,托着我,扶我向前走,抓住我年老的手往上撑,别让我倒下"(《赫卡柏》,行62)。当希腊人把女儿从她身边拖走时,赫卡柏摔倒在地,从行440至行500她都躺在地上。在这段戏文中,欧里庇得斯着意凸显了赫卡柏的羸弱不堪。塔尔提比俄斯马上注意到瘫在地上的赫卡柏(行487:keitai),他评论了这种状态(行496:keitai)并徒劳地想扶她起身,赫卡柏却想维持现状(行500:keisthai)。最后,在《特洛亚妇女》中,赫卡柏从剧本开场就保持这种姿势(行37:keimène)。稍后,赫卡柏艰难地站起来,但卡桑德拉一离开,她就再次瘫倒在地。同一个动词 keisthai 在剧中多次重现,和该词用在其他老人身上一样。② 年迈与痛苦联手将欧里庇得斯笔下的人物打倒在地。借此,欧里庇得斯淋漓尽致地表现了由年老体衰引发的怜悯。

事实上,即便在其他例子中,欧里庇得斯也从未放弃运用现实细节激发怜悯。除了孩童和老人,他的剧作还呈现了一系列受苦之

---

① 参见《乞援女》中阿德拉斯托斯和伊菲斯的相同情形。
② 拙著 *L'évolution du pathétique, d'Eschyle à Euripide* 中有大量例子(页80-83)。这个语词还可以形容因痛苦而蜷伏在地,如《美狄亚》,行24。

人。譬如，他笔下的俄瑞斯特斯［87］不再是遭复仇女神（Erinyes）迫害的英雄——他成了受自身行为记忆折磨的病人。俄瑞斯忒斯的病是一种真正的疾病。起初，他躺下睡觉，呼吸困难。随后，俄瑞斯忒斯在行221醒来，精疲力竭。剧中描述他的嘴唇和眼睛粘满分泌物，头发肮脏板结、未曾清洗，全身关节僵硬。接下来，俄瑞斯忒斯再度发病，他产生了幻觉，以为受复仇女神迫害，随后又清醒过来，认出了姐姐（行290）。①

在这段大肆渲染的描写中，欧里庇得斯与埃斯库罗斯对比鲜明。这种对比首先源于对世界看法的改变：在埃斯库罗斯笔下，复仇女神真实可信，她们代表某种惩戒罪恶的神圣正义；而在欧里庇得斯笔下，复仇女神成了受折磨的心灵引起的重重幻觉。

但另一方面，对比还体现在欧里庇得斯的现实笔法让人想起疾病及其细致入微的那些方面。在（埃斯库罗斯向我们展示的）受复仇女神迫害却为阿波罗接纳的高傲青年与（欧里庇得斯所描述的）受姐姐照料的呻吟病人之间，我们看到了一场彻底的文学革命。欧里庇得斯极度渲染了无谓的受苦场景。

此外，这是不是在提醒我们斐德拉也是病人呢——她备受心病煎熬，却表现为外部疾病？斐德拉"痛苦地躺在床上，病恹恹"，两日粒米未进，众人奇怪她得了什么病。乳母抱怨她所看护病人的命运，在她看来这比生病更糟糕（行186）。欧里庇得斯的现实主义手法让我们在这里发现了精神病患者，因为［88］和俄瑞斯特斯一样，灵魂的痛苦摧毁了身体。②

这种表现怜悯的现实主义，是欧里庇得斯的一种现代主义的大胆。

---

① 亦参墨涅拉俄斯的惊愕："你头发蓬乱多像个野人！"（行387）
② 欧里庇得斯详尽描述了这种疯狂的躯体细节，但没有对此进行创新：他笔下的赫拉克勒斯或阿高厄都惟妙惟肖地模仿了索福克勒斯笔下的埃阿斯。

然而，即便在描述暴力和死亡时，欧里庇得斯也同样富有创新，也没比前人少下功夫。从他的作品呈现或讲述的自杀或可怕场景中，我们可以看到这点。因为他在描写这些场景时毫无保留。

索福克勒斯曾在舞台上大胆呈现埃阿斯挥剑自刎的场景，在《乞援女》中，欧里庇得斯也呈现了欧阿德涅（Evadné）的自杀，她从一块岩石高处跳到将要焚烧丈夫尸身的柴堆上。这一场面实在令人震惊，也意味着比索福克勒斯的舞台呈现更为大胆。但欧里庇得斯的特别之处在于，他对怜悯的运用截然不同。在索福克勒斯笔下，埃阿斯的自尽是全剧的中心：埃阿斯自尽是长时间铺垫的结果，充当了对羞耻（该剧以此为起点）的赎偿。但在欧里庇得斯笔下，欧阿德涅的自尽和戏剧行动没有紧密关联，严格来说可以忽略：当（在忒拜城前被杀的）诸首领（特别是卡帕纽斯［Capanée］）的尸体被搬上舞台时，卡帕纽斯的遗孀欧阿德涅毫无预兆地盛装现身岩石高处，只为了最后纵身一跳。另一方面，这与埃阿斯孤身作出的壮举大相径庭：欧阿德涅甚至盛装打扮后当众自杀，还吟唱了诀别歌。但这还不够——[89] 欧阿德涅的父亲也出现了！我们又看到了欧里庇得斯特有的怜悯笔法。这位正在哀悼女婿的岳丈伊菲斯（Iphis）在寻找女儿。已然痛苦不堪的伊菲斯得知女儿的打算，徒劳地想要阻止。然后，欧阿德涅当着父亲的面跳入葬火堆，留下悲痛不已的伊菲斯。伊菲斯在一段长篇哀悼（从行 1080 到行 1113）中表达了他的哀痛。他后悔生儿育女。他不知如何是好，也不知何去何从。他哀叹往昔（"但是她去了，往日她总是两手勾住我的头，拉近我的面颊让她的嘴好亲吻……"）。在这个很可能由欧里庇得斯杜撰的戏段中，一切都旨在凸显（由欧阿德涅的惊人之举带来的）新痛苦的无法承受之重。由悲痛导致的自杀引发了另一场完全个人的悲痛，这种悲痛绵绵无尽、无药可医。

其他同样令人震惊的场景也让人看到相同的倾向。这些场景可能由人类的激情引发，也与无情的对峙一致。悲剧《俄瑞斯特斯》临近剧末出现的要挟场景就是如此：俄瑞斯特斯现身宫殿之巅，持剑挟持年轻的赫耳弥俄涅，他还向墨涅拉俄斯宣称，如果不救他，他就要杀死墨涅拉俄斯的这个女儿，纵火焚烧宫殿。俄瑞斯特斯利用墨涅拉俄斯的痛苦，并竭力激起他的痛苦。这里的对话同样断断续续，夹杂着威胁和痛苦的喊叫。事实上，俄瑞斯忒斯的要挟举动没有得逞，但显然，此处迫在眉睫的暴行仍然只是为了加强痛苦。我们清楚，这种要挟场景也曾出现在欧里庇得斯数部佚失悲剧中。实际上，在他之前没有先例。

其他质疑诸神裁断的戏剧场景同样令人震惊。[90] 在这点上，埃斯库罗斯笔下不乏先例。尤其是《被缚的普罗米修斯》（*Prométhée en chaîné*）以一场伴随雷鸣的地震结束。① 而我们知道，欧里庇得斯剧作中有好几个类似的例子，但两者之间的差异也富有启发。

在《酒神的伴侣》的中间部分，我们看到宫殿在大火中倒塌（或像是要倒塌），一群妇人惊恐万分地瘫伏在地（行586行及下）。事实上，这是剧中的狄俄倪索斯在戏弄众人：摇摇欲坠是真的吗？我们可以就这点进行探讨。这里的一个特征表明了幻觉在欧里庇得斯作品中的作用。但无论真实还是幻想都可以肯定，坍塌是狄俄倪索斯施展神力的结果。这令人恐惧。更令人毛骨悚然的是，我们发现，狄俄倪索斯在此处施展神力后，还有一场更令人震惊的场景与之呼应：王后阿高厄（Agave）从山上归来，双手捧着被她当成野兽杀死的儿子的头颅。阿高厄还将发现狄俄倪索斯这位神强加给她的疯狂及由此引发的无边不幸，而且将在同样痛苦不堪的父亲帮助

---

① 我们知道，《厄多尼亚人》（*Edoniens*）中（残篇58 N2）也有一例。

下发现这一切。这场比任何其他场景都要大胆的戏只能在相互哀悼中结束（彼此只能加重对方的痛苦）。①

另一场地震出现在《厄勒克忒翁》（*Erechthée*）结尾。通过近期出土并刊载的长幅莎草纸残篇（索尔邦大学的《莎草纸资料研究》[*RecherchesdePapyrologie*]，IV，1967），我们得以了解相关内容。我们的确在行48-51看到："城邦的地面在风暴中摇晃（……）不幸开始了，屋顶坍塌。"不过，还是在这里，[91]剧末这场戏的气氛也富有启发。事实上，剧中的雅典刚通过一场人祭得救，国王和王后都已同意让女儿葬身火堆。但这个新发现的戏段属于剧末，是一阕哀歌。城邦得救了，但波塞冬还不满足。死者就摆放在舞台上，献祭甫一结束，痛苦就接踵而至。②

然而，欧里庇得斯更独特的做法，是把这种超乎寻常的手法用在由人类引发的灾难上。《特洛亚妇女》结尾就是这种情况。在那里，我们看到城邦在火焰中陷落：

赫卡柏：你们知道了吗，听到了吗？
歌队：特洛亚城邦在崩塌。
赫卡柏：这震动，这震动将席卷全城！（行1325-1327）

这场可媲美《普罗米修斯》地震的灾难，不再由宙斯的怒火而由人类的疯狂引发。我们还需赘言吗？灾难通过战俘们面对昔日生活尽毁的痛苦得以彰显。人为的不幸从受害者视角和他们的绝望中表现出来。

---

① 表示痛苦和不幸的语词不断重现：行1353、行1354、行1361、行1369、行1374、行1382。

② 参见 V. di Benedetto 的精彩评论，*Euripide, Teatro e Società*, p. 145-153。但他特别（可能过于）强调这些哀叹反映了对战争的控诉。

这里只是给出一些例子，这样的例子数不胜数，其性质也多变。我们总能看到这种旨在凸显痛苦的大胆舞台手法。与其再列举这样的例子，也许不如指出，正如我们追求戏剧行动出人意料的效果，同样的手法也用在了叙述上：总不乏可怕的细节，与怜悯的对比也几乎总是得以凸显，尤其［92］恐惧的延续几乎总是演变成纯粹的痛苦，以致有时候没有直接呈现的场景更哀婉动人。

因此在《美狄亚》中，欧里庇得斯没有呈现许配给伊阿宋并遭美狄亚毒害的那位姑娘之死。然而，信使的描述展现了多令人动容的技艺！在这段描述中，我们首先看到了日常的快乐与即将到来的惨剧的对比（就像《特洛亚妇女》合唱歌中提到的城邦沦陷）：在此，我们看到这个年轻女子揽镜自照，对收到的礼物满心欢喜。随后，我们看到了对充满现实的细节的可怕渲染：口吐白沫、眼珠突出、刹那间面目全非——

> 谁都认不出她，
> 她的双眼已失去庄重的平静，
> 她的面貌失去了优雅，血和火
> 混在一起从头顶往下流，
> 她的肌肉正像松脂从松树上流下来一样
> 被看不见的毒药从骨骼间融化吸去，
> 这景象真可怕！（行 1197–1203）

最后，就在描述完这些细节之后（和《乞援女》中欧阿德涅的父亲一样：他目睹女儿自杀后绝望与悲怆交加），伊阿宋年轻未婚妻的父亲出场：他失声痛哭，把女儿紧抱在怀，亲吻着女儿，叙述中一再提及他悲痛的呼唤。此外，科瑞翁刚发出悲叹，就同样中毒身亡。换言之，科瑞翁凸显了不幸，就像他凸显了怜悯一样。他的出现和发言显然没有派上什么别的用场。①

在《俄瑞斯特斯》临近剧末时，欧里庇得斯没有再描述俄瑞斯特斯对海伦的攻击。[93]但这是一段怎样的描述啊！这一回，讲述者的选择决定了一切。因为他是一名弗里吉亚（phrygien）奴隶。从种族上看，这名奴隶是外邦人。他的衣着、举止、手势都带有东方特色，为这个戏段增色不少——有点儿像《酒神的伴侣》这部悲剧中的歌队，该歌队由一群酒神女信徒装扮的女人组成，她们头戴常春藤冠，手持酒神杖和铃鼓，也来自亚细亚。另一方面，《俄瑞斯特斯》中的奴隶则是海伦的仆从，这就给了他另一个放任感情的理由，从受害人角度看待问题。总之，奴隶的种族和身份决定了他是一个缺乏男子气、容易惊慌失措之人，恐惧本身使他的叙述愈发令人同情。起初，恐惧通过感叹和控诉传达出来，为此歌队不得不要求他说得清楚一点。即使这样，奴隶的独白也充满了东方式的悲叹：

"哎呀，利诺斯（Ailinos），哎呀，利诺斯！"
这是我们外邦人
每逢致命的铁剑使王族的人鲜血洒地的时候，
用亚细亚的声音，哎呀呀，哎呀，
所唱悼亡哀歌的歌头……（行1395及下）

我们逐渐从这名奴隶那儿听到了实情。这是一段充斥着隐喻、史诗典故和浓烈情感的叙述。在这里，我们再次看到了日常生活的

---

① 关于对不幸本身的描述，索福克勒斯《特拉基斯少女》中掩盖赫拉克勒斯尸体的长衫提供了一个有意思的先例。这段充满现实主义的描述很残酷，主人公在地上蜷曲、打挺、嚎叫、双眼暴突。但欧里庇得斯的描述更富技巧，不幸突如其来。尤其父亲的角色是一种创新。

快乐与惨剧的对比,但这次添加了地方色彩,因为他描述了发现海伦正在捻纱的情形。令人震惊的事突然发生:"他把她掳走了,他把她掳走了。"利剑出鞘:"你必须死,你必须死!"俄瑞斯特斯正要烧死海伦;奴隶们想解救她,但外邦人天生的恐惧使之没法动弹。① 奴隶们死的死伤的伤,还有的四散逃窜,直至海伦和赫耳弥俄涅神秘地消失不见。"后来的事〔94〕我就不知道了,因为我偷偷地跑出宫逃走了。"(行 1499)

对于这段人为穿插问题、表达风格如此夸张的冗长叙述,有些学者不以为然。② 然而,我们难道没有看到,我们恰恰必须找到一种方式,使这段叙述令人同情,使之不同凡响,不惜一切代价使之充满感情吗?当然,这种方式显得有点过激。但过激表明了欧里庇得斯的坚持。过激让我们看到这点也并非毫无意义,因他大胆的坚持最终甚至让最出色的评论家都不知所措。

这段叙述的形式与新的酒神颂(dithyrambe)风格接近(Cf. E. K. Borthwick, *Hermes* 96〔1968〕, p. 69),凸显了创新意味,使它被视为现代的。较之其他同类叙述,也凸显了这种形式上的创新与怜悯的新用法有关。因此,细节上的现代主义,将对更普遍的现代性进行补充。

不过,当言说者就是遭受一切的那个人时,这种再现会更令人同情。一个有名的例子是《伊翁》中克瑞乌萨那段非比寻常的独

---

① 这个弗里吉亚人亲口作了解释:"事实很快就表明,我们弗里吉亚人在战斗勇敢方面远远不及希腊人。"

② 譬如,参见 Masqueray, *Théorie des formes lyriques de la tragédie grecque*, p. 286。Masqueray 依据先前的看法认为结尾"颇具谐剧意味",但他不确定这种说法是否适用于叙述。这个说法更适用随后的可怕场面,尤其是剧末的婚礼。而且 Masqueray 的观点表明,这场悲剧"是舞台的一大出彩点"。无论如何,这些误解表明,这场戏的确极富创意。

白，她描述阿波罗昔日如何引诱了她：

> 你向我走来，长发闪着
> 金光，当时我正在采摘
> 橘红色的花朵，装在衣兜……（行881-940）

随后便是强暴、徒劳的呼喊和秘密分娩。克瑞乌萨的叙述以充满仇恨的诅咒作结。

[95] 在另一个极端例子中，我们听到了一段抒情歌对话，这次的演唱者是有罪之人。在《俄瑞斯特斯》中，欧里庇得斯没有呈现克吕泰涅斯特拉被杀。欧里庇得斯没有效仿埃斯库罗斯：在《奠酒人》(*Choéphores*) 中，埃斯库罗斯让俄瑞斯特斯与母亲对抗，一直延续到她被杀之前（行930）。欧里庇得斯也没有效仿索福克勒斯：在《厄勒克特拉》中，索福克勒斯栩栩如生地在台下呈现了谋杀——厄勒克特拉站在舞台上，听到母亲在宫中被杀的喊叫；欧里庇得斯则把谋杀放在了厄勒克特拉屋内。谋杀就发生在歌队独自吟唱两个简短的唱段期间。相反，在欧里庇得斯笔下，姐弟俩事后提起这场当时无法察觉的谋杀。这次不只是叙述：这段话说与谁听呢？这两人从屋里出来，"沾满母亲鲜血"（行1172），① 他们都是这起谋杀的罪魁，也都对谋杀的后果感触至深。于是，我们听到了一场断断续续、感人肺腑、不时遭打断的抒情歌对话。谋杀的细节在对话中通过这些犯下罪行之人的恐惧得以披露。"你清楚地看到，这个不幸的人如何抛却面纱，在被杀一刻露出了胸脯，"俄瑞斯特斯高呼，"啊！她在地上拖着生育了我的躯体，而我，拖着她的头发……"他没有说完，因为

---

① [校注] 欧里庇得斯《厄勒克特拉》中译本参见张竹明译，收于《古希腊悲剧喜剧全集》，张竹明、王焕生译，第4卷，南京：译林出版社，2007。

俄瑞斯忒斯想起了母亲的恳求和他的弑母举动。对此,厄勒克特拉战栗地补充道:"而我怂恿了你,我的手和你的手握住了短刃。"我们怎能否认,在这里,通过两位主人公的感受呈现这起谋杀,欧里庇得斯找到了重现这幕惨剧最哀婉动人的方式?

更何况,这里的感情是恐惧和悲伤。姐弟俩联手完成了他们的心愿。但两人最后的举动令他们自己不堪重负:"都是泪水,弟弟啊!而我〔96〕咎由自取……"歌队将在结束这段抒情歌时表示:"对这个家族来说,这是灭顶之灾。"欧里庇得斯的手法无疑仍是只通过感情描述暴力,尤其为了表现某种格外的痛苦:怜悯通常建立在对受害人的同情上,此处则是通过出色的心理突转将之与凶手的痛苦关联在一起。

这样一来,欧里庇得斯就丰富了前人运用的所有戏剧手法,通过全面呈现充满激情的暴力和无所不在的痛苦使怜悯面目一新。通过这种方式,欧里庇得斯跳过了 17 世纪和 18 世纪的节制,甚至跳过了浪漫派的激昂,与人们对现代怜悯不可思议的执着关联在一起。

在这个意义上,我们可以说,欧里庇得斯笔下各种令人震惊的戏剧效果已和莎士比亚剧作异曲同工,比如他笔下的女巫和起死回生之人,发狂的场景,与日俱增的死亡。同样的话也适用于不拘泥于任何舞台手段的歌剧。的确,欧里庇得斯笔下所有受折磨或极度悲伤的人物都与巴洛克艺术相似。① 不过,通过这种(带来此类效果的)别出心裁的技巧,通过凸显苦难、身体的痛苦及个体的冲突,通过粗暴的威胁及由此引起的恐惧,欧里庇得斯的戏剧与 20 世纪的戏剧手法更直接地相关。

人们有时提及布莱希特(Brecht)戏剧的现实主义,在他的剧

---

① 参见 M. Canévet 的论文,"Aspects baroques du Théatre d'Euripide",*Bulletin Assoc. G. Budé*,1971,p. 203-210。

作中，饥饿、死亡和漂泊被推向极端。[97] 不过，最具智性的法国戏剧也采用了可与之媲美的手法。在《死无葬身之地》(*Morts sans sépulture*) 中，我们难道没看到备受折磨的受害者吗？① 我们难道没听到他们的喊叫吗？在《戒严》(*Etat de siège*) 中，我们难道没在舞台上看到疫病横行吗？更不消说彗星那场戏，它远远超过了欧里庇得斯笔下城邦的陷落和血腥追杀。还有比萨特《密室》(*Huis clos*) 中的人物之间那样更无情的对抗和更莫测的结局吗？② 即便在细节上，我们不也看到，加缪在《戒严》中设计了一出简短的要挟吗？——正是身染鼠疫的主人公挟持了一个孩子。

直到我们发现现代舞台上同样诉诸怜悯，我们才能确定，现代重新复兴了欧里庇得斯的舞台效果。我们已经看到，欧里庇得斯凸显了那些被不幸击倒在地、久久爬不起来的人——谁人不知，即便剧本不需要这样表现，现代人的品味也会要求演员像赫卡柏那样瘫倒在地？他们就这样言说，就像在古典悲剧中那样。甚而有时候，在付出所有人都不堪忍受的巨大努力之后，他们还放声歌唱！

这些相同之处丝毫不令人惊奇，与欧里庇得斯的时代一样，我们的时代也还有令人难以承受的经历，演员们自然而然地反映了这点。此外，蒙泰朗就 [98]《死去的王后》(*La Reine morte*) 写道："处决、全国战争、内战乃至饥荒，所有这些构成了这部悲剧的氛围，也是眼下欧洲的氛围。"（*Notes de théâtre*：dans la Pléiade, p. 108）同样的原因不仅使截然不同的时代对世界持相似的看法，

---

① 加缪的《正义者》是同一风格的另一部作品，还有萨特的《脏手》。和欧里庇得斯剧作的情况一样，当代经验及其痛苦也出现在了戏剧作品中。我们还可以指出，在加缪的《阿斯杜里起义》中，剧本开篇就出现了尸体，此剧最后一个词是"放火！"（在幕后说）。

② 同样的暴力也出现在了帕瑟尔（Steve Passeur）剧中。

对反映此世的怜悯的强调也大同小异。另一方面，和欧里庇得斯的时代一样，我们的时代也拥有新的舞台手法，现代艺术所面对的观众惯于通过影视特写镜头直接放大一切。因此，欧里庇得斯的大胆手法变本加厉地得以重新启用。

总之，和欧里庇得斯一样，现代剧也借助受苦的人物使戏剧变得生动。在这点上反差鲜明，因为我们的现代作家不再运用叙述，这个区别我们还会回过头来讨论。不过，通过让人物迟疑而有分寸地坦白，现代作家寥寥几笔就勾勒了同样的怜悯。譬如，在欧里庇得斯剧作中，孩童引发了诸多问题，他们在剧中也极引人怜悯。既如此，我们至少可以提到加缪在《正义者》中表现角色的方式：他坦白了为何没能实施本要实施的恐怖袭击——因为目标受害人身边有一群孩子。在提到孩子们在场令他放弃的只言片语中，他的不安表露无遗。

说真的，现代作家与欧里庇得斯在怜悯上的相同点数不胜数，关联紧密，使人由衷认为这些相同点意味深长，[99] 而且反映了某种真实的共同经验。

但是，欧里庇得斯的怜悯并不限于直接呈现这类痛苦和暴力。虽然有点偏离我们的现代性主题，但至少应该指出，对这些痛苦本身的关注在他的剧中引发了新的感情。这些感情从痛苦中产生，也可能源于逃离的欲望和哭泣的快感。

古代戏剧无视这种怜悯。事实上，在威胁和痛苦逼迫下，欧里庇得斯笔下的人物总想逃离或逃避他们所在的世界。

有时，这不过是一种想死的愿望或还没死的遗憾。美狄亚大叫："我愿抛弃这可恨的生命，一死求得解脱！"（行 146-147）；《乞援女》中的阿德拉斯托斯（Adraste）则喊道："我多么宁愿和他们一样死了呀！"尔后他又说道："真愿卡德墨亚（Cadméens）的队伍已经把我砍倒在尘土里了!"(行821)又或是,"哎呀呀!伤心呀!真愿地面把我吞了下去,狂风把我卷了去,宙斯的霹雳落到我的头上!"(行829-831)。

最后这句感叹(属于哀悼抒情歌对话)已然表明,这是对不可能之事的想象。不过,这些祈愿式表达的希望十之八九导向无法实现的逃离。这些愿望甚至赋予这种逃离一种有意的虚拟形式,也就是说戏剧人物希望能飞走或潜入地下。怎么样都行,只要可以远走他方!

[100]这个主题出现得过于频繁,以致我们很容易揭开关于欧里庇得斯的感受及其世界观的重要秘密。同时,通过营造一种无能为力又如梦似幻的双重感受,这个主题突出了怜悯。实际上,我们可以把这些戏文首尾相连,就成了一段焦虑不安的长篇哀悼。① 因此,《安德洛玛刻》中的赫耳弥俄涅表示:

> 我愿离开佛提亚(Phthie),
> 像一只蓝翅鸟,
> 或那只松木船,
> 第一只驶过
> 蓝岩的!(行861-865)②

以及《赫卡柏》中的珀吕墨斯托尔刚被刺瞎双眼后所言:

---

① 此处仅援引传世的悲剧。但(《法厄同》[*Phaéthon*])残篇781充分表达了这种双重愿望:飞走或逃到地下。
② 逃离的想法很重要:"离开佛提亚"这句话出现在希腊文本开篇。
[校注]《安德洛玛刻》中译本参见张竹明译,收于《古希腊悲剧喜剧全集》,张竹明、王焕生译,第5卷,南京:译林出版社,2007。

> 我往哪里转，我往哪里走？
> 我该高高飞起，
> 飞到天上的宫殿里去呢，——
> 那里有奥里昂（Orion）和西里奥斯（Sirius）两眼放出
> 火一样的光焰来——或者，还是悲惨地
> 投身到冥土黑暗的深渊里去？（行 1099-1105）

抑或灾难临头的赫拉克勒斯："哎呀！怎么办呢？我到哪里可以找到脱离灾祸的地方呢，飞走吗，还是地下去？"（行 1157-1159）[①] 以及《伊翁》中的克瑞乌萨："但愿我能飞过潮湿的天空，离开这希腊的土地，去到西方星上。我受着多大的，多大的痛苦呀，女友们！"（行 796-799）而当克瑞乌萨企图未遂之时，她的女友们也在遭受惩罚时表示："我怎么逃走呢？插上翅膀，还是躲进黑暗的地下深处，逃过被石击处死的灾祸，还是乘上四马拉的快车，或跳上一只快船？"（行 1238-[101] 1243）……在《伊菲革涅亚在陶洛人里》中，这个主题以更明确的方式出现，那些遭流放的希腊女人喊道："但愿我飞过清澄的太空——那里有太阳的强烈火光流过——在我家房顶上把背上的翅膀收拢来……"（行 1137-1142）。这个主题还出现在《海伦》剧末，其他希腊战俘遭放逐时表示："愿我们插上翅膀，也能飞到有利比亚的候鸟飞过的空中，它们每年离开冬天的风暴……"[②] 在《俄瑞斯特斯》中，那位惊恐万状的小亚细亚奴隶也喊道："外邦人往哪里逃呢？飞上明亮的晴空还是逃向大洋深处？"

[①] 稍后，赫拉克勒斯又希望变成岩石："哎呀！我愿化成石头，忘记灾难！"（行 1397）。

[②] 这首合唱歌中有怀念，却几无痛苦，至少海伦得救了。随后，这群自比鸟儿的女人负责四处传递好消息。

所有这些渴望中的飞翔都是逃跑。但我们看到了一个与不耐烦有关的例子。事实上,《伊菲革涅亚在陶洛人里》的歌队抱有回归故土的希望(不可能实现)。这个例子并非孤立的。《乞援女》中的歌队长想从卡利科罗斯(Callichore)泉水直抵忒拜巍巍城墙脚下的平原。歌队其他成员于是表示:"但愿有哪位神能给我插上翅膀,让我好去到那有两条河的城邦!"(行618-621)此处的歌队很焦虑,急于了解情况。在《腓尼基少女》中,安提戈涅想从城墙上飞到她远远望见的哥哥身边:"但愿我像一朵风吹的浮云,能够迅捷地经过天空,飞到我同胞兄弟的身边……"(行163-165),以及在《俄瑞斯特斯》中,厄勒克特拉想见到始祖坦塔罗斯(Tantale):

> 但愿我能去到
> 那用黄金的绳索吊挂
> 在天地中间的悬岩上——
> 它是涡旋从奥林波斯摔出来的一块
> 唱着哀歌,向那个生了我们家的,
> 亲眼目睹了那罪恶祖先们的
> 年老的始祖父大声说话……(行982-985)

[102] 最后,酒神的伴侣们欲往狄俄倪索斯受崇拜之地:"啊!我多想去库普里斯……"她们充满思乡之情地呼告,长篇累牍地描述了举行这些仪式的遥远天堂。① 于酒神信徒而言,欧里庇得斯呈现的狄俄倪索斯崇拜的这一切,难道不是关乎某种逃离一切、摆脱

---

① 参见 E. R. Dodds 对这段戏文以及关于这段戏文的错误解读的精彩评论(在他的版本中,上文已有引述)。绝望令人生发逃往天外或地下的相同想法,也出现在没有表达愿望的文本中:参见《美狄亚》,行1296-1297,以及《希波吕托斯》,行1290-1293。

自身的欲望吗？

菲斯图涅尔神父（A. J. Festugière）已精辟地指出："我们怎能充耳不闻欧里庇得斯剧作中对这些事物如此频繁的吁请呢——逃跑，逃往我们会过得更好的别处、冥府和梦想国度？"（*De l'essence de la tragédie grecque*, p. 61）

我们清楚，痛苦的程度可以减轻到微乎其微。但去往别处的欲望的原则始终如一，这些不可能实现的愿望（无论是否被痛苦打消）持续不断地诉说着隐在的不满和憧憬。

我们该感到惊讶吗？不管怎样，拉辛借用了欧里庇得斯笔下斐德拉那些不可能的愿望。这一次，这些以追求某人为起点的愿望暴露了一种无法克制的强烈感情："我是谁坐在林荫处！何时我才能穿过飞尘，看到逃到山凹的战车？"说实话，这两个不可能的愿望已经出现在欧里庇得斯剧中，而且还经过详细铺陈，比如杨树下清泉流淌，一群野兽追逐母鹿群，斐德拉亲手拿着猎矛向它们刺去，诸如此类的详细意象……这些愿望［103］也在两次喟叹中一分为二，中间穿插着乳母的回答。最后，这两个愿望之后还出现了第三个愿望：斐德拉希望亲临阿尔忒弥斯的领地，像希波吕托斯那样负责驯服幼马。希腊作品原型与拉辛剧作的差异，有助于确定未偿的心愿在欧里庇得斯作品中的非凡地位。

我们还能通过援引另一段戏文证明这点。歌队整整吟唱了两个唱段之后——最后这两段表达了必将来临的大难，这段戏文的主题丰满起来。事实上，斐德拉已表明她将自尽。歌队（行732）开始唱道：

> 但愿我能栖身险峻的岩窟下，
> 让神把我变成一只鸟儿，
> 属于有翅能飞的种类。

> 我愿飞到亚得里亚
> 海岸的波涛上
> 和埃里达诺斯（Eridan）的水面上，
> 在那里三重不幸的女儿们，
> 为了哭悼法厄同（Phaéthon），
> 让闪着琥珀色的泪珠
> 滴落到父亲阴郁的水波上。
> 我愿飞到黄昏星爱唱歌的女儿们
> 种着苹果树的海边……

这里的画面有声有色，描述生辉：她们梦想身处他乡，远离一切痛苦，使用了我们称作哀歌的语调。相形之下，这部悲剧本身的推进凸显了对遥远神话的怀念。

当然，这里的创新也只是相对而言。埃斯库罗斯笔下的人物有时也（徒劳地）遗憾自己或敌人没能早些死去。① 我们有一次甚至看到有人遗憾阿伽门农墓上的圆环不能说话。但这些愿望没有表达展翅逃离的渴望。

[104] 和埃斯库罗斯作品中一样，在索福克勒斯作品中，也有不现实或者不可能实现的愿望。在《埃阿斯》中，确实有水手表达了不能待在雅典家中的遗憾（行 1216 行及下）。但这既非逃跑也非飞离。然而，在一部佚失剧作的残篇（fr. 475）和《俄狄浦斯在科洛诺斯》（*OedipeàColone*）（我们不要忘记，这是索福克勒斯的晚期剧作，直到他去世数年之后才上演）中，我们看到，歌队希望能"做一只比风还快的野鸽子，在高空云端上，注目观赏战斗"（行

---

① 《阿伽门农》，行 1538；《乞援女》，行 843；《波斯人》（*Perses*），行 915。

1081-1082）。不过，和欧里庇得斯的《乞援女》一样，这里只涉及一种急于了解情况的焦虑，而非过分的悲痛。

由此，我们明白欧里庇得斯如何运用前人已经使用过的自然形式，他大量使用这种形式却改变其含义，由此开启了一种真正的创新。

这种创新的其他方面与欧里庇得斯的世界观逻辑相同。其实，即使撇开欧里庇得斯笔下那些逃离的愿望，在他的作品中，我们也总能看到一种重整乾坤、希望世界改头换面的欲望。

为此，欧里庇得斯笔下的人物希望实际已发生之事都不要发生。海伦哀叹："但愿我能像一幅肖像，可以抹去了。"《腓尼基少女》中的歌队对着基泰隆山（Cithéron）感叹："但愿你从未收养过那个被弃杀的婴儿，伊俄卡斯忒生的那个孩子俄狄浦斯。"（参见《海伦》，行 262-264；《腓尼基少女》，行 801）

不过，在不可能的愿望中，还有更令人惊讶的愿望。因此，我们看到希波吕托斯遗憾没有女人就没法要孩子，而女人是让人受不了的祸害（行 616-624）。[105] 这就是伊阿宋的想法：

> 愿人类有别的方法
> 生儿育女，这样就没有女人了。
> 男人也不会遭到祸害了。（《美狄亚》，行 573-575）

随后，当希波吕托斯失信于父亲时，他同样遗憾人没有两种不同的声音，一种说真话另一种说假话，如此一来，在眼下这个混乱的世界里，就不会有冤假错案（行 925-931）。宙斯把人类的生活安排得乱七八糟！既然如此，为何不能有两种人生呢？《疯狂的赫拉克勒斯》的歌队遗憾诸神没有赋予好人两次青春，"这样一来，大家就能分辨善恶"（行 665-666），我们也能利用已有的经验。《乞援女》中的伊菲斯就如是说：

> 凡人为何没有这福分：
> 两次由青年变老呢？
> 这样一来，家里若是发生什么坏事，
> 就可以凭后来的知识加以修正了。
> 可是生命不许可这样。若是我们能有
> 两次青年和老年，那么，若是谁犯了错误，
> 他就有机会在第二次生活中改正前次的错误了。
> （行 1080–1086）①

所有这些假设都有几分荒诞和说教意味，但这些假设的出发点都是一段痛苦的经历和某种苦难。希波吕托斯为斐德拉的爱慕与忒修斯的轻信所害，他将为此丧命。赫拉克勒斯的歌队由老人组成，他们无法反抗残暴的僭主。在《乞援女》中，年迈的伊菲斯直到（丧子之后）刚刚目睹女儿自杀之时，才遗憾未能有两段人生。伊菲斯表示，

> 若是我有过一回经验，尝到过
> 父亲失去儿子的滋味，就不会
> 渴望生子，不会遭到眼下的不幸了。（行 1089–1092）

这些不可能的愿望后面暗藏着切肤之痛，痛苦转而否弃导致这种痛苦的原因。[106] 与那些以"如果我能……"或"如果我不能……"开头的假设一样，这些以"若是"开头的假设充满了同样

---

① [校注] 欧里庇得斯《乞援女》中译本参见张竹明译，收于《古希腊悲剧喜剧全集》，张竹明、王焕生译，第4卷，南京：译林出版社，2007。

的怜悯，都想逃离一个苦难深重的世界。

在这个世界里，只有眼泪能带来些许慰藉。据说，欧里庇得斯醉心于描述眼泪。所有希腊悲剧诗人都运用过这种笔法，眼泪、哀诉、抽泣是哀悼的组成部分，具有某种仪式感，并充当了不幸的必要补充。但欧里庇得斯笔下出现了某种放纵（complaisance）。在《阿尔刻斯提斯》开场，当侍女谈及宫中笼罩着的绝望时，到处都是眼泪：阿尔刻斯提斯在床上哭泣，泪水打湿了床褥，孩子们在哭泣，仆人们在哭泣，丈夫在哭泣，同样的动词一再出现，相互呼应。死亡的崇高带上了格勒兹（Greuze）式的感人笔触。

还有，于备受折磨的人而言，抱怨成为某种慰藉。安德洛玛刻道出了这点，她承认"因为女人天性喜欢老把当前的苦难挂在嘴上"（行93-95）。这种发泄的欲望如此强烈，欧里庇得斯让安德洛玛刻在一整首独唱中吟诵了特洛亚的苦难——这首使用哀歌韵律的独唱在希腊悲剧中绝无仅有。换言之，这是一种惊人的创新。①

同样，《乞援女》的歌队也沉浸在悲痛中，抽泣不已。② 歌中唱道：

> 我无法摆脱这不知餍足、
> 十分悲伤的号哭，它有如陡岩上
> 淌下的涓流，[107] 永远不断。（行79-82）

"不知餍足的号哭"所指为何？即使法文表述有点牵强，但无

---

① 此剧的观点让我们注意这些"哀歌式的诗句"，这证明自古以来人们就认为这是创新。

② 在这个唱段中，这些语词也一再重现："抽泣"在行71出现两次，随后还出现在行79、行83、行85；忒修斯来问："这些抽泣是为何？"

论如何,这涉及沉迷于本身不乏愉悦的情感流露。

最后,在《特洛亚妇女》这部充满哀悼和痛苦的剧中,这种想法出现了好几次。一开始,赫卡柏在她的第一段长篇发言中提及她"无尽的泪水",就表明了这种想法。赫卡柏在结尾说:

> 对于不幸的人音乐就是
> 叹唱伤心的哀歌。(行120-121)

但更清楚的是,当赫卡柏与安德洛玛刻一道叹唱她们的痛苦时,歌队中的一位女子注意到,

> 哭泣、诉苦唱一支忧伤的歌,
> 对于受苦的人是多么甜蜜的宣泄。(行607-608)①

未几,在《厄勒克特拉》中,女主人公在一首抒情歌中倾诉。这首抒情歌由两个唱段组成,每个唱段以同一句诗开启:"痛哭着向前走,向前走。哎呀,伤心呀!"而且,在两节歌之间她告诫自己:"来吧,叫醒那不变的悲伤,痛苦吧,哭了轻松。"(行125-126)

以上援引的例子措辞并不总一致,要么牵扯到"愉快",要么是"柔情",要么是"快乐",但意思一样。几段佚失悲剧的残篇也呼应了这些例子(参见残篇573)。

此处同样涉及某种新感情。它的确有一个先例,但不是在悲剧中,而是在史诗中。荷马曾四次使用"品尝眼泪的喜悦"的说法。不过,其中有三次涉及分享的眼泪,要么是阿喀琉斯(Archille)与

---

① 这些安慰之言的最后一个语词通过希腊语 μοῦσα 传达:参见下文,页109。

[108] 帕特罗克洛斯(Patrocle)(在后者死后)的会面,要么是奥德修斯与母亲在地狱中的会面。仅有一次例外,当墨涅拉俄斯想到所有战死沙场的人时,他和欧里庇得斯笔下人物一样表达了遗憾(他希望从未出征),他也像欧里庇得斯笔下的人物那样抒发了感情:"我有时会抽泣,让心情好受一些,有时我会停下来……"①因此,泪水的"甜蜜"在这里亦非没有先例,但欧里庇得斯的语言更有力,他笔下的例子也更多。并且,欧里庇得斯用了悲剧形式。在当时的悲剧中,哀叹毫无这种感情趣味,也毫无这种放任自流的趣味。

在他的近著中,② 贝内德托(V. diBenedetto)精彩地阐发了这种"痛苦的诗学"(poétique de la douleur)。他正确地指出,我们绝不能把这种泪水的甜蜜与亚里士多德意义上的净化(Katharsis)混为一谈。事实上,这仍是一种逃离的方式。因为痛苦释放之后,内心会产生一种完全的安宁,这就脱离了戏剧行动。

不过,还有另一种(与泪水同时出现的)逃离,在欧里庇得斯笔下,这种逃离似乎具有某种全新的重要性——在艺术中逃离。

以上不可能实现的愿望或抒发哀怨的例子已经表明了这点。因为我们已然看到,在这两种情况下,逃离的主题都在大段提及如下事物时展开:要么是现有的痛苦及所有可能与之相关的或与之相同的痛苦,[109] 要么是压根没有这些痛苦的遥远之地,甚至是(和逃离想法相同的)飞走或离开。这些不是短叹,而完全是一种充满想象的描述。鸟儿经常与逃离的想法挂钩,而逃离的想法则与哀叹

---

① 《奥德赛》4. 102,其他引文出自《伊利亚特》13. 10 和 98;《奥德赛》11. 212;这所有例子都含 τξεποσθαι 一词。

② *Euripide, Teatro e Società*, p. 224-238. 作者特别指出,《特洛亚妇女》标志着欧里庇得斯的转折:参见下文,页 112。

的主题关联。这点在哀悼亲人的歌中格外真实。《海伦》中的一首长歌就以近乎叙述的谈论开始：

> 我请你，以丛林为家，
> 绿叶为舞台，
> 歌声最美的鸣禽，
> 最善唱悲歌的夜莺，
> 来吧！从你深黄的喉咙发出颤音，
> 和我一起唱那哀歌，
> 诉说海伦可怜的辛苦
> 和伊利昂人……

我们已从哀怨转到了哀怨的诗学（la poésie des plaintes），每当夜莺或翠鸟出现时都如此。①

不过，这里似乎触及了欧里庇得斯的个人感情。因为至少有一次，他借《疯狂的赫拉克勒斯》中由老者组成的歌队之口几乎直接表达了这种感情，这些老者颇令人意外地赞美了他们所剩无几的快乐，这就是这种诗学的快乐。事实上，在提请我们注意他们的高龄并感叹诸神不够厚爱善良之人后，这些歌队成员径直继续唱道：

> 我将不停地把美惠女神
> 和文艺女神结合在一起，
> 使之成为最美的群体。
> 但愿我总能参加合唱队，头戴花冠，

---

① 《海伦》中的诗句是行 1107 及下。亦参，譬如《伊菲革涅亚在陶洛人里》，行 1089 及下；《腓尼基少女》，行 1515–1517。

> 不离开文艺的队伍去待在粗人中间。
> 是的,我这老年合唱队的队员
> 还去高唱记忆中的往事,
> 还去唱说赫拉克勒斯
> 光荣的胜利,
> 在闹神给酒、
> 有七弦的竖琴
> 和利比亚的双管伴奏的时候,
> 我将永不停止赞美 [110] 文艺女神,
> 是她们教会了我歌舞。(行 673-686)

接下来,歌队表示,他们虽年事已高,却仍要像天鹅那样吟唱阿波罗赞歌……当然,关于年龄的抱怨适合这些忒拜老人,对歌唱及其甜蜜的赞叹却更适合诗人。而且,正如有流泪的快感,苦难的世界里也有一种艺术的快感,就像避难所和美好之地。

由此,欧里庇得斯戏剧的一大悖论或许能得到解释。这个悖论其实就是,最强调怜悯的作家,会让他笔下歌队的颂唱尽可能脱离戏剧行动。倘若戏剧行动要让人全神贯注,那么,就算削弱歌唱的重要性也不会令人惊奇。然而,为什么这些合唱歌显得经常脱离戏剧行动,去探讨那些描述性、叙述性的主题,把我们带到充满神话魅力的国度呢?若将这种艺术的美妙置于实际上过于残酷的世界中,我们就会明白,这种割裂本身就像怜悯的反面——就像美好的惊鸿一瞥后的一声叹息。

上文提到《疯狂的赫拉克勒斯》的一首合唱歌。但这首合唱歌仍让我们想起这支歌队颂唱的第一合唱歌(其时,我们以为一切都已失去)。那正是一首颂扬英雄赫拉克勒斯功绩的颂歌。合唱歌有点长(三个唱段,每个唱段有两小节),尤其是它的内容很具体:

歌中唱到"金角的母鹿"、拴在"血淋淋的马槽前"的狄俄墨德斯（Hespérides）的牡马、赫斯珀里得斯姐妹们（Hespérides）的金苹果、巨龙……功绩的铺陈与眼下的灾难形成对照，使之显得愈发残酷。

《伊菲革涅亚在陶洛人里》中也有一个 [111] 引人入胜的神话故事。然而，就在剧情突转、最扣人心弦之际，歌队表示，他们必须用华丽的诗句歌颂德尔斐神谕的基座，阿波罗用稚嫩的手臂紧抱着宙斯的宝座，正在征得宙斯同意（行 1235 及下）。当然，阿波罗和他发布的神谕与年轻的俄瑞斯特斯的命运直接相关。但这首歌令人震惊。在这部通篇充斥着恐怖和密谋气氛的剧中，这种出人意表的奔放焕发了美感。此外，在合唱歌之前，歌队开始提及哀哭伴侣的翠鸟，还提及被囚期间的悲哀生活："噢，我面颊上的泪水源源不断……"这也是一首关于不可能实现的希望的合唱歌，歌中也充满同情地对比了今昔。我们看到，这里的抒情歌回忆起到了同样的作用。通过与奴役的悲惨命运对比，神话的绚丽光辉引出了另一种对比，这种对比同样充满意味、令人动容。

我们还能举出更多例子。随着时间推移，这样的例子越来越多。在《厄勒克特拉》中，相形于女主人公与之斗争的悲惨命运，歌队唱及阿喀琉斯携带华丽的武器出征，随后还颂唱了金羊毛的故事及祭坛的耀眼光辉。在《海伦》中，歌队同样华丽地歌颂了得墨特耳和科瑞（Korè）。① 最后，在《伊菲革涅亚在奥利斯》中，歌队颂唱了出征特洛亚、帕里斯的到达，忒提斯（Thétis）和佩琉斯的婚礼。这一切均与特洛亚战争有关，因此间接切合此剧的主题。但这一切都是辞藻的堆砌，充满愉悦和美感，神秘而渺远。评论家

---

① 参见《厄勒克特拉》，行 432 及下、行 689 及下；《海伦》，行 1301 及下。

有时对此感到震惊,因为他们没能看出,眼下的痛苦与梦想形成某种对位主题(contrepoint),而欧里庇得斯的世界需要这种对位主题。

[112] 我们很容易发现,于那个时代而言,这是对希腊悲剧结构及抒情歌自身功能的一次真正革命。这种革命改变了悲剧精神,并导致悲剧走向式微。但我们还必须明白,这种脱离戏剧行动与痛苦的逃离仍是体现怜悯的一种(这次是间接)方式,因为歌队注定要表现出怜悯,并试图在艺术和想象的庇护下逃离。

一部关于欧里庇得斯的近著(参见本书页108,注释43)出色地揭示了欧里庇得斯借助想象的诗学表达逃离的愿望。但作者认为,这表明当时的城邦放弃了直接的政治行动。我们似乎应该稍微改动一下这种解读。诸如《特洛亚妇女》《厄勒克特拉》或《俄瑞斯特斯》这样的剧作,比任何其他作品都更深植于当时的社会问题和政治问题。但逃离的欲望可与某种观点结合在一起,就像这种欲望可以和怜悯结合一样:逃离的欲望是这种观点的另一面,也可能是这种观点的投射。通过充满虚幻美感的梦想,逃离的欲望完成了对苦难的描述。演员在对话或独白中凸显的怜悯,使这种愿望通过动人心弦的怀念引发共鸣。

我们已经看到,痛苦(因其泛滥)有时会损害悲剧的统一性,逃离的愿望也以悖论的方式暗中破坏了传统悲剧的结构。欧里庇得斯的创新将悲剧带到了与一种文类分道扬镳的边缘。

涉及悲剧形式本身的这些创新表明了某种相对的现代性,但显然无法在我们时代的作品中引起共鸣。[113] 我们对一种感情再熟悉不过:这种感情让人染上毒品、逃离家庭和城市,而梦想往往可以成真,只需前往加德满都(Katmandou)这样的地方。但在文学上,更确切地说在舞台上,我们无法想象这种戏剧行动的中断,也无法想象这种感情的抒发。现如今，戏剧不再含任何抒情部分，在任何情况下抒情都不是作品的组成部分，也不构成戏剧原则。无论如何，歌队不复存在了。歌队是自始至终的旁观者，可以脱离戏剧行动抒发感想。因此，我们会发现，在这种戏剧中，既没有逃离的愿望、泪水的甜蜜，也没有在艺术中寻求庇护。

然而，这些感情巧妙地隐藏在戏剧行动的波折中，短暂如昙花一现（如一声叹息），我们比预想的更频繁地发现这些对一种正常、美好生活的遗憾或渴望的波动。

我们在所有伟大作家笔下都能发现这点。若从古代题材的作品开始考察，我们会发现，季洛杜《厄勒克特拉》中的俄瑞斯特斯与萨特《苍蝇》中的厄勒克特拉，都曾片刻怀念过没有犯下罪过前的简单生活。萨特笔下的厄勒克特拉表示，

> 那么，你听听我刚得知的事，这事儿你大概还不知道。希腊有很多幸福的城邦。这些城邦洁白而宁静，像是在阳光下取暖的蜥蜴。就在此刻，在同一片蓝天之下，孩子们在科林斯广场玩耍。他们的母亲完全不用为生下了他们请求宽恕。她们笑眯眯地看着孩子们……

但在那些最现代也最残酷的剧作中，情况如出一辙。从某种意义上说，没有比加缪的《误会》（*Le Malentendu*）更残酷的作品。然而，[114]这个姐姐（无情的凶手）也有怀旧和诗意的时刻：

> 但在有些远离海洋的地方，晚风有时会带来海草的气息。他在那里提到潮湿的海滩，海鸥喧嚣的叫鸣，或者傍晚无边的金色沙岸……

此处涉及的是自然而非神话。戏剧人物向往此地却未动前往此

地的念头。①不过，这种通过对比效果凸显怜悯的间断，与欧里庇得斯笔下的哀叹或合唱歌一样出人意料、打动人心。更为出色的是，在这部剧中，对摆脱痛苦他乡的渴望最后也颠覆了戏剧传统。

在《戒严》中，加缪指出，他杂糅了各种手法，"从抒情歌独白到集体戏剧（théâtre collectif）"。其中包括使用歌队。歌队固执地拒绝接受现实："什么也没有发生！什么也不会发生！新鲜的，都是新鲜的！这不是一场自然灾害，这是夏天的丰收。春天才刚结束！……"在七星诗社版（la Pléiade）《戒严》中，对果实和幸福世界的回忆占了一页多篇幅。

最后，在季洛杜的《厄勒克特拉》中，对惨剧发生前的生活的追忆（日常、友好却压根儿没法实现），在两幕戏之间引入了农夫的著名独白，也就是那段众所周知题为农夫的"哀歌"（lamento）。农夫忆起他在农舍里为厄勒克特拉新婚之夜所做的一切准备。标题清楚地表明，此处对比的欲望也采用了一种戏剧创新的形式，亦即典型的抒情歌形式。

时代变了，表达的方式也发生了改变。但是，如果说这两个时期都出现过的 [115] 怜悯的无度带来了相似的对位主题（虽然重要性不同），那么这就不会是巧合——痛苦和暴力的密集出现，证实了这种仍得到明显突出的间接效果。

---

① 参见《正义者》第三幕多拉（Dora）所言："雅乐克（Yanek），你还记得夏天吗？"

第三章　观念剧

[117] 无论从哪个方面讲，我们都得承认欧里庇得斯作品中这些怜悯效果的大胆铺展。但我们也要承认，在某些情况下，怜悯似乎离奇地消失了。我们还应坚信，欧里庇得斯与现代惯例在这点上密切相关，因为我们只有在探讨欧里庇得斯作品的这个新方面时才会明白这些关联。

以一种起初吊诡的方式，欧里庇得斯戏剧绝非执着于追求怜悯，而总是着眼于受苦的场景和涉及最时兴话题的智性辩论。除了受苦和控诉，欧里庇得斯戏剧还充斥着大量关于一切事物的论证（raisonnements）。

这种两面性并不令人意外，因为它已然出现在阿里斯托芬的批评里。除了身着破衣烂衫的国王，阿里斯托芬还批评了"闲扯"和"诡辩"。对此，阿里斯托芬笔下的欧里庇得斯也供认不讳：他辩称自己教授了一种说理、检审和论辩的技艺。①

[118] 此处提到的批评在阿里斯托芬作品中也是重中之重。事实很明显，因为这种检审和论辩的技艺恰恰归功于智术师的宣扬，也正是阿里斯托芬从未停止攻击的危险方法。

---

① 见上文，页 15，以及《蛙》，行 957–958，在那里，欧里庇得斯用了一系列引人深思的动词不定式：他表示，他"筹划、安排，以求峰回路转。为讨人喜欢，我窥视一切，探听一切……"。

因此，这种批评牵涉到某种创新方式，还与其他新兴方式更紧密地关联在一起，总之反映了其中最引人瞩目的那种方式。

首先，智术师是教授修辞术的教师。在当时，修辞术是一种全新的技艺，也是雅典城邦中至关重要的一种能力。在雅典这样的城邦中，人们要维护自己的正义事业就必须当众辩护。不过，这种技艺的重要性远不止于现实运用，因为修辞术还包括如何寻求论据、驳斥对方观点，以及随心所欲地捍卫相互矛盾的观点。因此，修辞领域成功的典范就是双重论辩（discours double）：言说者在两种相反的辩护之间进行对抗，使正反观点都尽可能成立，也竭力驳倒正反观点。我们从修昔底德那里认识了这种惯例，他总是在忆述历史事件前呈现一组对立言辞（人称"正反言辞"[antilogies]），在这组言辞中，同样的观点被人提出、颠倒、反驳，双方提出各种可能的对立——随后得出的结果或削弱或加强了每一项分析。如今看来，这位史家笔下的分析方法显得令人费解，但那个时代都醉心于这种方法。例如，安提丰（Antiphon）就留下了"四重论证"（tétralogie）的范例。这种方法涉及一组组四重言辞，依次辩护或驳斥某项指控。不过，这种自相矛盾的技艺，以及旨在支撑某个重要观点的辩证法策略，有时以近乎轻率的方式贯穿欧里庇得斯悲剧的核心。

我们不能肯定地说，欧里庇得斯和他的众多同时代人一样，没有敏感觉察到修辞术的危险——修辞术往往表现为一种歪曲事实、欺骗世人的技艺。从最古老的保守悲剧开始，从《希珀吕托斯》或《赫卡柏》开始，我们就听到剧中人物要么控诉"太漂亮的言辞"，要么揭露煽动家"妄想用言辞巴结民众"。① 欺骗与修辞术关联在一

---

① 引文分别见《希珀吕托斯》行 487 和《赫卡柏》行 254-257。当然，我还可以举出更多例子。欧里庇得斯的研究著述几乎提供了所有参考文献。

起，连教授修辞术的人都供认不讳地承认这点。

不过，这又有什么关系呢？恰如柏拉图迫使智术师高尔吉亚承认的，一切都取决于这种技艺所起的作用。不管怎么说，修辞术带来了辩护、分析和思想。

最明显也最表面的特征体现在欧里庇得斯笔下的论辩（agon）或对驳（contestation）场景中：两人长篇大论地对驳，随后转入简短的轮流对白。

在欧里庇得斯笔下，这种场景的出现毫不新奇。但这类场景出现的频率及其辩证法之精妙非比寻常。[1] 事实上，欧里庇得斯的所有剧作都含有这种场景，[2] 许多剧作还有两场论辩，某些剧作甚至还有三场论辩。而这些完全 [120] 缺少戏剧行动的场景，每场都长达一两百行台词。因此，如果从数量上看，论辩场景出现在欧里庇得斯的诸多剧作中。在这些剧里，一切都能因为一场对驳而暂停。

这类场景中有的受法庭模式启发。譬如在《希珀吕托斯》中，我们看到忒修斯指控希珀吕托斯，这位后生随后进行辩护。在《赫卡柏》中，我们目睹了赫卡柏对那位色雷斯人（Thrace）的控诉（[译注]指色雷斯国王珀吕墨斯托耳[Polymestor]），尔后是这位色雷斯人在充当仲裁人的阿伽门农面前为自己辩护。在《特洛亚妇女》中，我们看到赫卡柏指控海伦，随后海伦在充当仲裁人的墨涅拉俄斯面前为自己辩护……还有些场景受政治模式启发。譬如在《乞援女》中，关于乞援人的权利以及民主制和王制各自的优点，忒修斯和忒拜传令官的看法针锋相对。或者在《腓尼基少女》

---

[1] J. Duchemin, *L'agōn dans la tragédie grecque*, Paris, 1946.
[2] 只不过在其他剧中，这类场景没有像《伊翁》和《伊菲革涅亚在陶洛人里》出现得这么频繁，也没那么重要。

(*Phéniciennes*）中，珀吕尼刻斯（Polynice）提出自己的观点后，厄特奥克勒斯（Etéocle）和伊俄卡斯特（Jocaste）就雄心（ambition）在城邦中的作用展开辩论。在这些场景中，为何论证并非必不可少？为何作家没有乘机表达或多或少直指时局的看法，也由此乘机参与雅典当时流行的论争？我们从戏剧人物的对辩过渡到一场涉及普遍议题的答辩。

不过，这类答辩不只是涉及论辩场景——论辩场景不仅模仿了传统，也模仿了现实中近乎固化的形式。事实上，这种提出观点、辩护，以及支持总体秩序（ordre général）的观点的技艺，每时每刻都在起作用，连论辩场景之外的情形也一样。人们在《乞援女》中就这样谈及一场论辩。但在这场论辩之前，我们目睹了几场长论：乞援的阿德拉斯托斯（Adraste）与斥责她的忒修斯针锋相对，忒修斯的母亲埃特拉（Aethra）主张儿子介入，随后与［121］解释为何做出这一决定的忒修斯针锋相对。为了维护自己的观点，每个人都要援引某些原则、既定规则和流行观点，每个人都振振有词。渐渐地，长论越来越多，希腊语教授们发现，这些文本翻译出来如此完美、逻辑清晰、富有理论意义。但在现代舞台剧导演看来，这些文本因缺乏戏剧行动和不自然显得僵化、令人生厌。

与我们在修昔底德笔下看到的言辞一样，这些形形色色的长论凸显了一种关于辩证性论辩的艰深技艺。与修昔底德笔下的演说家一样，欧里庇得斯笔下的戏剧人物深谙如何相互推诿实际责任。因此，在《特洛亚妇女》中，赫卡柏谴责海伦；但在海伦看来，一切都是生下帕里斯（Pâris）的赫卡柏咎由自取。与修昔底德笔下的演说家一样，欧里庇得斯笔下的人物也深谙如何就模棱两可之物展开争论。早在《特洛亚妇女》的论辩中，赫卡柏就从这个角度逐一驳斥了海伦的所有观点。论到帕里斯的评判：

> 赫拉怎么会那么想得到那赛美的奖品呢?
> 难道她还想找一个比宙斯更强大的丈夫吗?
> 雅典娜既然逃避婚姻——她曾祈求她父亲让她永葆童真,
> ——难道那时候她却想嫁给哪一位神?
> 你可不要乱说女神们太愚蠢,企图掩饰
> 你自己的罪过,你骗不过那些聪明的人!(行976-981)①

最后,戏剧人物也清楚如何用一个动机取代另一个动机。还是在《特洛亚妇女》的这场论辩中(不离开这个例子),海伦声称是帕里斯的评判导致她背井离乡;但据赫卡柏称,这恰恰是因为海伦觊觎特洛亚闻名遐迩的奢华。这一切 [122] 都表明了当时的技艺和修辞术。

与《海伦颂》(Hélène)中的智术师高尔吉亚一样,戏剧人物都晓得如何驳斥层出不穷的所有可能性解释。为了让女儿免遭献祭,赫卡柏首先考虑了必然性的观点:倘若一场献祭难以避免,那么献祭牺牲更为正常。这或许还涉及为阿喀琉斯之死复仇?抑或,倘若可以选择献祭一名奴隶,那么在这种情形下海伦也更为适合(《赫卡柏》,行260-271)。

因此,欧里庇得斯笔下的戏剧人物深谙如何让每一种观点变成

---

① 参见后文,赫卡柏还提到海伦所谓的被迫离开:

> 嘿,你说是我儿把你抢来,
> 哪个斯巴达人瞧见过?或者,
> 你怎么呼救过?那时卡斯托尔和他兄弟
> 还活着,年轻有力,还没升入星空呀?(行998-1001)

关于相认场景中的模棱两可手法,参见上文,页35。

某种普遍性思考。修昔底德的做法如出一辙。在卷九，他笔下的拉刻岱蒙人（Lacédémoniens）指出雅典不该冒险，不该过于冒进以致失去已然占得的先机，并在此时补充了一个普遍的观点："你们还能避免重蹈突撞大运的人的覆辙，因为他们因眼前出乎意料的好运而希望获取更多好处。"（4. 17. 4）。[①] 或者在下文中，当拉刻岱蒙人指出雅典的成功不会千秋万代时，他们还提到，"智者提防着未来的祸福反复，从而保住自己所获得之物"（4. 18. 4）。同样，欧里庇得斯笔下的忒修斯所犯之错也被归为一种普遍情形（《乞援女》，行219）："看来你也是这群蠢人中的一个……"；忒修斯听信了那些年轻人，这些年轻人总体而言乐于追名逐誉、发动战争（行232–237）。

因此我们发现，这里并非要弄辩才，而是有意识地揭示普遍规则及对人类行为的清晰认识。所有对某种理论的辩护都通过一个个概念和阐述来进行。为了展开某个辩护，[123] 我们不得不对人有一定的认识。在此，我们接近了亚里士多德在《修辞学》（Rhétorique）中对公共领域、性格和激情所做的解释。

此外，这些运用辩护的形形色色的思考，既非只是富有启发的意见，也非只是多少有创见的评论，而是在一整套系统中相互结合并重新组合。为了解决海伦与赫卡柏的争论——这其实是各执一端，海伦与智术师高尔吉亚在他论题中的主张一样，认定自己的行为合法，因为她屈从了强迫（contrainte）。在这点上，赫卡柏重新确立了凡人担责的观点。根据这种观点，所谓诸神干预不过是骗人的借口。普罗塔戈拉（Protagoras）这样的智术师在宗教上的保留，以及

---

① [译注] 修昔底德《伯罗奔尼撒战争史》中译本参见何元国译，北京：中国社会科学出版社，2017。引文略有改动。凡引此书仅标注段码，不再另注。

智术师普罗狄科（Prodicos）对宗教所做的人类学解释，都推进了这类解释。无论如何我们看到，双方辩护重新审视了这些观点以及那些与时新热议的理论有关的看法。

因此，通过支持这样或那样一些观点的借口，各种想法在剧场中交融。在那里，人们发现自己参与了智术（sophistique）的另一个层面，这一层面与前一种智术密不可分。或许因为修辞术首先是一门运用思想的技艺，这些教授修辞术的教师也因此是教人思考的老师，他们不满足于教人为某个观点辩护。他们还要为自己的观点辩护。智术师们探讨最佳政体、教育的功能、言说、存在以及和谐——简言之，他们讨论形形色色的问题，关于这些问题，我们只能从智术师论著的残篇和柏拉图对话提及智术师的地方窥其一斑。总体而言，智术师带来了一种新的精神，[124]他们身上的这种新精神不由分说地否定传统，区分表象与事实，也使他们这些云游四方的外邦人摆脱了城邦的拘限。

不过，这种令雅典人兴味盎然的思想和讨论的趣味，在欧里庇得斯戏剧中处处有呼应。的确，这种趣味不只体现在那些论辩场景或开宗明义的大段说辞中，还与先前已然流行的道德传统融为一体，时刻以争论或评论的方式起作用。我们看到一些普遍思考的诗行，其本身可以独立出来，用在此处或别处评论友爱的作用、人际关系的脆弱，或者真正的虚妄等等。由这些戏段来看，普遍思考占了六至七成，仿佛作者情不自禁创作笔下的内行人物，随时随地准备好反驳某个观点或阐明某个关于人类和社会的概念。

说到底，这种意愿最淋漓尽致地体现在长篇大论中。因为在长论中戏剧人物能条分缕析，能追根究底。司空见惯的情形是，戏剧人物总是以普遍反思为起点（但切合其自身处境），却被人牵着鼻子走，不知不觉地越来越偏离其处境。

但打一开始,一种倾向就司空见惯:为了迎合那些适用于诸多其他情形的观点,戏剧人物无视实际情形。斐德拉在表达对人类错误的思考时开口便宣称:

> 我从前睡不着的时候,在漫长的夜里
> 曾想过凡人的一生是如何被毁的。
> [125] 在我看来……(行 375-377)

在《乞援女》中,忒修斯开始分析阿德拉斯托斯所犯过错时宣称,

> 我时常和别人争论这样的
> 问题。有人说,人世间
> 坏事要比好事多;
> 与此相反,我则认为,人世间
> 好事比坏事多些。因为……(行 195-199)

但显而易见,这些话头反映了那些备受争议的话题,也大大超出了谈论的具体情形,并很快就被越来越自由的题外话(rebondissements)取而代之。

为了支撑忒修斯这番话中的例子,开头这二十行诗显得与情境毫不相干,但在有一点上相互关联在一起:它们表明了文明的奇迹,并把我们带回阿德拉斯托斯的处境。他在宣称诸神为人类创造了一切时,骇人听闻地自认为比诸神还要智慧:他在把女儿们许配给劣迹斑斑的男人时,就已铸成大错。依照阿德拉斯托斯的不审慎看法,建房子和造船显然不是什么值得关注的大事,但我们看到了其中的关联:他胆小如鼠。

不过由此开始,忒修斯挑明了观点,他提到阿德拉斯托斯的第

二个错误。为了支持女婿,即俄狄浦斯之子珀吕尼刻斯,阿德拉斯托斯开始远征忒拜。但正因此,忒修斯让元老们出面干涉,他要接收这些年轻女子:

> 你被年轻人引入歧途,他们爱
> 出风头,屡屡毫无理由发动战争,
> 害死自己的邦民,其目的要么是想带兵,
> 要么想攫取权力好胡作非为,
> 要么为了自己的利益,全不顾
> 民众为此受到的损害。(行 232-237)

就此我们至少可以说,阿德拉斯托斯与珀吕尼刻斯的关系微不足道。珀吕尼刻斯之所以要发动战争,不是因为他年轻,[126] 而是为了夺回他身为俄狄浦斯之子应有的权力。珀吕尼刻斯没有打算藐视法律,也完全没有受制于战争欲。忒修斯的看法很有意思,却与珀吕尼科斯的处境毫不相干。

最后,此处提及的某种健全或不健全的政治引出了第三种人,这种人指出了城邦遍布的危险:富人贪得无厌、穷人充满嫉妒。对此,忒修斯断言:

> 第三种人财富中等,是城邦的救星,
> 他们守护着城邦定下的秩序。(行 244-245)

此话与阿德拉托斯和珀吕尼刻斯都不再有任何关系。

我们认为,在这些情形下,评论家通常反对这类离题话。在刚提到的那个例子中,已经有人删去了那个含有不道德婚姻的戏段,更多人删去了涉及第三类人的那段戏文。

但这绝非例外：新近的一项研究①考察了一系列被斥为使用这种方法的普遍思考：据不完全统计，超过三十（确切地说就是三十）个戏段属于这类长论。

这些批评当中可能不乏言之有理的评论，但批评的频率本身令人生疑。大量的批评首先意味着，欧里庇得斯小心翼翼地维持这种情景，以探究所有普遍思想，这些思想无论远近都与他息息相关。欧里庇得斯为何要这么做呢？为什么这些思想令人着迷？显而易见，因为这些思想总是触及、论及现实，并引发争议。回到我们刚才［127］在忒修斯的长论中看到的第三个主题，情形愈见明晰。

文明的奇迹和带来进步的发现，长期以来形成了一个广为人知的强大主题，除了哲人——我们看到了柏拉图和狄俄多洛斯（Diodore）作品的回应——这个主题还出现在埃斯库罗斯《被缚的普罗米修斯》和索福克勒斯《安提戈涅》中。② 同样，色诺芬也表明了诸神带给人类的好意。在所有这些文本中，某些主题一再重现，侧重点不一。③ 不过，当时的人讨论这个问题，至少跟现在的人讨论生态或原子弹一样。

关于年轻人及其野心，一个同样令人吃惊的例子出现在修昔底德《伯罗奔半岛战争志》卷六。在那里，两个雅典人尼基阿斯（Nicias）和阿尔喀比亚德（Alcibiade）大费周章谴责年轻人的角色及由其野心带来的危险。我们很快就会发现，叙拉古人阿忒那戈拉

---

① "Les réflexions générales d'Euripide, analyse littéraire et critique textuelle," *C. R. A. I.* , 1983, 405-418.

② 关于这些看法的分析，参见拙文，"Thucydide et l'idée de progrès," *Annali della Scuola Normale Superiore di Pisa* , 1966, p. 143-191。

③ 我们将揭示欧里庇得斯的一个特征：他要让所有人掌握智识的好处。

斯（Athénagoras）在一段类似的批评中提到了这点。这些批评也就不言自明了。因为没了代际冲突——这有利于战争的持续，也有助于新思想的涌现①——年轻人和野心就成了时代的象征！这在雅典空前重要。因为这与阿尔喀比亚德有关。修昔底德的叙述就与阿尔喀比亚德有关。欧里庇得斯同期上演的剧作也触及政治观点。因此，这种思想［128］其实既与当时的论辩有关，也与时局有关。

总之，富人与穷人双方过错的问题在修昔底德、阿里斯托芬和柏拉图笔下交汇。难道不是修昔底德笔下的狄俄多洛斯指出，贫穷催生恣肆，中间阶层抑制肆心（hybris）吗（3.45）？难道不是阿里斯托芬稍后在《财神》（Ploutos）中揭示了贫穷和富裕这两种状态的危险吗？柏拉图难道不是在《法义》（Lois，679c）卷三阐述了同样的问题吗？欧里庇得斯更甚，为了描述穷人的嫉妒，他表明穷人老是对有产者"芒刺"相向。这一意象已经出现在阿里斯托芬《马蜂》（Guêpes）里，还将在柏拉图《王制》卷八的分析中起重要作用——柏拉图用这个意象描述了穷人对富人的战争。重新回到中间阶层的思想将广为流传，尤其在动荡不安的公元前411年。② 同样的思想后来也将在亚里士多德那里大放异彩。欧里庇得斯的证明（这也是我们质疑其权威性的理由之一）较其他人略早。但我们知道，欧里庇得斯敏锐地意识到这个问题，他也在以前的剧作中谈到

---

① 阿里斯托芬的《云》早《乞援女》一至两年上演。而我们在《云》中看到的那个儿子，从苏格拉底那儿学来了殴打父亲有理的新思想。

② 参见修昔底德，《伯罗奔半岛战争志》，8.75。他表示，这座城邦将因"致中道"（τῶν διαμέσων）获救。修昔底德还称赞这种过去建立的政体达成了贵族与民众的"合理平衡"（8.97.2）。这已经属于"混合政体"的思想。这种思想在公元前4世纪备受推崇。

了混合阶层。①欧里庇得斯再度谈及当时流行的观点,②它们在现实政治中越来越清晰可见。

[129] 在那三个看似离题万里的主题中,我们也因此遇到了三个问题,这些问题(每个都蕴含丰富且微妙)是论辩的对象。我们认为,一位剧作家可能不仅愿意展示自己的修辞技巧,也愿意表明他支持某一方(或者至少他本人的看法)的方式。

为了智性目的如此利用戏剧场景的原则,本身就是一大创新。而这种方法引出的拐弯抹角,更体现了这种方式的大胆。但还需补充一点,据我们已经考察过的例子,这些突如其来、不得要领的看法就是当时时兴的看法,或者我们也可以说是当时的现代看法。

不过,很容易表明这种情形不是孤立的,而且我们前面提出的那些主题也往往更重要且更有启发。要表明这点很容易,可以说轻而易举。每部剧都能提供大量例子:剧中有论辩、长篇大论、一笔带过的发言,也有大胆的新思想,每每看似老生常谈的观点,却往往为了启人深思而一再出现。有些看法直指当时的现实,还有些聚焦于人类或生活。我们会看到涉及政治、社会、道德、哲学的评论……包罗万象,以致任何择取都变得随意,任何疏忽都会留下遗憾。

这里给出的例子由此成了简单的指涉,论证过程也可以无限延伸。[130] 每个选定的例子都更好地说明了这点,我们发现自己奔

---

① 参见 *Eole*, fr. 21。我们将提到更晚期的作品,譬如《厄勒克特拉》和《俄瑞斯忒斯》。在《厄勒克特拉》中,俄瑞斯忒斯重申,人人都有缺陷,无论穷富。在《俄瑞斯忒斯》中,俄瑞斯忒斯称赞了那位竭力制止民众的正直农夫。他还表示,农夫这样的人"才是真正护卫城邦之人"。

② Goossens 也认为,欧里庇得斯此处可能取材于一份已散佚的宣传手册,这份手册可能来自智术师普罗塔戈拉(*Euripide et Athènes*, p. 461, n. 46)。

向一个充斥着各色作家的世界，这些与欧里庇得斯同时代或略晚于他的作家探讨了同样的问题。于是，在我们眼前展开了一座城邦或一个时代的景象，其中，某种共同的探究在交谈和艺术作品及哲学阐述中形成。在这座城邦和这个时代，对人类的思考绝非哲人的特权，它属于每一个人。当然，在大部分情况下，智术师推波助澜。修昔底德受到智术师影响。阿里斯托芬嘲笑智术师并叹息，在他看来，智术师的行为常常具有破坏性。但阿里斯托芬了解智术师们，苏格拉底则常与智术师们论辩。不久之后，柏拉图和色诺芬（Xénophon）将在追忆这些讨论中孕育自己的思想。

欧里庇得斯本人也浸润在这股氛围之中。他笔下（从最无关紧要到最形而上）的主题无一不证明了这点。

从简化的角度并考虑到上文提到的保留意见，我们可以按照下列标准举出三类例子：揭露时事、社会评论或纯粹哲学思考的例子。时事可以间接方式呈现。但有时候，影射时事明显到不容置疑；还有时候，与修昔底德比较之后又发现，一段长论的含义又可能带有（比如）战略意义或政治意义。我们只举出两例（重要性不等）。

第一个例子涉及战斗中使用弓箭。《疯狂的赫拉克勒斯》中的戏剧行动（以最令人怜悯的方式）甫一开始，[131] 赫拉克勒斯的家人就逃到神坛边避难，僭主［译注：指觊觎篡位国王吕科斯，写作 Lycos］满口威胁上场。这名僭主径自批评赫拉克勒斯不过是弓箭手，因为远距离战斗之人比不上重装步兵；安菲特律翁（Amphitryon）没有打算屈服，而是在一段长篇发言中进行了回应，为的是证明弓箭手大有作用（行188-205）。安菲特律翁明确指出，他的观点与僭主针锋相对。此话本身一目了然地表明，这里完全是修辞。①

---

① 安菲特律翁此处所言毫无意义，因为赫拉克勒斯的名气与其说源自他的弓箭，不如说源自他的大头梆。

情况确乎如此吗？并不尽然——如果我们想到，这部剧作上演于斯法克特里亚（Sphactérie）战役刚结束之际。这次战役证明了轻步兵的作战效率，他们"手持标枪、石块、投石器，可以远程作战而不受攻击"。① 修昔底德着重强调了这种革新了彼时军事理论的情况。事实上，这种昔日遭希腊重装步兵蔑视（在埃斯库罗斯的《波斯人》[Perses] 和索福克勒斯的《埃阿斯》中，我们明确看到了这点②）的战斗模式，刚在伯罗奔半岛战争中崭露头角：斯法克特里亚一役所取得的非正统胜利堪称一场革命。这场胜利光彩夺目，因为斯巴达战俘被带回雅典，成为一笔宝贵的财富。因此，关于这项军事创新的讨论在雅典可能如火如荼。

此外，这场胜利还带上了某种道德特征。僭主吕科斯主张勇敢和英勇：eupsuchia［英勇］一词两次重现。而勇敢的问题正合时宜。修昔底德在卷二引入了一场论辩，对比了拉刻岱蒙人的英勇与雅典水手的战术，这场论辩涉及经验问题。柏拉图也在《拉克斯》（Lachès）整部对话中集中探讨了勇敢的本质。③ 在《法义》（Lois）中，柏拉图还摒弃了海战的原则——依照传统原则，人们在海战中学习有效逃跑的方式而非践行勇敢。因此，这场就赫拉克勒斯的弓箭展开的论辩不仅反映了军事现实，也反映了道德秩序的理论。但谁又会想到，这番稍显无谓的侮辱，竟引发了对社会价值观本身的质疑？

一旦这种情况与政治挂钩，就没那么令人惊讶了。我们有理由认为，欧里庇得斯挑明民主制优缺点的那些长论，可能呼应了当时

---

① 修昔底德，《伯罗奔半岛战争志》，4. 32. 4；参见 33.2, 34. 1, 35. 2。
② 参见行 1120；亦参《伊利亚特》，11. 385。
③ ［校注］《拉克斯》中译本参见罗峰译，收于《柏拉图全集》，卷五，北京：华夏出版社，2022 年即出。

流行的关于原则的辩论。而欧里庇得斯在这些长论及别的戏段中抨击煽动家的不良影响,情况同样如此。不过,这里的思考显得更贴近现实,焦点也更明确。比如公元前 410 年欧里庇得斯强调和谐的好处就属此类。

事实上我们知道,公元前 411 年,雅典的和谐受到严重威胁,内战的萌芽使得整个未来岌岌可危。雅典人及时醒悟,温和派成功召开了一场修昔底德所称的"调解大会"(8.93.3)。欧里庇得斯就在此时创作了《腓尼基少女》(*Phéniciennes*),改写了俄狄浦斯二子相争的旧题材。欧里庇得斯让兄弟俩相遇,在母亲面前自相残杀,而母亲不惜一切代价想让两兄弟和解。表明谅解、和解及和谐的语词在台词中频繁出现。欧里庇得斯似乎还完全杜撰了年轻的墨诺克奥斯(*Ménécée*)自愿就死的戏段——为了拯救城邦,墨诺克奥斯牺牲了自己。欧里庇得斯让他说了一大段话(行 991–1018)。[133] 其中墨诺克奥斯笼统地宣扬人人都有义务为城邦着想:

> 如果每个人都拿出他力所能及的
> 一切,把它贡献给母邦的公益事业,
> 我们的城邦就会少受磨难,
> 就会有一个繁荣昌盛的明天。

二者形成对比:波吕尼刻斯或厄忒俄克勒斯在长篇发言中拒绝停止争斗,而这个为集体利益献出生命的年轻人的长篇发言,则是一篇反内战的生动演说。① 但不只欧里庇得斯这位作家回应了这个问题。稍早,确切说是在公元前 411 年,阿里斯托芬刚创作了《吕

---

① 参见拙著 *Les Phéniciennes d'Euripide, ou l'actualité politique au théâtre*, *Revue de Philologie*, 39 (1965), p. 28–47。

西斯特拉特》（*Lysistrata*），并在剧中颇有说服力地刻画了众人为民众福祉联合一致的情形。

但在此处，主题也超出了简单的时事。譬如我们会想到智术师安提丰曾写过一篇《论和谐》（*Sur la concorde*）的论文，想到柏拉图式的城邦的奇怪特征正是旨在把城邦打造得完全均质、无懈可击。但根据《理想国》（*République*）的分析，现实政制因内部分化失败。政治本身成了政治哲学。

在这两个例子中，我们看到了由切近经验引发的思考。而这两次，年代对理解这些观点鲜活的现实都很关键。这些观点在当时都是新发现，后来沦为老生常谈。不过，它们与时事关联并不紧密。比如，许多思考针对的社会问题在风俗演变中逐渐暴露出来。同样，我们在《乞援女》中也看到［134］年轻人和老年人的问题初露端倪。此外，我们还看到一些长论，或多或少触及女人或奴隶、婚姻的重要性及亲子关系的问题。① 但我们只考察两类例子：一类涉及广受关注的女人问题，另一类更集中于假英雄的问题。

在欧里庇得斯的剧作中，女人问题占据举足轻重的地位并包罗万象，这已有大量研究予以探讨，并将继续引人关注。最著名（但不是仅有）的两段长篇发言，是美狄亚哀叹女人的命运和希珀吕托斯咒骂女人。

不过，第一个例子典型地表现了欧里庇得斯对各种观点的强烈兴趣，以及不惜一切代价将之引入剧作的乐趣。自登台亮相起，美狄亚先细述其愤怒和绝望——这些描述本应为我们铺垫一个令人怜

---

① 奴隶可能比自由人高贵，正如私生子可能比婚生子高贵——这里涉及按"姓氏"而非按"自然"区分。参见下文，页 147。关于亲子关系的问题，参见《乞援女》行 1087 及下，那里的思想接近德谟克利特和安提丰的观点。

悯的时刻——然后径自遁入一段五十余行的普遍性反思。她首先提到人们对背井离乡之人的看法，话题一闪而过。随后谈及女人的方方面面：嫁妆、遇到坏丈夫的可能、适应陌生习俗的困难、无法在外自我排遣等（行 230-251）。然而，所有这些分析无一切合美狄亚本人的情况，也无一切合她的婚配方式。我们不妨认为，通过谈及女性的共同命运，美狄亚能博得由科林斯女人组成的歌队的同情。然而，这与她的风格格格不入。其实，这番［135］分析反映了利用时兴话题的惯例。现如今，我们不也能什么都扯到女性的处境吗？《美狄亚》的题材就触及女性的处境。此剧还包含诸多其他或支持或反对女性的意见。

尤其当我们发现其他相反的例子时，就更认识到这是现实问题。希珀吕托斯震惊于乳母向他所揭露的事，寄望于人们可以无需女性繁衍后代。他也谈到了嫁妆：在希珀吕托斯看来，嫁妆表明人们花钱好摆脱女儿的束缚！他还谈到装扮的费用、选错妻子的风险——要么太过愚蠢，要么过于聪明，还兼有与这种聪明旗鼓相当的邪恶。最后他还谈到拥有助纣为虐的仆从的危险（行 616-650）。

最后这个观点与此剧情形若合符节。但其他观点呢？其余内容的出现仅仅是因为（就像《美狄亚》中的情形）关于女性的讨论风靡一时，以致任何与女性有关之事都能引发这种论辩。

数年之后，阿里斯托芬的谐剧向我们证实了这类讨论的存在（埃斯库罗斯和索福克勒斯作品中则完全不见这类讨论），譬如《吕西斯特拉特》或《公民大会妇女》（*Assemblée des Femmes*）。这些谐剧取材于雅典和斯巴达女性生活的对比（在《安德洛玛刻》中，欧里庇得斯本人影射了这点，稍后也引发了色诺芬的关注）。这类谐剧还在柏拉图关于女性教育或女性团体的理论中进一步延伸。这些剧作大多是戏仿，近乎打趣，对希珀吕托斯的戏仿就属此类。尽管如此，整个雅典显然都在热火朝天谈论这个问题，在这些打趣和乌托邦式的空想之下，一个［136］严肃的问题无疑浮出水面。欧里庇得斯也注意到这点并参与了这场共同讨论。

关于假英雄的主题，我们就没那么多收获了。不过，在《安德洛玛刻》中，这个主题主导了一段精彩的长篇发言。①就在墨涅拉俄斯让安德洛玛刻选择自己死还是目睹儿子被杀时，就在人们期待一场令人心碎的爆发和哀叹之时，安德洛玛刻却突然开始猛烈抨击大人物追求荣耀的虚荣心，

> 啊，名气，名气，你把许多
> 一文不值的凡人捧到了很高的地位。
> 那些真正有美名的人我认为
> 是幸福的，但那些靠伪装得到美名的人
> 我认为是不配的，除了偶然显得通情达理而外。
> （行 319-323）

对此，安德洛玛刻痛斥墨涅拉俄斯的疯狂，

> 我认为你不配征服特洛亚，
> 特洛亚被你征服了更加丢脸。
> 那些似乎通情达理的人只是外观光荣，
> 内心则同所有人一样，
> 除了或许富有，这是他最主要的力量。（行 328-332）

但我们发现佩琉斯稍后重复了同样的抨击。起初，他直接斥责墨涅拉俄斯，说他不是堂堂男子汉，行事既不理性又怯懦，导致无

---

① 这段话与对墨涅拉俄斯的批评有关：参见上文，页58。

数阿开俄斯人丧命（行590-641）。接着，佩琉斯还通盘谴责了希腊人推崇将领的看法（其实应归功于军队）（行693-705）。和安德洛玛刻一样，佩琉斯提到了表象：将领的荣耀实际上是一种"表象"（paraître），而非实在（être）。

我们可以想象，连年征战之后，将领们的假荣耀在当时是热门话题：修昔底德［137］谈论克勒翁（Cléon）① 和阿里斯托芬谈论拉马科斯（Lamachos）② 的方式，就充分说明了这点。但其实，表象和真实（réalité）的区别也是智术师思想的核心。普罗塔戈拉的相对主义就建立在每个人的"表象"之上。欧里庇得斯本人也接受了这种相对主义，在《腓尼基少女》中，他笔下的厄忒俄克勒斯说道：

> 如果关于善和智慧大家理解一致，
> 人们便没有什么争论不和了。（行499-500）

相反，苏格拉底总是试图从表象上升到真实。这也是智术师

---

① ［校按］克勒翁是公元前5世纪的古希腊政治家兼军事将领。修昔底德在《伯罗奔半岛战争志》中对他多有着墨，详见3. 36. 6，3. 41，3. 44. 3，3. 47. 1，3. 47. 5，3. 50. 1，4. 21. 3，4. 22. 2，4. 27. 3，4. 28. 1，4. 28. 3，4. 28. 5，4. 30. 4，4. 36. 1，4. 37. 1，4. 38. 1，4. 39. 3，4. 122. 6，5. 2. 1，5. 3. 4，5. 6. 1，5. 6. 3，5. 7. 1，5. 10. 2，5. 10. 9，5. 16. 1等。

② ［校按］拉马科斯是公元前5世纪的古希腊军事将领，在阿里斯托芬的《阿卡奈人》（Acharnians）中作为雅典主战派将军出现。《阿卡奈人》中译本参见张竹明译，收于《古希腊悲剧喜剧全集》，张竹明、王焕生译，第6卷，南京：译林出版社，2007。关于拉马刻斯，另可参见阿里斯托芬，《〈阿卡奈人〉笺释》，黄薇薇编译，北京：华夏出版社，2012，页105、页151。修昔底德对他也有提及，详见《伯罗奔尼撒战争史》，4. 75. 1，4. 75. 2，5. 19. 2，5. 24. 1，6. 8. 2，6. 49. 1，6. 101. 6，6. 103. 1，6. 103. 3等。

及其对手争论的问题之一：他们要弄清人们究竟关心真正的正义还是仅仅关心正义的表象——《理想国》开篇就清楚地表明了这点。

因此，对将领的批评属于政治现实问题。然而，这种批评在欧里庇得斯剧作中呈现的方式及他在这个主题上的遣词，都直接反映了哲学现实的方法和精神。欧里庇得斯作品中的情形，总是一串名称和学说随着起初看来无关紧要的情绪波动涌现。

在涉及哲学本身性质的反思上，人们更有理由期待这类相遇。然而，这类反思——这已然是一个令人瞩目的特征——在那些原则上应由行动和激情主导的剧中出现的频次，比我们想象的高得多。人们觉得，欧里庇得斯笔下的人物即便深陷痛苦和暴力，也在不停追问当时引发哲学界热议的重大问题。

我们必须谨慎例举，选择两个意义明确的例子。[138] 第一个例子是《希珀吕托斯》中斐德拉的长篇发言。不得不承认，这段发言令人震惊。和美狄亚的情形一样，这位女主人公精疲力竭地上场，她的出场经过精心铺垫，极为令人怜悯。然而，乳母一让斐德拉吐露秘密，她就突然来了精神，发了一段长论，谈及人类过错的根源（行 373 及下）。斐德拉解释称，人们往往能清楚看到何为善，却不去践行善，

> 其中有的人是因为懒惰，
> 有的人是因为选择了快乐，不做好事
> 宁可做别的什么。（行 381-383）

斐德拉还列数了这些乐趣，提到游手好闲和坏的羞耻。这段分析与斐德拉本人的情况格格不入。相反，她引入了一种已经蕴含在《美狄亚》中的重要思想。这种思想乃是基于灵魂多样的观点。根

据这种观点，智性要素并不能主导灵魂。然而，斯奈尔（Bruno Snell）有力地表明，这个观点与苏格拉底所持的论断（他还将之归于欧里庇得斯本人和普罗塔戈拉）截然对立。斯奈尔甚至认为，苏格拉底和欧里庇得斯之间存在一场实实在在的论战。①

这牵扯到一场刚刚开启的哲学论争。不久后，柏拉图还将在涉及灵魂思考的著作中探究这场论争。柏拉图的分析众所皆知，无须在此赘言，我们在多处也已经阐述了其要点。②不过，柏拉图的分析之所以值得重提，乃因这是唯一一次欧里庇得斯似乎与一位同时代哲人针锋相对。借助一种生动的探究方式，他们之间的论战在逐个文本中显明。顺便提一句，这场论争［139］充分表明，尼采在《悲剧的诞生》（*La naissance de la tragédie*）中把欧里庇得斯与苏格拉底相提并论有多草率。两人同处一个时代，又是同胞，探讨着相同的问题，但在这点上他们所持的观点针锋相对。

毋庸置疑，我们要例举的另一场论争，欧里庇得斯并未参与其中，而是发生在他之前。这场论争触及智术师扮演的最惊人也最为新颖的角色，即要搞清楚在何种程度上智术师的确能通过他们的教学形塑每个人——换言之，真正重要的是天性还是教育。由于长期以来奉行贵族的道德，人们普遍认为，出身高贵之人就是最好的人。我们可以在品达和苏格拉底那里找到这种观点。智术师则发起一场真正的革命，宣称可以教授任何人美德和才华。这是一场教育领域的革命——有阿里斯托芬《云》中那段新旧教育针锋相对的长篇论辩为证。这也是一场学说革命，天生的品质与后天习得的品质在此

---

① 参见他发表在 *Philologus* 上的文章，1948，p. 125–134，以及他的 *Scenes from Greek Drama*（1964），p. 47–69。

② 参见笔者 1983 年发表在 *C. R. A. I.* 上的文章（前文已引），页 406-408，及拙著，*Patience, mon coeur*, p. 105–110。

针锋相对。

一场所有人多少都参与其中的论争就此展开。这让我们想起修昔底德引入的一对论证。在这对论证中,演说者(伯罗奔半岛战争前夕的两位将领)就如下问题展开论辩:勇气天生,还是由经验获得。修昔底德还让笔下的演说者(分别代表斯巴达和雅典)谈及一个城邦的风尚如何决定居民的形塑。柏拉图则让普罗塔戈拉和苏格拉底探讨(在《普罗塔戈拉》中)美德是否可教,还最终使他们的看法彼此换了过来。德谟克利特(Démocrite)也留下了对教育、天性和训练各自角色的思考(参见残篇33和242)。[140]伊索克拉底(Isocrate)在他的著作《驳智者》(Contre les Sophistes)中也对比了这三个语词:通过制订教学计划确立他有别于智术师的创新,伊索克拉底表明,教育本身并非全部,还必须有天赋和实际训练(尤其是14-18)。

欧里庇得斯也参与了进来。他在悲剧中屡次引入这个主题,在《赫卡柏》中尤为明显。在此剧中,欧里庇得斯以(比其他作品)更令人震惊的方式引入了这个主题。赫卡柏刚刚听闻女儿被希腊人祭杀的叙述。短暂的哀叹之后,赫卡柏没有悲痛哭诉,而是开始反思:

> 这不奇怪吗:如果差的土地碰上了
> 神赐的风调雨顺,也能得到好的收成,
> 好的土地得不到应有的照管培养,
> 也会得到坏的收成;但是人类,
> 恶者恒恶,不会变善,
> 善者恒善,不会变恶,
> 灾难不能改变人的性质;
> 是什么造成这一差别,血统还是教育?

> 不是吗？好的教育给人以善的教训，
> 一个人牢牢地掌握了这种教训，
> 他就能凭着善的标准知道什么是恶。（行 592-602）

赫卡柏随后醒悟过来，说道："其实我的心智发射出这些议论也属徒然！"她承认这是离题话。但或许它恰恰更好地凸显了赫卡柏这段反思令人震惊的特征。赫卡柏在此出人意表地提出的这个问题，在欧里庇得斯的戏剧中并非孤例。我们发现，欧里庇得斯一再触及这个问题，将之夹杂在纷繁复杂的评论中。[141]《希珀吕托斯》中已经表明，有德性之人"并非教而知之而是生而知之"（行79）。这个问题在《乞援女》中再度出现。此剧谈及好的教育赋予人高贵的羞耻感，以及

> 勇敢是可以
> 通过教育得到的，既然幼儿可以
> 被教着说和听他们还不理解的东西。
> 一个人幼时学了什么，爱把它们
> 保存到老。（行 914-917）

这个问题在《伊菲革涅亚在奥利斯》中重现，涉及天性的多样，但同时，

> 来自教育的训练，
> 最有助于形成美德。
> 因为，知耻既是智慧，

---

① 在此剧中，歌队称颂了"好出身"的影响，这表明了人们对遗传的信念。

> 还另有特别的好处，
> 它可以因明辨而看清
> 应当做什么。于是名誉
> 便给人生带来了不老的光荣。(行 558-562)

这样的例子不胜枚举，我们就此打住，不再详谈。① 在所有这些段落中，我们关心的是它们如何呼应那些别具一格、一以贯之的讨论。在欧里庇得斯和其他人的作品中，我们看到了如出一辙的措辞和观点。每位作家又视情况把不同的要素融入了自己的看法。② 因此，这些不同的例子足以管窥一个众说纷纭的世界。我们也很容易想象，像欧里庇得斯这样醉心于论争的人，每次都情不自禁地在他们描述的经历中融入这些根本问题。这并非简单地爱赶时髦，而是一类人的自然反应，对这类人而言，问题一旦提出就变得至关重要，或者令人心醉神迷，以致一切具体事件都成了影射。自然地，他们笔下的情形就与之关联，提请人们关注并探究这些问题。[142] 对于这一代醉心于讨论和思考的人来说，人类的悲剧成为一种对人进行现代探究的生动实践。

然而，欧里庇得斯本人在整个论争中扮演了什么样的角色？他是如何看待这些观点的呢？我们不妨思考一下，欧里庇得斯为何要提及我们每回思考遇到的所有人名和学说。仅仅因为欧里庇得斯想要评论这些流行的思想吗？欧里庇得斯是否"像嘹亮的回声一样立

---

① 《菲尼克斯》(*Phénix*) 中的一段残篇 (810) 倒值得一提：这段残篇表明，天性是关键，因为好的教育没法把坏人教育成正派人。伊索克拉底也指出了教育潜力的限度。

② 我们注意到，柏拉图举了有才干的父亲养出无德性的儿子为例（表明这些父亲没能教育好儿子）；同样的想法出现在欧里庇得斯的《厄勒克特拉》中（行 369 及下），旨在表明人与人之间常有的那种混乱。

于正中"？欧里庇得斯是让剧中人物恰如其分地表达看法，还是他本人就这么想？我们之前的分析小心翼翼地避谈这个问题，但我们不得不提到这个问题。只不过，我们得保持一点距离，因为在这个问题上我们必须慎之又慎。

这些思考锲而不舍地经常出现，因此我们不妨认为，这本身就表明了某种思想。故此，我们孜孜不倦地试图尽可能归纳每个主题的统一性。但看来我们必须区分不同情况。毕竟，欧里庇得斯让笔下的特定人物设身处地言说。因此，欧里庇得斯考察这些观点完全正常。而更正常的是，智术师的技艺就在于随心所欲为两种对立的观点辩护。

我们没法确定，通过攻击/辩护弓箭在战争中的使用，欧里庇得斯除了揭示这个问题何以存在之外，是否还另有深意。欧里庇得斯讲求实际的现代精神，显然倾向于讲求效率，而非战士价值的典范。但在这个问题上，我们只能点到为止。

[143] 每次当我们发现涉及女性的对立观点时，可能我们都不能过于绝对地下定论。毕竟，欧里庇得斯笔下不仅有犯了罪过的女人，也有其他充满德性的女人。在他的剧作中，犯有罪过的女人确实占据多数，但这仅仅表明了欧里庇得斯心中引人瞩目的悲观主义。从散落各处的众多评论中，我们只能确知欧里庇得斯对这个问题感兴趣（甚至可能比他的大多数同代人更感兴趣）。但我们不能对此妄加评断。

相反，有些时候就算提出的观点显得各不相同、互生龃龉，我们往往也能较准确地勾勒出他本人的回应。教育问题似乎就是这种情况。

从宽泛点的范围来看，我们可能觉得欧里庇得斯对教育的看法有些自相矛盾。在法国大学出版社（Universités de France）的版本中，梅里迪尔（L. Méridier）就挑明了《赫卡柏》的自相矛盾。在剧中，一位戏剧人物谈及某种"高贵的出身"抑或笃信某种高贵的天性，无论所受教育如何总能保持高贵。此人还认为好的教育并不能让坏人变得正直。另一位剧中人物则表示，教育可以教授勇敢，或有助于德性的培养。

但这里真的是自相矛盾吗？我们不能信以为真。我们必须想起，赫卡柏本人全盘接受了这一切。随后，她不仅承认了好天性的永恒价值，还承认了教育可以扮演的角色。我们还应想起，德谟克利特，尤其伊索克拉底都重视这两个概念。他们对此的看法复杂而微妙。

欧里庇得斯的见解可能也与他们难分伯仲。[144]我们在他的戏剧中看到，最常令人困惑的是，一个个孤立的评论时而触及这方面，时而又触及别的方面。然而，倘若仅按语词的准确含义考虑，我们马上就会发现，欧里庇得斯回应的方式完全一致。欧里庇得斯在微妙的区分中做出回应，甚至颇令人感动。他的回应向我们表明，他和前人一样对"出身高贵"之人满怀敬意。他的亲身经历还使之能辨识人类性格的多样性及某些性格习性难以抑制的力量。正是这点使他没有全盘接受智术师的乐观主义。与德谟克利特和伊索克拉底一样，欧里庇得斯清楚天性的重要地位（极为重要）；但同时，他作为新时代的人，又怎会对理性的呼唤和教育的作用无动于衷呢？因此，欧里庇得斯的态度审慎而微妙。他只字不提教育能使人变好还是变坏，而只是说教育使人明辨，因此带来助益。① 此外，欧里庇得斯留心在智术师宣扬的理论教育中加入了实践的角色。与德谟

---

① 教育有助于"认识"善（《赫卡柏》，行 600-602）；《伊菲革涅亚在奥利斯》，行 563-564）。但美狄亚和斐德拉明确表示，知善不足以让人行善。我们还要注意此处措辞的谨慎：好的教育"给人以善的教训"（《赫卡柏》，行 600），或者"十分有助于"获得德性（《伊菲革涅亚在奥利斯》，行 564）。

克利特和伊索克拉底一样，欧里庇得以理性为据，注重实践训练，这种训练虽无涉理性，却能培养习惯。故此，在《乞援女》中，欧里庇得斯提到一个小孩的例子：他养成了那些令人难以想象、令人费解的行为规范。在这里，[145] 欧里庇得斯的心理学经验使之保留了与智术师理性主义的微妙差异。

欧里庇得斯在这两点上的看法，早于那些有作品传世的理论家。就此而言，散落各处的具体评论可能为那些进一步阐发的理论开辟了道路。但有一点可以肯定：所有这些评论构成了连贯一致、充满个人色彩的整体，与欧里庇得斯的总体智性取向完全一致。

我们就一个例子指出这点很重要。这个例子看上去有点难以把握，但由于它不直接从属于某个戏剧人物或情境，也就更能质疑欧里庇得斯的思想。事实上，赫卡柏既承认天性的作用，同时又意识到教育的作用。这种迟疑、惊讶的态度似乎与欧里庇得斯的微妙反应及其建议若合符节。这些建议逐渐变得越来越多，最终（在其他人的作品中）成为两种极端观点之间的调和方案。

但在另一些情况下，一条更明显的线索解决了这个问题：某个剧中人物提出的看法成了作品不可分割的一部分，并契合一部或数部悲剧的结构。那么，这就毋庸置疑了！我们甚至可以说，作品中清楚地呈现了这些观点，即便这些观点并非在某个特定时刻、由某个人以理论断言的方式和盘托出。

在这些情形下，起先在我们看来对当时流行思想多少令人眼前一亮的影射，成了深情的严肃表达。在已经援引的例子里，我们能肯定的主题还有：和谐、英雄的假荣耀，以及与分裂灵魂的斗争。

比如我们很快就发现，和谐的观点 [146] 是《腓尼基少女》整部悲剧的灵感。就算剧中没有年轻的墨诺克奥斯明白无误地指出为了共同利益必须联合一致，这个观点也充斥于全剧。如下场景表明了欧里庇得斯与埃斯库罗斯的不同：两兄弟当面对峙，不顾绝望的母亲而自相残杀；也正是这个场景表明，两兄弟在剧中的冲突不再是父亲诅咒的结果，而是他们对权力和财富的执着欲求所导致。事实上，欧里庇得斯甚至丑化了传统上对厄忒俄克勒斯的刻画，没有将之塑造成（埃斯库罗斯笔下）权利的勇敢捍卫者。一切都合情合理。一切都在同样的辩护中汇合。

此外，这场辩护将和谐的好处与由互相竞争的野心引发的混乱截然对立，呼应了欧里庇得斯戏剧中对野心的一贯谴责。野心向来是导致民众苦难的祸首。我们在《乞援女》的长论中看到了这点。同样的观点也出现在此剧关于君主制与民主制各自优点的论辩中。事实上，传令官出色地表明了君主制的优势：

> 那里没有谁说话吹捧民众，
> 为自己的利益骗得他们这边那边地乱转。（行412–413）

归根结底，《伊菲革涅亚在奥利斯》的整个戏剧行动就基于奥德修斯的野心对国王的制约（行527）。认为《腓尼基少女》的主题切合时局，这对某个特定的时刻有效，但此剧主题也植根于欧里庇得斯的所有经验，他的作品结构本身就清楚地表明了这点。更不用说，这个主题再次出现在涉及哲学秩序的主题中。

假英雄的荣耀当然似乎指《安德洛玛刻》中墨涅拉俄斯的情况。不过，[147]熟悉欧里庇得斯的人会对此感到惊讶吗？当然不会！就算安德洛玛刻和佩琉斯没有全盘谴责僭取的名声，我们仍能清楚地看到，欧里庇得斯让墨涅拉俄斯、阿伽门农、奥德修斯及所有史诗英雄脱胎换骨，成了懦夫和卑鄙的阴谋家，从而让人觉得这些人都该受谴责。

尤其是，对比表象和真实的原则，原本就是欧里庇得斯思想的重点。这种情况在他的悲剧中司空见惯。欧里庇得斯热衷于强调表象与实在的对立,醉心于区分真朋友与谎称"朋友"的假友,以及给人贴上的各类标签和纯粹的"言辞"与它们的真实属性。幻象与真实、自然与习俗,智术师偏爱的这几对语词在欧里庇得斯作品中俯拾即是。欧里庇得斯偶尔还谈及幻觉与健康,以及由疾病引发的幻觉。① 智术师(总是他们!)推出了这种相对主义,欧里庇得斯进行了戏仿。

在其他悲剧结构中,我们再次发现了这种对比(这点无疑更重要)。实际上,我们已经指出大量误会及各种事实或身份错误。然而,晚年的欧里庇得斯走得更远。他承认,诸神本身喜欢让人类产生幻觉。由此,幻觉占据主导。

因此在《海伦》中,欧里庇得斯选择把整部悲剧建立在一个一开始就是虚构的情境上——特洛亚战争根本不是由海伦引发,而是由海伦充满迷惑性的假幻影引发。这场战争完全是[148]由诸神故意捏造的表象。帕里斯误以为拐走了海伦:

> 国王普里阿摩斯的儿子,他以为得到我了,其实不曾得到,一场空欢喜而已!②

墨涅拉俄斯也徒劳地想象已夺回海伦,还徒劳地以为海伦就在他船上。然而随后,墨涅拉俄斯在埃及上岸,真实的海伦就在此地。在此,我们目睹了虚幻世界与真实世界对立时引发的困惑和震惊!墨涅

---

① 《俄瑞斯特斯》,行236。此处措辞与安德洛玛刻的长篇发言如出一辙。
② 《海伦》行36,用词为 δόκησυ[以为]。按照当时的习惯,此话的意思是,这里说的是海伦的"名字",而非她"本人"(行43:"但这不是我,而只是我的一个名字";行66-67:"至少让我的身体不至在这里受到羞辱,虽然我的名字在希腊听起来不好";亦参行588)。

拉俄斯得知,埃及也有一位海伦、宙斯的女儿、廷达柔斯(Tyndare)的女儿、斯巴达人士……这叫他如何相信?难道还有另一个宙斯、另一座斯巴达、另一个廷达柔斯?"我不知道该说什么……"。不久,墨涅拉俄斯见到海伦本人,他越发困惑不解。最后,信使前来报告称,待在船上的海伦的幻象刚在空中消散,一切都不过诸神的把戏。附带说一句,我们在此会发现,海伦受累于恶名,一如战将们不配享有美名。无论如何,在这个可以出现此类幻象、人们仅仅为了表象丧命的世界里,安德洛玛刻的那段长篇发言并不令人惊讶。我们甚至可以认为,这个主导观点在欧里庇得斯为《海伦》取材时起了决定性作用,虽然从诸多方面来看《海伦》都称不上悲剧。

这还不算完。在《酒神的伴侣》中,我们也看到了由神引发的幻象。此剧中,幻象是狄俄倪索斯醉心的一种残忍游戏。彭透斯幻想锁住了狄俄倪索斯,实际上却连碰都没碰到他(行616,δόχων[以为])。随后,狄俄倪索斯制造了一个幻影,彭透斯攻击并以为斩杀了这个幻影。[149]稍后,彭透斯看见两轮太阳、两座忒拜城,还臆想看到一头狄俄倪索斯变成的公牛(行920,δοχεῖς[以为])。同样,阿高厄以为猎杀了一头山中兽,双手捧着兽头,但这其实是儿子的首级。在这里,怜悯和一切皆空的感觉合成一幅令人震惊的图景。归根结底,剧中这位令人不寒而栗的狄俄倪索斯难道不是真正的幻术师?他是谁?他是来自吕底亚的异方人吗?或是神祇?还是他幻化的公牛?维尔南(J. P. Vernant)表示,"有别于宣称自己就是酒神的狄俄倪索斯,异方人发挥了面具的功能"。①

当然,这些遍布欧里庇得斯戏剧的"盛大幻象"令人震惊,其程度远超安德洛玛刻对墨涅拉俄斯之流的虚名的恼怒。但这些幻象

---

① "Le Dionysos masqué des Bacchantes d'Euripide," *L'homme* 93, XXV (1985), p. 42.

表明,安德洛玛刻的批评原则在何种程度上直接触及欧里庇得斯思想本身的一个关键特征。谁又会震惊于斐德拉关于灵魂内部斗争的思索呢?

事实上,仅仅指出美狄亚的发言与苏格拉底的发言截然对立还不够。想要表明这个主题的重要性,我们还要明确指出,欧里庇得斯不断回到该主题。他已让美狄亚进行了类似的思考:

> 我虽然意识到
> 我要做的是一件多么罪恶的事情,
> 但我的血气,这人类罪行的最大根源,
> 已经战胜了我的理智。(行 1078-1080)

在《安德洛玛刻》(行 229 及下)中,欧里庇得斯进一步补充了这个分析。他让赫耳弥俄涅描述了女人们的朋友给她们的坏建议带来的后果。尤其是,欧里庇得斯在大量戏段中一再对此进行抨击(有些戏段由于[150]他人援引了这些已佚剧作才得以留存)。已经有学者整理出相关剧目,所有文本都证实了这点。①

更何况,这在传世悲剧中毋庸置疑。在《美狄亚》中,就算女主人公没有明言,她也清楚自己的大胆会把她带往何处,美狄亚的激情也主导了她的决心。美狄亚的痛苦、复仇、摇摆不定及其义无反顾都指向一点:她在决定自己的一言一行。在《希珀吕托斯》中,尽管斐德拉没有公开挑明自己的观点,即对羞耻的清楚认识阻止不了人类犯错,从她的痛苦、她为沉默付出的努力、她害怕身败名裂的情形,也足以得出同样的观点:她在决定自己的一言一行。

---

① 最重要的残篇有 Chrysippe, Antilope, Télèphe:这些残篇的相关文献,参见上文,页 138,注释 23 和 24。

此外，这种观点也出现在那些没有进行抽象思考的剧中。难道墨涅拉俄斯不清楚，为了救女儿他必须留下来？难道赫耳弥俄涅不知道，一旦失败她将大祸临头？难道俄瑞斯忒斯杀害母亲之前不是说，"我绝不承认预言会生效"？但他屈从了这个预言——恰如阿伽门农认清这其实是一项错误的决定后，仍屈从于奥利斯（Aulis）的预言。①说到底，即使没有对什么是好的清楚认识，我们仍能在欧里庇得斯剧中看出这些非理性诱惑的胜利。因为有谁强迫彭透斯答应观看酒神狂女吗？狄俄倪索斯嘲笑了彭透斯的前后不一："使你难过的事情，你还能看了快乐吗？"（行 815）。理性对人类无效，[151] 这是欧里庇得斯戏剧俯拾即是的观点。他还赋予这点以绝妙无比的独创性。

显而易见，欧里庇得斯用如此执着、如此出人意料的方式充斥于剧作中的思考，绝非仅仅为了给作品增色。这些思考往往契合其剧作的观点，这些独特之处就表明了这点。

可以肯定，诸多别的议题情况也一样。或许，我们几乎看不出这些议题与当时受哲学启发的作品有何关联，但它们扮演了类似的角色。欧里庇得斯剧作中充斥着对财富、财富的重要性、以及财富如何逐渐取代所有价值的诸多思考。但在《厄勒克特拉》整部剧中，舞台布景（cadre scénique）暗中对比了克吕泰涅斯特拉的奢华与厄勒克特拉的窘困（参见下文，页 192-193）。同样，欧里庇得斯剧作中还有诸多关于拥有可靠朋友的重要性的思考。有些朋友靠不住，他们的忠诚和假英雄的荣耀一样具有迷惑性。但也有靠得住的朋友。在这种情况下，朋友比任何血缘关系都可贵。然而，我们在《俄瑞斯忒斯》这部

---

① 关于俄瑞斯特斯，参见《厄勒克特拉》，行 981，关于阿伽门农，参见《伊菲革涅亚在奥利斯》，行 107，这些诗行末尾都突出了 $καλῶς$ [坏] 一词。

剧中看到，除了俄瑞斯忒斯的姐姐，没人愿意襄助这个父母双亡的年轻人，唯有皮拉得斯（Pylade）始终鼎力支持他。这种思考同样可以用来表明择妻的重要性——佩琉斯就谈及这点。而赫耳弥俄涅的整个角色（直到丈夫死后）都旨在揭示这点。

因此，我们不应认为，这些轻描淡写的观点不过应景之说。若干例子已然表明，虽然我们看到的不是某种类似的深刻思考，剧中也不致力于以明晰的方式深入探究人类，但这些观点往往引出欧里庇得斯深有感触的新视角。

[152] 甚至在某些学者看来，这些观点、建议和学说的持续存在（它们从剧作的节奏和剧中人物的反应中体现出来），才是最值得关注的特征。在一篇发表于 1968 年的文章中，① 阿诺史密斯（W. Arrowsmith）曾以本章标题为题——他的文章英文名为《欧里庇得斯的观念剧》（*Le théâtre d'idées d'Euripide*）。不过，他没有考虑欧里庇得斯援引相似理论的手法（往往无意义），而是逐剧分析了作品本身如何让人领会这些作品似乎意在挑明的那些观点。

这种貌似与我们截然不同的进路更有力地表明：殊途同归。然而，以普遍理论的形式引入诸如此类的观点就非同寻常了。当然，我们方才已表明，我们往往能从第一个方面转入第二个方面。事实上，就算不用这种惯用手法，欧里庇得斯的戏剧仍是观念剧。但坦白讲，较之现在的情形，他的观念剧会大打折扣。

我们可以从所有严肃的戏剧中得出这些看法。但在任何别的剧中，我们都看不到欧里庇得斯戏剧的这种倾向：他解释这些看法，一有机会就援引例子展开论证，以一种惯常的普遍精神委婉表明这些看法。这种倾向独一无二，并使之与同时代作家（如修昔底德和

---

① Euripides, *Collection of Critical Essays* (ed. E. Segal), p. 13–33.

阿里斯多芬，抑或智术师）直接关联在一起。随后，由于这种倾向，欧里庇得斯的观点常被公元前4世纪的哲学家引用。事实上，一切好像是［153］这个躁动不安、满怀好奇之人在这场智性革命和这个创新不断的时代收集各种观点、提出解决方案并为后世奠定基础。下个世纪的哲人们将摘录并重新思索欧里庇得斯剧作中充斥的那些孤立评论，并力图将之系统化。

只不过，我们目前谈及的是戏剧。通常而言，戏剧并非理论论争的场所。我们清楚，欧里庇得斯剧作独具一格的这种智性要素，曾遭尼采严厉批评。在此我们不作价值评价，但至少要表明，这的确是一种创新。把戏剧变成理论论争的场所是前无古人的创举（除了罕见的几个特例）。这种处理方式也后无来者（至少达不到这种程度）。在这点上，连欧里庇得斯的模仿者都无力模仿——拉辛（Racine）几乎逐字逐句翻译了斐德拉坦白那场戏，甚至逐句翻译了斐德拉坦言之后讲述她内心挣扎的那段长篇发言。不过，拉辛扩展了斐德拉对挣扎的描述，并使这段描述变得极其私人化。然而，拉辛完全略去了关于人类缺点的普遍思考。我们也会注意到，本章专注于表明欧里庇得斯在他的时代的现代性（因为这些分析已经有了，并总与智术师提出的新理论紧密相关），我们尚未指出他与现代作家的关联。

对这点展开更深层的探索很有必要。但只有在弄清一个关键问题之后，我们才能着手于此。因为只有这个问题能帮我们搞清这种智性倾向，该倾向涉及建立一种关联——不是在欧里庇得斯与现代人之间，而是在欧里庇得斯与他自己之间。因为［154］这种理智主义（intellectualisme）与我们此前探讨过的怜悯趣味明显冲突。只有先阐明这两种倾向之间的关系，超越时代限制寻求二者的关联才不会无功而返。

第四章　怜悯与思想之争

［155］事实很明显，在欧里庇得斯作品中，追求怜悯与展开理性思考的确不和谐。

在场景本身的变化中，第三章所引的几乎所有例子都能表明这种令人挠头的不和谐。就斐德拉的实际处境而言，她几乎没法开口，连一句囫囵话都说不出，却遁入这么一大段富含说教意味的发言。无论这段话切题还是离题，都有悖常理。此前如此精妙地逐步酝酿、传达的激情就此消退。从这方面看，拉辛弃而不用这种手法有其道理。同样，人们谈论完美狄亚的一切（她的愤怒和绝望）之后，美狄亚登台亮相，一开口就是一段关于婚姻的长篇大论，这种情况也异乎寻常。就算美狄亚的话更切合其情况（甚或其意图），她的语气也导致铺垫至此的张力突然消失不见。就在安菲特律翁和赫拉克勒斯全家行将就死之际，安菲特律翁却开始分析弓箭手在战争中的作用，这实在有悖常理［156］，也确属不该，就算这个问题切合时事。此外，在赫卡柏的例子中，欧里庇得斯的确承认赫卡柏关于教育的反思离题，因为她中途停下说，"其实我的心智发射出这些议论也属徒然"。赫卡柏只需要表达丧女的绝望和她对爱女充满悲痛的钦佩，因为若非为了激发令人肝肠寸断的人类怜悯，又何必呈现这场死亡，何必呈现这段叙述呢？

当剧中人物切换主题时（就像《乞援女》中的情形），这种有悖常理的离题效果无疑更明显——欧里庇得斯貌似从容不迫地穿针引线、思索联翩，却损害了悲剧张力。这也有违我们现代人的习惯，以致评论家或编撰家动念要删减这些戏段，好把剧中人物带回正题。

因此，我们没法否认如何调和二者的问题：对怜悯的凸显，与为了展开思想游戏和论证而骤然中断的倾向。

这个问题甚至不仅仅是戏剧的纯粹文学上的一致性问题，还牵扯到欧里庇得斯本人的思想，以及理性与非理性在他身上的结合方式。说到底，欧里庇得斯向我们呈现了一个不受智慧左右的世界。在这个世界中，万事皆有可能，人们宁可听从内心的冲动，也不愿听从理性的建议。但正因为如此，为了界定某种智慧，欧里庇得斯笔下的人物不断调整观点、论据和目标！

实际上，欧里庇得斯无疑具有截然不同的两面。这也不足为奇[157]，因为维罗尔（A. W. Verrall）的英文专著《理性主义者欧里庇得斯》（"Euripide le rationaliste"）和多兹（E. R. Dodds）的英文文章《非理性主义者欧里庇得斯》（Euripide l'irrationaliste）已然触及他的两面性。① 尼采同样注意到，"欧里庇得斯的悲剧总是冷和热的混合体，既能让人冻得发僵，又能让人热得发烫"（《悲剧的诞生》，第12节）。②

因此，问题确实存在，也的确令人困扰。更何况，这种摇摆不定充斥于这些观点的细节。毫无疑问，欧里庇得斯醉心于这些新思想，也对智术师推崇备至。但他一贯不信任修辞术，也一再质疑教育的作用——欧里庇得斯显然不相信智术师的理性主义。另外，要是欧里庇得斯没有认定人类是非理性要素的猎物，他又怎会认为知

---

① *Euripides the Rationalist* 于1895年出版；"Euripides the Irrationalist"发表于1929年的 *Classical Review*（页97-104）。

② ［校注］尼采，《悲剧的诞生》，赵登荣译，桂林：漓江出版社，2000。

道何为好却未必能践行好呢?

欧里庇得斯在看待智术师及其理性上的摇摆不定,就体现在众所周知的sophia[智慧]("智术师"的机巧)的多重含义及其用法上。很多情况下,审慎、明智(sophos)是我们的追求,也意味着智慧。但这也是某种略带技巧的智慧,经常变得可疑、无用或者具有欺骗性。比如在《安德洛玛刻》中,该词出现了十次,其中三次指称智慧,三次指称某种有用的技能,另三次指称某种可疑的机巧,还有一次指骗人的技艺。① 总之,我们总是看到欧里庇得斯对此褒贬不一,② 就好像[158]他同时揭示了新思想的潜能及其危险。于是就有了不好的"智慧"和好的"智慧"的区分。我们看到《酒神的伴侣》中歌队的谴责,语词的模棱两可得以精妙地呈现——事实上,歌队揭示了毫无节制的言辞和渎神的狂妄(彭透斯就是例子),并总结称:"聪明(sophon)不是智慧(sophia)。"或者据戴尔科特(Marie Delcourt)的译文:"这是一种疯狂的智慧。"此剧的教诲也正在于此:好说理的彭透斯没有理智。

我们完全可以认为,这些矛盾和模棱两可(剧中人物各执一端)会误导评论,引发截然不同的解释。对有的人而言,这些充满智性的长论是无关紧要的离题;对其他人而言,这些话至关重要。人们总是

---

① 《安德洛玛刻》中"智慧"(sagesse)的含义出现在行643、行645和行1165;"有用的能力"(habileté)的含义,见行481、行701、行957;"可疑的机巧",见行245、行379、行437。最后一种情况(行937)适用于塞壬女妖(Sirènes)。这些含义也在《俄瑞斯特斯》中频繁出现(偏褒义)。

② 例如,除了 σοφός 指称应遵守的行为的那些段落(残篇37、2,以及上一个注释),过度也遭到了批评:在《希珀吕托斯》中,乳母过分聪明(σοφοή)(行518),而主人公讨厌聪明(σοφαί)女人(行640)。更有甚者,奥德修斯利用他的聪明(σοφία)为非作歹(《特洛亚妇女》,行1224-1225),珀吕墨斯托耳则耍弄聪明谋财害命(《赫卡柏》,行1137:他称颂了有远见的聪明[σοφή προμηϑία])。

批评这种混合。为此瑞维耶（A. Rivier）表示，欧里庇得斯接受了智术师的思想，"受悲剧感情的双重推动"（*Le tragique d'Euripide*，p. 174）。

不过，这两方面的结合似乎并不意外，甚至还使我们得以重新回到一个明确而具体的问题——我们至少能着手解决理性主义者和非理性主义者的冲突。

其实显而易见，无论怜悯的效果还是充满智性的长论都不宜删除。二者的关联本身也绝非意外。尽管欧里庇得斯在两种倾向之间摇摆不定，毫无疑问，在很多情况下（几乎在他的所有作品中），[159] 他不止一次而是每次都重蹈覆辙。他之所以要毁掉自己巧妙铺垫的怜悯效果，只是为了不合时宜地闯入时新思想的领域。倘若纯属为了赶时髦，那么他首先就是一个蹩脚的作家。尤其是，他不至于一以贯之地追赶时髦。哪怕这是一种个人的小癖好，也不会如此具有系统性。

因此我们不妨认为，此事虽然在我们看来截然对立，却可能并非完全不可调和。本章就要解释这点，借此搞清涉及我们的研究对象的重要问题。倘若我们不从那些最重要、最个人化的论题着手，而是从每次引入这些辩护和长论的原则本身着手，事情就会更好理解。为什么会存在这种情况？为什么要展示这种机巧、修辞术和辩证法？

答案见仁见智。最重要也最明显的答案涉及戏剧人物的言说对象。原因很简单：为了不惜一切代价说服言说对象。事实上，一旦想到如此慷慨陈词的那些人的切身利益，我们就会发现，这些论证和怜悯其实天衣无缝地关联在一起。事情关乎他们或他们心爱之人的身家性命，由此激发了大祸临头之人身上的所有潜能。这样一个人越不安，就越能找到论据，也越发竭尽全力使之具有说服力。然而，对所有人来说，这种坚持本身（与他的痛苦以及他拥有正当理由的印象结合）就变得令人心生怜悯。

[160] 我们如今阅读这些戏文,同样读得很慢,因为我们要评论这些文本。不过,倘若把这些戏文重新搬上舞台,由于观众感受到切实的威胁和恐惧,看似镇定的辩护反而变得棘手。

我们能举出的第一个例子是欧里庇得斯剧中那位饱经苦难的母亲。她也是最出色的辩手。赫卡柏哀求能让女儿免于被献祭的奥德修斯。赫卡柏从前帮过奥德修斯,为了打动他,赫卡柏有什么不能做呢?事实上,在其长篇发言的整个结尾部分,赫卡柏都采用了乞援的姿态。她蜷伏在奥德修斯脚下,用令人怜悯的方式祈求他:

> 求求你,
> 别从我手里拖走我的孩儿,
> 别杀她,死的人已经够了。
> 有她我才有快乐,才忘记了灾难。
> 在我失去了许多东西之后她是我的安慰,
> 我的城邦,乳母,拄杖和带路人。
> ……
> 凭你亲爱的胡须,啊我求你尊重我,
> 怜悯我。(行277及下)

但奥德修斯并非感情用事之人,他还需要理据和正当理由。因此,痛苦地抨击完煽动家之后,赫卡柏在第一部分发言中条分缕析了何以人祭是荒唐且不义的,人祭毫无道理,与其他献祭方式也毫无分别。赫卡柏故意承认,她是以修辞家的方式运用了一种观点,并表示她正是要用这些正当理据反驳奥德修斯。①随后,赫卡柏向奥

---

① 这行诗的意思有时遭人误解,其实大意很明白。赫卡柏使用了反驳 [σοφή προμηϑία] 一词,这让我们想起智术师的用法,我们通常称之为 "ἀμιλλῶμαι" [双重论证]。对此的分析,参见上文,页122。

德修斯乞援。但在此之前她先提醒奥德修斯，他也曾向赫卡柏本人乞援，借此唤起奥德修斯的感恩之心及另一种正义形式。赫卡柏用有意凸显的过渡表明了这点："这就是"，她表示，［161］"现在我也对你做同样的事，讨回从前给过你的恩惠……"这里涉及一笔人情，一笔回报（antidosis）。①这个无比坚实的框架，令人直接想起譬如我们在修昔底德卷一科林斯人的演说中所见的那种架构。科林斯人首先解释他们为何有理，然后提及对方应当心怀感恩的理由。和赫卡柏一样，他们的过渡也得到凸显：

> 这些就是我们向你们力陈的正义之理，根据希腊人的习俗，它对我们来说足够了。我们还想奉劝你们，你们欠了我们一笔人情……所以现在是还人情的时候了。（行411）

措辞相同，表明人情的语词也如出一辙（μόνοι）。这种雷同无疑令人震惊。但我们应该感到震惊吗？修昔底德和欧里庇得斯从同一个学派那里学来了为某个理由辩护的方法，只不过，科林斯人辩护的出发点是维护他们的势力与和平，赫卡柏则是为了她在世上最珍爱之人辩护。唯一的区别是，这些科林斯人的演说长达数页，充满了严密的论据和历史回顾，赫卡柏的言说则长达50多行，并转向乞援和哀诉。此外，我们还看到她颤抖地蜷伏在决定她生死的那个人面前。赫卡柏堪称辩士！但她所有的论证都服务于一种强烈的不安，她要不惜一切代价作最好的辩护。

因此，虽然我们也看到所有这些论据（修辞术意义上的论据和理论上的论据）都能在别的地方找到，但在这里，它们却是为了挽救生命而被最大化地利用来作为威胁。

---

① 必须归还（ἅμιλλα λόγων）她有权索还（ἀπαιτούσης）的人情。

[162] 为此,在赫卡柏的辩护中,我们看到了这个说法:为何被献祭的是她的女儿?不过,我们在伊菲革涅亚那里再次看到了这个问题(略有改动、稍加强调),因为此剧质疑了战争的目的本身。在《伊菲革涅亚在奥利斯》中,墨涅拉俄斯与阿伽门农在一场激辩中针锋相对。在这场论辩过程中,阿伽门农拒绝杀害亲骨肉,并让墨涅拉俄斯报复恶妻(行396-399)。稍后,克吕泰涅斯特拉更激烈地对阿伽门农说了同一番话,指责他杀害了伊菲革涅亚:

> 为了让墨涅拉俄斯得到海伦。这是一个
> 重大代价;拿孩子的性命去换回一个坏女人。
> 于是我们就该用最可爱的东西去买最可恨的东西了。
> (行1168-1170)

无论质问还是对比,两种修辞手法都服务于同一种激情。赫卡柏也曾表示,奥德修斯欠她的人情必须清偿。但在这段著名的长论中,还债的观点采用了一种奇特的技术形式。俄瑞斯忒斯乞求墨涅拉俄斯救他一命时就是这种情况。实际上,和赫卡柏的长篇发言一样,俄瑞斯忒斯最后以急切的哀求令人怜悯地结束。他在祈求时提到海伦,悲叹自己落得这般田地:

> 啊,叔父,我父亲的同胞兄弟啊,
> 请你想象死者在地下听着,他的灵魂
> 在你的头上飞着,通过我的嘴在向你说话!
> 我已对你说了关于眼泪、悲叹和灾难的话,
> 我向你提出了救命的请求,
> 命是人人都要的,不只我一个人追求。
> (《俄瑞斯忒斯》,行671-676)

俄瑞斯忒斯的确令人怜悯。这种强烈的怜悯以直接的方式传达出来。但此前并非如此！在此之前我们看到，关于还债看法不一，充满诡辩。俄瑞斯忒斯提醒墨涅拉俄斯，163］昔日阿伽门农曾为墨涅拉俄斯所做之事，而今墨涅拉俄斯也必须为他做到。他使用了交易的行话。此外，欧里庇得斯的戏剧手法似乎暗示，墨涅拉俄斯一度认为这是一种金钱债务。在此，我们略为详细地引用这个语气耐人寻味的戏段：

> 墨涅拉俄斯啊，我不要你给我任何你自己的东西，
> 只要你偿还过去你从我父亲得到的好处。
> 我不是指财物；如果你救了我的性命——
> 那是我最珍惜的东西——我要的是这"财物"。
> 我犯了一个错误；为了补偿这个罪恶，我需要
> 从你那边拿来一个你的错误；须知，我的父亲阿伽门农
> 集合希腊军队去到特洛亚也是犯了一个错误。
> 但他不是因为自己犯了罪恶，实在是
> 为了补偿你妻子的错误和罪恶。
> 你应该以一抵一还给我。
> 他真的出卖了自己的生命，像一个朋友
> 应该对朋友做的，为了使你可以找回
> 你的妻子他不惜为你在盾牌后面辛苦。
> 你在那里得到了帮助，现在归还给我……（行642-655)

同样的口吻贯穿整段戏文。俄瑞斯忒斯指出，他索求的帮助所费不多，无须像阿伽门农从前祭杀伊菲革涅亚那样祭杀赫耳弥俄涅。简言之，这不再是犯人请求赦免的辩护，而是一份关于实际债务和偿还的辩词。令我们惊讶的是，我们不再像当时的雅典人一样，对

这些新颖的论证惊叹不已。但怜悯因此削弱了吗？显然相反，俄瑞斯忒斯的坚持本身在这里仍源于他的忧患，而他的性命悬于这些从绝望中生出的机巧。

总之，为了不中断这条欠债和偿还的论据，我们可以再举出另一段两个临死之人的辩词。这就是［164］《海伦》中受埃及王僭政威胁的海伦和墨涅拉俄斯。这里也出现了保管的说法——海伦被托付给埃及王的父亲。海伦和墨涅拉俄斯向国王的妹妹忒奥诺俄申说了这点，因为她至少还有正义感。海伦说，赫耳墨斯把她托付给普罗透斯（Protée），让他把海伦交还给她丈夫。因此，她的夫君必须活着：

> 他若被杀，怎能收回我呢？
> 而你父亲又怎能把活人交给死人呢？
> 你也请思考一下神意和你父亲的意愿，
> 神和你已故的父亲愿意归还
> 邻人的东西，还是不愿意呢？（行912-916）

随后经过一段激辩，海伦像俄瑞斯忒斯和赫卡柏那样转而可怜巴巴地乞求：“不，姑娘啊，我求你别那样！”然而，论辩还没结束。现在轮到墨涅拉俄斯继续论辩。这种著名的"归还"权在他的辩护中数次重现。[①] 事实上，这条（让人想起最简单也最具体的程序）理由最终打动了忒奥诺俄，

> 如果不交还海伦，
> 我就不公道了；因为，如果我的父亲还活着，

[①] 行 956, *ἀπόδος*；行 963, *ἀπόδος*；行 965, *ἀποδώσεις*；行 972, *ἀπόδος*；行 974, *ἀποδοῦναι*。

他早就把她还给了你。(行 1010-1012)①

谁会认为这种执着于找回最基本的正义的精神破坏了（攸关两条性命的）这场戏的怜悯呢？欧里庇得斯之所以让这些人雄辩滔滔，使出浑身解数，就是为了更打动人心。

当这些论辩更富智性，诉诸真正的普遍观念时，同样的观点依然有效。我们由此想到了俄瑞斯忒斯，他对墨涅拉俄斯言说时就提到了相互间的义务的观点。但 [165] 墨涅拉俄斯如何回复的呢？他并不反对"只要老天给予这份权力"的义务。但墨涅拉俄斯表明自己没有这项权力。为了证明这点，他在一番话中分析了民众的本质：民众一旦发怒，就宛如失控的火灾，此时秘诀就是等待，留出一点空间，伺机用怜悯取代愤怒（行 696-704）。从内容上看，这种关于民众心理的反思毫不逊色于修昔底德，也显然关乎欧里庇得斯本人的想法。他在《海伦》及随后的《伊菲革涅亚在奥利斯》中揭示民众残暴的方式就足以证明这点。当然，并不是说墨涅拉俄斯摆出这个观点就表明他不再是天生胆小怕事之辈，只是他的恐惧促使他找到了一个冠冕堂皇的说法。这些长篇累牍的理论解释清楚地表明，对俄瑞斯忒斯而言，希望彻底破灭。这两段长论还一反惯例，采用了单行轮流对白的方式——墨涅拉俄斯离场，留下对他满怀怨愤的俄瑞斯忒斯。

希珀吕托斯呢？倘若他无须不顾一切说服不相信自己的父亲，说他没有通过斐德拉觊觎权力，他还会费力地辩解说他对权力毫无欲望吗（行 1013-1018）？维拉莫维茨（Wilamowitz）和诺克（Nauck）等学者批评说，这段话与上下文格格不入，但能帮希珀吕

---

① 行 1010-1012，措辞一如既往：*ἀπόδώσω, ἀπέδωκεν ἄν*。

托斯保住性命。①《伊菲革涅亚在奥利斯》中的阿伽门农和墨涅拉俄斯呢？当然，他们都在泛泛而谈，墨涅拉俄斯还发表了一段反对所有野心家的长论（行366-369）。然而，兄弟俩一个要救女，另一个要救[166]妻，两人各自费尽心机，都要不惜一切代价。尤其是墨涅拉俄斯，他认定阿伽门农的迟疑是一种更普遍的类型：对其中一人而言，回心转意是智慧，对另一人而言，这明摆着是三心两意（参见上文，页49）。激情一览无遗地呈现在彼此的普遍化攻击中。

《腓尼基少女》中珀吕尼刻斯、厄特俄克勒斯（Etéocle）和伊俄卡斯特（Jocaste）的那场论辩又表明了什么？决定三人命运的那场戏（由于没能达成和解，三人将悉数殒命）难道不够令人怜悯吗？难道不是每个人都要解释各自的理由吗？特别是伊俄卡斯特，难道她不用竭尽全力让固执地认定他的神圣王权至高无上的儿子放弃这种想法吗？到头来，伊俄卡斯特将找遍所有（道德的、公民的、宇宙的）理由，由此产生了一段关于平等的长篇大论。平等把朋友、城邦、盟友连接在一起。世界由此呈现出这番景象：

> 因为平等是人类天赋的法律，
> 少总是与多敌对，
> 开启对抗的日子。
> 也是平等，给人类定出度和衡
> 的单位，确定数目。
> 夜的黑暗和太阳的亮光
> 相等地走过一年的周期……（行538-544）

---

① 同样，当希珀吕托斯说斐德拉相貌平平时，他也意欲在此。他只能竭尽所能诉诸这些似是而非的说法。

这就是一概而论。这番一概而论说得令人肃然起敬。但这也是一位极度不安的母亲想说服误入歧途的儿子迷途知返的最后办法。怜悯与哲学思考完全并行不悖。

但有人会说，让极为激动和不安的戏剧人物一概而论不合情理。真的不合情理吗？我们倒不妨 [167] 认为，每个满怀愤怒之人都倾向于一概而论。谁没听过，女人们为了一点琐事就感叹："噢！男人们！都是一路货色！"或者某位男性宣称："噢！女人们！她们不可理喻！"这也不只是男人和女人的问题。谁没听过有人因为一点小挫折就说"总是，成功的总是庸人！"？

这些司空见惯的例子（思考当然没那么深刻）只是为了表明，从言说者的角度来看，普遍化思考何以不只是某种平淡无奇的冷静中断，而是某种激情的宣泄。

我们已在上文指出，从岌岌可危地庇护她藏身的神坛（她在此寻求庇护）那边，安德洛玛刻对墨涅拉俄斯说了一大段话："名气，名气！……"我们以为会听到怨声连连，但她身上激起的义愤（indignation）比简单的哀诉更富激情。安德洛玛刻的一概而论本身就源于这种强烈的义愤。

同样，在《希珀吕托斯》中，当忒修斯看见儿子过来（匆匆忙忙、毫不知情）时，他先是一言不发。剧本上写着："你不做声吗？"随后忒修斯开口。但一连三次，忒修斯都未对希珀吕托斯言说，仿佛他没法让自己跟这种人说话。忒修斯认为希珀吕托斯有罪，希珀吕托斯天真的申诉在他看来无比虚伪。于是，忒修斯背对着希珀吕托斯，连连发出一概而论的叹息："啊，你们这些常犯无谓错误的人啊，你们教人无数技艺……"随后，忒修斯还说道："呸！人必须有某种可靠的办法考验他的朋友，判断他们的心……"最后，他还表示，"哎呀，这凡人的心啊，它要走多远呢？什么是它大胆和刚愎的尽头呢？……"① 忒修斯认定［168］希珀吕托斯的行径骇人听闻，以至于下不了决心和他说话。在忒修斯看来，希珀吕托斯的行径如此恶劣，简直就是全人类能做出的极恶。因此，此处的一概而论和抽象化是一种分外强烈的感情的直接产物。

况且，对公元前5世纪的雅典人而言，这种极富人性的反应更加自然——在他身上，一切具体经历都自动转化成对人类的评价。

我们其实应当想到，当时这座城邦沉浸于某种热望，想更好地认识人类及其行为准则以及社会生活的准则，简单说，就是在每种情况和每个反应中寻求某种稳定、可识别的类型。古希腊人身上总是带着这种倾向。欧里庇得斯之前，悲剧歌队总是不失时机地在戏剧行动进程中向所有人指出人类的普遍处境。②

但在这里，公元前5世纪末思想的迅猛发展已经形成了一种惯例——致力于通盘认识适于多数情况的重要方案。我们知道，正是

---

① 见行916-920、行925-931、行934-942。这三段感叹都谈及有死的凡人。感叹的篇幅随着忒修斯的义愤升级而渐增，直到他最终用一大段话斥责了这个小伙子。

② 最令人震惊的例子是在《俄狄浦斯王》（*Oedipe Roi*）中：从俄狄浦斯无疑非同寻常的情况中，歌队得出了一段关于人类处境的教训：

> 哎呀，凡人的子孙也！
> 你们的生命，我看什么也算不上。
> ……
> 啊，不幸的俄狄浦斯呀！
> 你的命运，你的命运告诫我，
> 不要称任何凡人
> 幸福。（行1186-1195）

关于古希腊悲剧的这种特征，参见拙文 "Les Héros tragiques et la condition humaine"，1979年发表于雅典的 *ΕΕΦΣΠΑ*，1977-1978，p. 9-24。

这种精神激发了修昔底德修史。修昔底德希望，他所书之史 [169] "根据人类本身的特质"，能在未来帮助人们鉴古观今（1.22）。

因此，我们又何必大惊小怪，觉得这个时代的戏剧人物（何况这些人物出自一位浸淫于这个时代习惯的作家笔下）即便极为不幸、令人怜悯，也倾向于把他们的个人经验转化成人类经验？他们的生活就是这样的。欧里庇得斯和他的大多数观众应该都会对剧中人物的不幸和无序感同身受。对他们以及对所有人来说，这些不幸和无序飘忽不定地生动表明了各种人类现象，这也促使他们孜孜不倦地揭示、穷究这些事物的原因。

在这种情况下，即使一概而论没有凸显我们已数次例证的感情过激，它仍是合乎情理的自然流露。在那些最令人怜悯的时刻，一概而论也会倏然出现，而无损于戏剧张力和感情。

欧里庇得斯与埃斯库罗斯或索福克勒斯沉思的区别仅仅在于，从他开始，话语权已掌握在戏剧人物手中。戏剧人物越来越多地表达观点。这些观点要么与人物有关，要么与人物的自身处境有关。就像阿里斯托芬震惊于欧里庇得斯让笔下每个人物发言，我们也错误地震惊于他能让所有人对更多话题进行思考和评论。欧里庇得斯的人物成了个体（individuels），他们的思考也变得个体化。在这个人人开始学会说理的时代，人们不断从自己的经历和所处的时代中吸取教训。实际上，这就是他们的生活方式。

在本章提到的一些例子，其特点令人震惊。我们无疑可以这样来解释它们。这些例子也表明了同一种趋向。当听到关于女儿之死的报告时，[170] 赫卡柏情不自禁地震惊于女儿罕见的德性并追问德性的来源，这不就是写照吗？她那充满骄傲的震惊举动之所以令我们意外，仅仅因为她的一番话措辞很学究。但这是由于风格发生了改变。而风格的改变丝毫不影响内心活动的自然和深刻。同样，当斐德拉最终承认她受激情支配,且长期以来默默激与情抗争之时,她想搞清自己的弱点与人类的所有弱点何以相似,以及她的情况如何能说明人类的弱点(就算是为了自辩),这难道不是顺理成章吗?令我们意外的只是斐德拉不容置疑的口吻、清晰的思想以及她的几分学究气。但这依然是风格问题。我们在戏剧中寻求自然——古希腊悲剧的一切都荒诞不经。如果斐德拉以现代人的日常风格表示,"你知道,我已经试过了,我知道这不好,但知道不好并不总是管用,我吃过苦头才明白这一点",没人会觉得她的观点突兀或者削弱了戏中的怜悯。欧里庇得斯只是让话中的思想铿锵有力并加入了他的发挥。他只是根据时代的惯例和趣味清楚地将之描述出来。

就此至少可以指出两个原因——有些角色是因为激情,但所有角色都有抽象化倾向,这两个原因使得从言说者的角度来看,这些不断诉诸思想的做法水到渠成。按照当时的趣味,我们认为是欧里庇得斯的所谓离题的东西,其实是在强调悲剧体验的节律。

但戏剧人物说得太多了。显而易见,在最后提到的那些例子里,即便戏中的话由戏剧人物说出自然而然,也唯与[171]作者的意图关联在一起才有意义。作者对公众言说,他为了延伸表演而加上了一些建议、解释和一概之论。

接下来的问题是首先搞清这些辩解的作用。我们注意到,这些辩解逻辑严密,有些观点还颇为学究,能充分表明戏剧人物所扮演的重要角色,以及他们急于说服他人。这就证明,他们的辩解顺理成章,无碍于怜悯。不过,作者在此类论辩中的意图依然没有得到揭示。

然而,一旦着手这个问题,我们就发现了这些看法与怜悯的第三种关联:倘若不在当面论辩的两个戏剧人物之外让别的角色直接对公众言说,那么,无论为了说服对方还是为了传达自身经验,其实都没法让人完全领会理性与怜悯的关联。

无论如何，我们都应首先注意一个事实，应该看到，这些辩护（令紧迫和不安及由全新修辞术带来的全新学问名正言顺）在悲剧中基本徒劳。剧中人物意欲说服言说对象，但除了《海伦》中的忒奥诺俄，他们都无功而返。虽然他们的辩护令人震颤、精妙、出色，却显然毫无用处。

由此就清楚表明，剧中人物的发言不仅针对剧中其他人，还针对观众。这些或简单或精妙、条理分明、层出不穷的论据，直接针对观众。毫无疑问，倘若论据本身具有普遍性并看起来与观众息息相关，那么，观众就能更好地领会这些要素的力量。由此，戏剧人物迫于忧患的压力凭空产生的论据，反过来让观众去思考触动受害人的所有理由。[172] 论据唤起人们对一位备受瞩目之人不得不接受的境遇的怜悯、义愤和恐惧。在这种情况下，倘若论据全都无济于事，那么怜悯只会相应地增加。我们想象一下忒修斯被希珀吕托斯的观点说服的情形——他一旦被说服，悲剧将不再发生；但只要这段慷慨激昂、义正辞严的辩护遭遇失败，就是彻头彻尾的悲剧；希珀吕托斯辩护的价值就在于使他的遭遇成其为悲剧。

我们不妨认为，古希腊悲剧（尤其是欧里庇得斯剧作）的这种别具一格的形式，就是双重论证（la paire de discours opposés）。作者让观众了解两个戏剧人物如何针锋相对，完全敞开双方各自所持的观点，并让两人根本无法达成共识，难道这还不令人怜悯吗？我们再想一下伊阿宋和美狄亚、廷达柔斯和俄瑞斯特斯。

而且，在廷达柔斯和俄瑞斯忒斯的例子中，我们怎会看不出，那些论证所带的普遍化、近乎抽象的色彩，就是为了更直接地引起观众注意？廷达柔斯没法饶恕俄瑞斯特斯犯下的罪行，他转而向墨涅拉俄斯申诉——冤冤相报何时了？（行 507-511）廷达柔斯拒绝受这种家族仇杀的习俗支配，站到了法律一边。俄瑞斯特斯则接着概述，如果妻子可以谋杀亲夫，并在之后指望得到子女原谅且就此脱身，"那时她们就会肆无忌惮地杀死丈夫，以随便什么为借口"（《俄瑞斯特斯》，行566-570）。从这两个人物的话中，我们都看到了（宛如思辨游戏的）向普遍理论的过渡。不过，我们也看到了完全现代的观念，那就是认为就从前的社会来看，阿特柔斯家族的悲剧其实还会重演。某个家族的古老诅咒，① 成了 [173] 充满人性、切近现实的问题。这种观点本身就拉近了剧中人物与观众的关系。②

我们至少可以说，观点越切合流行的论争，观众就越能切身体会呈现在他们面前的冲突。在这种情况下，就可以让观众掂量、理解每一种希望和理由（所用的每个语词人人都能理解），而且剧中越少掺杂个人色彩，就越能间接打动人心。

总之，比起罗列更多范例，对比之下更能清楚表明上述原则——想一想修昔底德就够了。修昔底德笔下的演说者也用双重论证阐述问题，他们分析支持或反对某种看法的所有观点和论据。通过这种方法，这位史家不仅让人（深刻）理解了每个人的动机（他对此兴趣不大），还让人理解了那些从长计议的解释、成功的机遇，以及有时对结果有决定性作用的形势。此外，通过事先提供这种分析，修昔底德

---

① 毫无疑问，在《俄瑞斯特斯》中，埃斯库罗斯已表明应结束冤冤相报，他也反对那种一命偿一命的人类正义的制度（亦即战神山法庭 [Aréopage] 的做法）。不过，在上面两段表明普遍性的段落里，欧里庇得斯以一种完全智性的方式呈现了这两个方面。我们不应忘记，当时的智术师不仅探讨法律的用处，还探讨惩罚的威慑作用——和俄瑞斯特斯的观点十分接近。

② 观众应当理解这类论辩，好比我们能理解反对或支持死刑的论争一样。我们从中能发现，这两种观点的形式与康德的准则遥相呼应：任何行动准则的出发点都不能违背普遍准则。

不仅让人理解事件的内幕，还让整起事件不言自明。因为自此，每个细节都受到关注，较之预测（于某人而言是希望，于其他人而言是冒险），每个细节都持续不断地备受瞩目，因为人们完全清楚这起事件对当事人的意义。从多方面来看，[174] 由于让人事先了解一切，修昔底德冷静而节制的史书激起了某种与悲剧不无关联的感情共鸣。

欧里庇得斯剧中人物的申说往往也起到了同样的作用。人物的发言不只是针对言说对象，还针对观众，为的是让观众理解要害所在，就像修昔底德笔下的情形。同时，由于两个饱经沧桑的人物的戏就在我们眼前栩栩如生上演，这种理解就激发了更强烈的同情和更剧烈的共鸣。

此外，欧里庇得斯还采用了一种单刀直入、直击要害的形式——这是索福克勒斯提供给我们的手法，他让两种道德或两种荣誉感针锋相对，譬如埃阿斯与特克墨萨（Tecmesse），或者厄勒克特拉与他妹妹。欧里庇得斯只是全方位丰富了修辞技巧并提供了更多想法。欧里庇得斯的趣味由此形成，也形塑了大多数观众的趣味。尽管观点常新，剧中长篇大论的作用却始终如一。

和所有惯例一样，这种惯例无疑也会发展得过火。人们在追新逐异、追赶潮流时往往如此。或许在这样或那样（毫无必要、在悲剧中没有实际用处）的长篇发言中，欧里庇得斯向当时的趣味让了步。除此之外还有一个根本事实——在他的剧中，连篇累牍的修辞和观点非但无损于怜悯，反而与之联手并为之服务。

这里暗含了一种对逻各斯（logos）（言辞［parole］和理性［raison］意义上）的明显看法。这种看法至少能在形式上解释那些出现在欧里庇得斯的现代性与我们的现代性之间的差异。

[175] 首先，欧里庇得斯的作品证实了时人对修辞术和理性思考的非凡热衷。在当时，所有作品无一例外地都洋溢着这种热忱。

人们发现了让言辞更有效力的方法，并因此而认定言辞无所不能。智术师高尔吉亚曾就海伦写下一篇颂辞来颂扬言辞的力量，表明了当时对于完美运用言辞的全新艺术的赞叹。当时的整个雅典仿佛都沉迷于这味"万灵药"。欧里庇得斯也沉迷其中。

故此，对欧里庇得斯和他的观众来说，如下情形再正常不过：受迫于必然性的人为了活命诉诸言辞，且尽其所能诉诸最精妙、最出色的言辞。但与此同时，当时的雅典上下还沉迷于另一种发现：言辞即思想、反思、观察和理论发展。借助言辞及其表达的理性，人们希望认识人类。修昔底德、智术师、苏格拉底、医生以及（貌似守旧的）阿里斯多芬就致力于此。欧里庇得斯也醉心于此。

因此，对欧里庇得斯和他的观众来说，这没什么大不了。这些面对不幸遭遇和考验的人物认为，他们自身或他人的遭遇就是人类的表征和教训。

有别于史书中的情形，政治家和战略家当然不会使用如此抽象和严谨的语词来言说。同样，深陷痛苦的男女，无疑也不会使用欧里庇得斯作品中如此条理分明、字斟句酌的语词来言说。不过，为了让人明白他们的意愿或遭遇，史家或诗人必须让他们 [176] 这么言说。无论史家还是诗人，都相信逻各斯能从人性意义上解释形形色色的行为。

但是，无论对史家还是对诗人而言，这并不意味着要把这种说理的技艺完全付诸行动。毋庸置疑，修昔底德认为，通过指出错误的机制，我们能设法避免犯错。但修昔底德心知肚明，即便经验清楚地揭示了愤怒或雄心的力量，愤怒和雄心也仍会一如既往发挥作用——诚如斯言，"只要人性保持不变"（3.82.2）。这一切对欧里庇得斯来说更是如此。的确，欧里庇得斯揭示了人类悲剧中受到质疑的所有观点，他用积极而清醒的方式表明了雄心、恐惧、激情起作用的方式,但这阻止不了野心、恐惧或激情肆虐。解释不等于纠正。厘清这些观点压根不是为了重整乾坤。正因为如此,最清醒的时代也是悲剧的时代,并且是最令人怜悯的悲剧时代。

因此,欧里庇得斯对 sophia(智慧/聪明)的兴趣,与他对它的不信任并行不悖。也因此,欧里庇得斯实际上的理性主义与他兼有的非理性主义也能并行不悖。

在斐德拉对人类缺点所作的分析中,我们因此不清楚哪一点最值得欣赏,是清醒地致力于从痛苦转向抽象地阐述造成这种痛苦的理由,还是这些理由所揭示的缺乏理性以及非理性力量获胜的方式。故此,充斥于欧里庇得斯戏剧中的说理之人才会不遗余力地批判、解释,徒劳地想要指导人类行为。彭透斯之类的人物[177]想单凭善辩之人的说理行事时,却一头扎入了不理智——聪明(sophon)不是智慧(sophia)。理性说理与怜悯由此关联在一起,二者不仅在悲剧结构中携手,在所有作品暗含的哲学中亦如此。

兴许,我们能在如下事实中看到那个时代和那些作品最与众不同的特征——它们如此阴郁地审视人类和生命,也没有终止这股当时出现的热衷发现和分析的势头,即便身处人类徒劳挣扎的深重苦难之中。也正是这种热忱,完全区分了欧里庇得斯剧作见证的时代的现代性与我们这个时代的现代性。在这点上,两种现代性截然不同。

因为事实上,现代戏剧缺失这一切。这个事实由于牵扯到观念剧而变得愈发明显。纵观所有文学戏剧,的确如此。从克洛岱尔(Claudel)的深思冥想和蒙特朗在戏剧中对理想生活的苦苦追寻,一直到萨特和加缪的思想剧(théâtre intellectuel),① 政治观点与道

---

① 例如蒙泰朗《西班牙红衣主教》(*Le cardinal d'Espagne*)中卡斯蒂利亚王后(Castille)与希梅内斯主教(Cisneros)的论辩就提到了他们的激情、伦理和宗教。

德观点针锋相对，都表明了一种必须表现行动的哲学思想。季洛杜（Giraudoux）的戏剧也是这样，其中的战争问题（在《特洛亚战争不会爆发》[La guerre de Troie n'aura pas lieu]中）或正义问题（在《厄勒克特拉》[Electre]中），总是在剧中人物的交锋中揭示得最根本、最清楚。

[178]在上述作品中，还往往会引发一段长篇发言，述及某种经历、希望和生活信念。克洛岱尔、蒙特朗、季洛杜等人笔下的有些辩驳超过一页。存在主义戏剧（尤其是加缪的作品）也往往充斥着长篇累牍的解释。①

但仔细考虑之后会发现，这并非戏剧的常见特征。法国古典戏剧不是观念剧，莎士比亚的戏剧也不是。浪漫主义戏剧也不是观念剧。观念剧间或出现过（例如伏尔泰或博马舍[Beaumarchais]的作品），在其中，时政或时事引发评论、讽刺或说教，但归根结底只是例外。文学戏剧也从未像现代戏剧这样充斥着各种观点、讨论或形而上的目的。在这点上，现代戏剧与古希腊戏剧一致。

但二者的区别同样明显；反过来说，内在关联凸显了二者的深刻差异。在现代戏剧中，观点不再像欧里庇得斯作品中那种论及人类的普遍性。有别于欧里庇得斯的剧作，现代剧中的长篇发言不再谈及那些清楚阐述、几乎可以通行的观点。在所有现代戏剧中，观点都变得私人化、个体化，关乎某种生活经历，与纯乎个人的冲动有关，几乎总以"我"为中心。况且，人物之间真的说得上针锋相对吗？他们的对立毋宁说是愿望和意志的对立。他们本人宁可挑明

---

① 诸多例子中仅举两例：在《特洛亚战争不会爆发》中，奥德修斯在三次反驳中解释了战争（每次反驳的篇幅都超过了一页）（第二幕第13场）。在萨特的《苍蝇》中，俄瑞斯特斯宣称我们拥有自由和身份的学说占了两页篇幅（第一幕第2场）。

看法也不愿费力说服他人。剧中人物的长篇宣称看上去不过是每个人的自辩。① ［179］因此，思想上的相似伴随着表达方式的彻底决裂。

现代作家也意识到了这点。他们要么将之归咎于古代戏剧的程式，② 要么归咎于雄辩术的影响。③ 但我们不妨思考一下，除了文体和影响上的差别，还有没有暗含某种更根本的区别。

因为这种修辞术的发现，不仅牵扯到人人都要为自己的理由辩护的诉讼或辩论惯例，还牵扯到对论证的效用及逻各斯本身充满惊叹的信念。这些精心安排、斟酌、针锋相对的观点，这些不断遭到质疑的普遍看法，这些诡辩和全新阐述的真理，全都基于一个想法——借助修辞术，人类发现了一种双效的新武器，因为据说修辞术不仅能在实践中劝服人，还能让人知其所以然。

然而，这种信念已然消失，至少和诉讼的习惯一样烟消云散。我们知道，一切在现代走得太远，而今连语言本身及其沟通的能力都遭到质疑。这种极端看法至少表明了深重的怀疑，在实践中则表现为喜用单音节语和象征性手势［180］以及一种基本的克制。这种克制越来越避免直接表达真正重要的感情，甚至摈弃了用理性为之辩护的一切努力。

这种克制还受心理学怀疑人类清醒意识本身这一新的趋向所推动。对一个充斥着心理学分析的时代而言，一切抽象的理论思考都

---

① 在克洛岱尔笔下，库封丹的西涅（Sygne de Coûfontaine）没有被图尔吕尔（Turelure）说服，正如在季洛杜笔下，厄勒克特拉对克瑞翁的新理想无动于衷。在萨特的《肮脏的手》中，雨果（Hugo）承受的打击与任何争辩都无关：他听到的理由令他心生厌恶，困扰他的只有信心（或缺乏信心）。

② 蒙泰朗对这些旁白和独白的看法正是如此（*Notes de théâtre*，Pléiade，p. 1076）。

③ 对此，萨特表示（*Un théâtre de situations*，p. 158），"这都是些讼棍"。

有几分可疑——它们显得是难以言表的压力的骗人托辞。任何想要表达信念的人，宁可将之与自己的内心驱动关联在一起，也不愿使用与个人无关的抽象语言。因此，人们不再明白无误地探究关于人的真理。也正因为如此，在现代戏剧中，人们往往在探明究竟之前就行动，随后又冲动地改变行动。在公元前5世纪，对人的探究引发了热议，而一旦其明晰事先遭到否定，这种探究也就不再有意义。

最后，关于人的真理的观念本身也已式微，还备受攻击。首先，着眼于差异的人类学限制了探究普遍性的热情，使之不再受到好评。另外，政治越来越占据支配地位，它重新确立了集体至关重要的地位，并揭示了这个历史时刻至关重要的地位。故此，萨特偏爱"情境"剧，而非心理剧。对萨特来说，人不再是目的，也不再是他的主要关注对象。萨特关注个体与集体的关系；他属于实践派而非理论派；他介入知识却对知识毫无兴趣……不用说，荒谬越占上风，对人的真理的探索就越将遭到抛弃和否弃。

鉴于所有这些原因，我们明白了，欧里庇得斯式的理智主义之所以在现代戏剧中阙如，[181]绝不只是文学形式的简单问题。

由此，我们可以评价此处对立的两种相似却不同的现代性。两种现代性都建立在一个充满疯狂和矛盾的无序世界上。两种现代性都在与这个世界对抗，探究它，寻求突破。不过，如今的现代性似乎放弃了用理性的语言表明理性的因素，而公元前5世纪的现代性却揭示了一个悖论：运用各种说理和学说探究这种无序，借此不断搜罗人类科学的各种要素。

从极端情况来看，我们可以把充斥于现代小说和现代戏剧中的"呼喊"（[因为]其中仅存一种从此不可言传的强烈激情），与如下非凡信念对立起来：言辞是辩护、分析和解释的手段。如此一来，我们就能弄清公元前5世纪的雅典和充斥于欧里庇得斯作品中相关戏段的独特之处。这种独特之处证实了对逻各斯（既是言辞也是理性）的痴迷。无论此世的无序还是人类的苦难，都妨碍不了这种痴迷。

因此在那个时代，欧里庇得斯的这种"现代性"并没有勾销那种现代性。恰恰是两种现代性的结合造就了欧里庇得斯的独特之处，就像他与我们的时代的差异一样。

我们可以揭示这种对立。但我们无法对此盖棺定论。我们其实已经看到，除了运思（tour d'esprit）和表达方式，欧里庇得斯剧中的主题和关注点往往与我们今天如出一辙。这种相似使得我们此处看来彼此分离的两种现代性再次合为一体。

第五章　戏剧合为时而作

[183] 古希腊悲剧天然与城邦生活息息相关。作为唯一一种由集体组织、全员参与的演出，它在公民中具有影响力。此外，古希腊悲剧在户外上演，面对大量观众，因此本身就不能采用过于狭小的主题。另外，歌队的存在让我们想起与某个家族相关的悲剧中，国王的行为或命运对依靠国王生活的整个群体造成的后果。

但一般来说，悲剧压根不从时事中取材，而是取材于神话。唯有一部传世悲剧取材于近史。这就是最古老的悲剧《波斯人》（Perses）。我们还应注意，埃斯库罗斯把他的作品设置在波斯人的家乡（他也未提及任何雅典人），从而营造了某种距离感。此剧的描写栩栩如生，时至今日学者们还在讨论，认为这部作品是在臧否某位雅典将领。在不同学者看来，这位备受推崇的将领要么是忒米斯托克勒斯（Thémistocle），要么是阿里斯提德（Aristide）。

当我们试图从时政视角解读 [184] 埃斯库罗斯或索福克勒斯的作品时，情况往往如出一辙——借助神话揣度现实问题。比如，埃斯库罗斯的《和善女神》（Les Euménides）让人经历了战神山法庭（Aéropage）的创立，它的上演时期正好在该法庭的一项重要改革之后。不过，埃斯库罗斯赞成还是反对这项改革呢？我们能对此进行讨论其实就足以表明作者对此存疑。同样，试图在《安提戈涅》中的克瑞翁身上发现与伯里克勒斯的关联也会徒劳无功。与世上的所有作家一样,埃斯库罗斯和索福克勒斯都从当下的经历中汲取滋养其思想和想象的养分,但这个思想另有所指,它首先属于道德范畴,各种经历在其中完全吸收、反思、消化。

在欧里庇得斯的作品中,这些经历的出现尤为明显。在他笔下,政治问题和社会问题直接进入作品,为之增色并为之定调。在这点上,欧里庇得斯与前人形成对比。也因此,欧里庇得斯是他的时代的现代人。

结果,我们在欧里庇得斯笔下看到大量时事主题。欧里庇得斯几乎不加掩饰地切入重大主题(譬如我们已在埃斯库罗斯那里看到的战争主题),创造性地处理了戏剧中的战争精神。此外,我们应该承认,欧里庇得斯对战争主题的创新,与使他的戏剧成为观念剧的那些主题不无关联,我们已经看到这些观点植根于时事,恰切地说,其中很多观点与政治问题和社会问题紧密相关。

总体反思政治秩序这一倾向的出现,立刻引起了普遍关注。一旦抓住这条主线,我们很快就发现了表明时事影响的诸多其他细节。人们谈论着某座希腊城市的优劣。这非巧合。[185]人们攻击斯巴达或者歌颂和平,这似乎切合弥漫着欲向斯巴达开战的情绪或厌战情绪的那些时期。我们在剧作中找到一份经过修订的传统家谱(和伊翁[Ion]的情形一样)——这难道不是为了宣传吗?其中谈到了流放,而大家很可能会联想到那场人尽皆知的流放。诗人引入并批判了一位煽动家的行为,而所有观众都应该能想到某个名字……

换言之,倘若我们在这种心境下借助修昔底德的史书阅读欧里庇得斯,那么,通篇都充斥着影射。事实上,在法国和比利时,不少著述专门致力于探究这些影射。①

很可能,我们夸大了这些影射。② 欧里庇得斯的悲剧压根不是什么探秘之作;时事往往是他思考的源泉,而非他着意的目的。不过,学者们的过度解读本身引人深思,也可以理解。倘若欧里庇得斯没有最先在戏剧中刻画他所处时代的世界及其问题,也就不会有过度解读的问题。

欧里庇得斯还有两部作品不仅触及时事,甚至俨然就是在为城邦造势。这是两部颂扬雅典传奇功绩的作品,通篇充斥着对城邦的歌功颂德——创作于伯罗奔半岛战争开始之际的《赫拉克勒斯的儿女》(*Héraclides*),以及六七年后的《乞援女》。《赫拉克勒斯的儿女》[186] 讲述了赫拉克勒斯襄助儿女反抗迫害他们的僭主。《乞援女》则讲述了七雄攻忒拜远征中牺牲的将士家人获得帮助,最终取回了遗体。在这两个例子中,就在雅典陷入一场论战之时——许多人批评雅典的征服精神——欧里庇得斯却选择了去刻画证明雅典无私慷慨的伟绩。此外也可以肯定,在《乞援女》中,对时事的特别关注与一种倾向结合在一起,那就是迫使敌人归还死者的遗体。这正是雅典人刚刚在德利翁(Délion)战役中遇到的情形——此役之后,波尔提亚人(les Boétiens)不愿把死者的遗体归还雅典人。不过,除了这个原因,为受迫害者出面干预也是表现雅典自豪感的一大主题。此外,与作家

---

① 两部主要的集大成之著参见 E. Delebecque, *Euripide et la guerre du Péloponnèse*, Paris, 1959; R. Goossens, *Euripide et Athènes*, Bruxelles, 1962。这两本书的篇幅分别长达 489 页和 772 页。但这种进路由比利时学派的论述(Grégoire 和 L. Parmentier)开辟。

② 对这点的回应,参见 G. Zuntz, *The Political Plays of Euripides*, Manchester, 1955。笔者已细致分析过这场论辩,参见拙文 "*Les Phéniciennes d'Euripide ou l'actualité politique au théâtre*," *Revue de Philologie*, 39 (1965), p. 28-47。

们通常的做法一样——他们不断转述各种事实或传说——修昔底德笔下的伯里克勒斯也没有忘记强调雅典慷慨的意义，因为我们在他所发表的葬礼演说（卷二）中看到了这种充满自豪的宣称：

> 只有我们雅典人给予他人恩惠时慷慨大度，不斤斤计较。（40. 5）

此外，在这两部作品本身的推进中，欧里庇得斯在诸多细节上颂扬了雅典。这些细节与我们在修昔底德笔下读到的内容和谐一致。

两部剧作都着重表明，雅典是受迫害者的唯一依靠。①

[187] 和伯里克勒斯一样，《赫拉克勒斯的儿女》中的戏剧人物让我们想起了雅典人的悠久历史——他们的土地（行 69）、文化（行 359）和慷慨。歌队说道："这国土永远考虑站在公正的一边，帮助无助的人们，为朋友它吃过无数辛苦。"和伯里克勒斯一样，他们都把这种慷慨与自由关联在一起，无论伊俄拉俄斯（Iolaos）——他表示，要是不听他劝，他将不再承认"自由的雅典"（行 198），还是雅典国王——他宣称，"如果我让陌生人掠夺这座神坛，我会好像并非住在一块自由的土地上"。②

---

① 参见《赫拉克勒斯的儿女》，行 31："我们被从希腊的一切地方逐出"；尤其行 305-306："这么大的希腊境内唯一保护了我们的人"（μόνοι 出现在剧末）。同样，在《乞援女》行 27："他要我的儿子和雅典城邦做的就只这件事。"尤其是行 184-189："也许你要问，我为何不求告佩洛普斯的国土，而要把这苦差事加到雅典的肩上？我有理由这样回答：斯巴达性情凶暴反复无常，别的国家小而且弱，唯有你的城邦能够担此重担。"（句首语词是"μόνη"）。

② 这里指民族独立，但民族独立与自由关联紧密。参见拙文，"Le Thème de la liberté et l'évolution de la tragédie grecque," *Théâtre et spectacles dans l'Antiquité*（收于 Strasbourge 研讨会论文集，1981 年 11 月，页 215-226）。

《乞援女》把这种分析和宣传推得更远。剧中呈现了一场关于君主制和民主制优点的长篇论辩（民主制是这类颂歌的重要主题），并为雅典的行动辩护（有人指责雅典的行动有失慎重）。传令官宣称："你和你的城邦一向爱多管闲事。"对此，忒修斯答称："因此，多吃辛苦多得荣誉。"（行 576-577）努力和考验的意义取代了干涉的精神，努力与荣誉的关联已然体现在修昔底德笔下的伯里克勒斯身上。①

　应该补充的是，在欧里庇得斯剧中，这些观点变得直接可见——乞援者的痛苦和不安在剧中一览无余。在这两部剧中，雅典国王的光辉形象都得到了肯定。在《乞援女》中，雅典国王的光辉形象还与忒拜（当时的敌邦）传令官表现出的狂妄形成对比。最后，在《赫拉克勒斯的儿女》中伊俄拉俄斯突然变年轻的奇迹，[188] 以及《乞援女》中哀悼场景的无比动人（其中包括对死者的赞颂、孩子们的出场和欧阿德涅的自尽），使这幅颂扬雅典的画面直接笼罩在动人心弦的光芒之中。

　因此，即便不进入那些似乎与时局相关的戏段的细节，这两部剧作显然也完全契合见证它们诞生的政治背景。

　同样，对斯巴达的敌意也不时猝然出现在作品的某个地方。我们已经提到《乞援女》中的一处（行 187），但这并非个例，对于《安德洛玛刻》中的墨涅拉俄斯和赫耳弥俄涅而言，这种敌意爆发得尤为明显。我们从安德洛玛刻口中听到，"啊，你们这些人人憎恨的斯巴达人是一些施诡计说谎话制造灾难的王，没有一点健康的思想，全是弯弯绕的心肠……"，等等。抨击继续，横贯行 445 到行 453，并以"我愿你们灭亡！"结束。我们也从佩琉斯口中听到，他抨击斯巴达的女子教育并贬低斯巴达的自豪感（但他认可斯巴达的

---

① 关于这类关联，参见拙著 *Thucydide et l'impérialisme athénien*, p. 118-121, 及书中援引的其他文献。

战争术，分别见行 595 及下、行 724-726）。无论如何，欧里庇得斯刻画的懦夫墨涅拉俄斯难道不该成为千夫所指吗？或许，墨涅拉俄斯加入戏剧行动只是为了这个目的，因为戏剧行动不是发生在斯巴达，也不是非要让他出现。这些指明时间，可能还指明演出地点（《安德洛玛刻》可能没在雅典上演）的直接干预很鲜见，却足以表明在欧里庇得斯作品中，神话被有意打上了当下的色彩。

反过来，欧里庇得斯的某些剧作也引人瞩目地不断谈及和平，看起来也切合那些和平主义压倒［189］图谋战争的时期（参见下文，页 204）。欧里庇得斯的作品与雅典步调一致。

而在那些既非宣传造势的剧作也非揭示当时气氛的戏段里，情形也一样。除了这些显而易见的自由，重要的是指出诗人的经历与他搬上舞台的神话如何几乎持续不断地相互交融。围绕欧里庇得斯的现实仿佛无孔不入地渗入神话元素，使之自成一格，对于当时的观众来说，神话反而带上了鲜活的意义。

欧里庇得斯的所有作品和所有题材均表明了这点。我们只选取两个重要的例子，对此，埃斯库罗斯提供了参照：财富和战争。财富的确重要，因为财富与社会的大变革息息相关。慢慢地，世袭贵族为富人所取代，要证明富人的优越性愈发困难。公元前 6 世纪，忒奥格尼斯（Théognis）① 已经对这个变化表达了强烈不满。富人和穷人已经有过一战，梭伦（Solon）就见证了这场争斗。② 随后，在公元前 5 世纪期间，问题变得愈发复杂。因为众多富人破产，穷人

---

① ［校按］忒奥格尼斯是公元前 6 世纪至前 5 世纪希腊古风时期的著名诉歌诗人。关于其诉歌的研究，参见费格拉、纳吉编，《诗歌与城邦：希腊贵族的代言人忒奥格尼斯》，张芳宁、陆炎等译，北京：华夏出版社，2014。

② ［译注］公元前 6 世纪至前 5 世纪的古雅典政治家、立法者和诗人，古希腊七贤之一。

队伍壮大且心怀强烈的怨恨。在当时,财富是一个至关重要的话题。事实上,人们在根据财富多少获得政治权利上争论不休——有人想扩大政治权利,另一些人却想限制政治权利。① 不过,对戏剧而言,财富是一个新的主题。

[190] 我们说埃斯库罗斯在此提供了参照,其实读者不应对此产生误解。这两位诗人之间有一个明显而重大的差别。埃斯库罗斯作品中存在财富的主题,但这个主题与城邦中的个人无涉,也没有任何社会意义。

财富的主题在埃斯库罗斯笔下首先具有道德意义,就像所有希腊古风时期诗人笔下的情形。所有人都在不断重申财富令人神魂颠倒,将人引向肆心(hybris),或者不义之财会引发神怒。这是一个古老的传统主题,在希腊人的道德观念中举足轻重。埃斯库罗斯只是在这个主题上极力凸显了他的信念和风格。他要么指出张扬的富足会"撞到看不见的鸿沟",要么表示人有必要舍弃一些所得的钱财,使得"房屋尽管满载金银,但不至于轰然坍塌"。②

除了道德意义,埃斯库罗斯还通过赋予财富某种政治意义来切近时事。他在《波斯人》中就采取了这种做法。他没有对比富人与

---

① 欧里庇得斯似乎在作品中影射了演说家们的盘算:他们想限制那些配备得起重甲步兵的人的政治权利,参见《厄勒克特拉》,行377,以及Goossens, *Euripide et Athènes*, 页556-559的评论。

② 参见《阿伽门农》,行1006及下。此外,埃斯库罗斯有意让歌队大费周章进行解释,在他们看来,财富唯与不义结合时才构成威胁:参见《阿伽门农》,行750-781。亦参行375及下的说法:

> 不应有的狂傲骄纵,
> 必然招来严厉的惩罚,
> 当有人地位显贵无比,
> 家宅里财富充盈过分。

穷人,而是对比了外邦人的富足与希腊人的贫穷。在埃斯库罗斯的作品中,超过三分之一指代财富的语词都出现在了《波斯人》里。每每谈及波斯人之时,这些语词就出现。我们在其中甚至看到了罕见词或者在他处闻所未闻的语词,用来表示"多金""黄金遍身";波斯的土地是一艘"满载无以计数的财富的大船"。① 这里的特点是以绚丽的文笔 [191] 突出财富的重要性。人们不会对此感到惊讶,因为同样的对比也出现在希罗多德(Hérodote)的著作中。在他笔下,希腊(推崇努力)的贫穷似乎是获胜的一大原因(当然还有自由)。

因此,在埃斯库罗斯笔下,财富与社会关系毫不相干。② 但再一次,欧里庇得斯的描写则大相径庭。在分析雄心时,我们已经表明了财富的作用(参见上文,页59-60),但财富的主题并不局限于此。有些作品完全模仿了富人与穷人的冲突,对财富的思考也不尽相同。首先,这是其中两部悲剧的情形——一部是关于战争初期的《安德洛玛刻》,另一部则是关于战争后期的《厄勒克特拉》。

我们在本章已经初步讨论了《安德洛玛刻》。由于身份是斯巴达人,墨涅拉俄斯和赫耳弥俄涅在剧中受到虐待,但他们也被可疑地刻画成象征财富。③

赫耳弥俄涅一上场的头几句话就是:

---

① 此处提到的两个语词,第一个($\pi o\lambda \acute{u}\chi\rho u\sigma o\varsigma$)在行3、行9、行45、行53中一再出现;第二个($\chi\rho u\sigma\varepsilon\acute{o}\sigma\tau o\lambda\mu o\varsigma$)出现在行159。其他参见行163、行168、行250、行751、行754。

② 俄瑞斯忒斯和波吕尼刻斯两人都希望收回他们的家产。但事实明摆着,他们压根没有考虑这笔财富的用处,也没有思量这笔钱财的致命影响。

③ 的确,《奥德赛》已提及墨涅拉俄斯的财富。但这个特征并未与斯巴达所受的批评挂钩,公元前5世纪末斯巴达已奢华不再。此外,这名女俘 [译注:指赫耳弥俄涅] 的悲惨处境压根无须与特别的财富对比来彰显。

> 我头上戴着华丽的金冠,
> 身上穿着刺绣的衣裳来到这里,它们不是阿喀琉斯
> 或者说佩琉斯家的聘礼,
> 而是我从拉康尼亚的斯巴达带来的嫁妆……(行146-151)

此处的基调一目了然,并且也将保持下去:安德洛玛刻在抨击虚幻的荣耀时表示,人人平等,"……除了或许富有,这是他最主要的力量"(行332)。[192]佩琉斯在发言中提到墨涅拉俄斯"美轮美奂"的盔甲,"放在精美绝伦的匣子里"(行617)。当失望于孙子和赫耳弥俄涅的婚事时,佩琉斯得出结论说:

> 对于一个凡间的人,
> 能得到一个贫穷但是有德的姻亲或朋友
> 要比得到一个富有的恶人做亲友好得多。(行639-641)①

诸多反思都与第一场戏形成鲜明对比。这场戏发生在两名女性之间,一个是在神坛边寻求庇护的女俘,另一位则是年轻傲慢的公主。这些思考还表明,剧作之后将谈及实际问题——嫁妆、女人的财产、奢侈。我们记得,《美狄亚》和《希珀吕托斯》已经关注过嫁妆的问题(参见上文,页134-35)。不过,如果说此处触及了社会问题,那么这既非什么重大主题,也不是真正的冲突,更没有表明道德之外的立场。

约十二年后,这个问题得以彰显。《厄勒克特拉》一剧本身与传统分道扬镳。这一回,整个古希腊悲剧史上终于破天荒没有把场

---

① 佩琉斯最后固执地再次提到(出人意料)他与女神忒提斯的结合,他悔不该把坏人家的女儿娶进门或把女儿嫁给坏人家,"即使能给家里带来丰厚嫁妆"(行1282)。

景设置在王宫前,而是设置在了厄勒克特拉丈夫的破败农舍前。两个女人(厄勒克特拉和母亲)之间的反差,比安德洛玛刻与赫耳弥俄涅的反差鲜明得多。她们是母女的事实使这种反差显得更令人震惊。另一方面,厄勒克特拉的窘况与克吕泰涅斯特拉的奢华被推向极致(关于厄勒克特拉的贫穷,参见下文,页196)。这种反差在剧作第一部分就已显明。比如,当谈到自己的破衣烂衫和破屋子时,厄勒克特拉马上回忆道:

> [193] 同时我的母亲却坐在她的宝座上,坐在
> 弗里吉亚的掳获物中间,跟前有
> 亚细亚的女奴伺候,这些都是我父亲
> 用长矛赢来的,她还穿着
> 用金针别紧的伊达长衫。(行 314–318)

不过,母亲对女儿的戏剧性来访,使得反差格外惹眼而具体。这位母亲从王宫乘坐车辇来到破屋前,歌队向她致敬时表示:"我崇敬你如同崇敬幸福的众神,为了你的富有和洪福齐天。"(行 993–994)随后,克吕泰涅斯特拉在奴隶们搀扶下走下马车,满身贵气和傲慢。两人的对白强调了两种境遇的对比:"请到寒舍吧,"厄勒克特拉说道,"但要小心,别让这多烟煤的屋子弄脏了你的衣服。"(行 1139–1140)

同样,埃吉斯托斯也被可疑地刻画成代表财富。这也是厄勒克特拉在埃吉斯托斯临死之际攻击他的一个重要主题,

> 这上面你因为无知铸成了大错,

你以为自己有了财富就成了什么大人物……①

我们由此可以理解俄瑞斯忒斯在这部悲剧中的沉思：财富其实不比出身更能保证德性，有良心的穷人其实比富人更可贵。② 我们也明白了剧中为何一再提及财富的用场（从好客的角度）（行426-429），提及出身高贵的不确定性（行550-551），提及愚蠢地迎娶出身好或者富人家的女子却不娶有德性的女子（行1097-1099），[194] 或者穷人遭到的孤立（行1131）。这种社会反差把表面看来平淡无奇的现象关联在一起，并赋予它们（作为社会的见证）以全新价值。

我们还能在欧里庇得斯差不多同期创作的《腓尼基少女》中看到类似的主题，从中我们要么看到患难之中无朋友（行403），要么看到贫穷百事哀（行438-442），要么看到繁荣不持久的特征（行555-558）。后面两段文本的真实性经常遭到质疑：③ 这些社会问题的现代特征（我们或多或少能在神话中看到）解释了评论家的苦恼，并清楚地揭示了欧里庇得斯的匠心独运。

彼时遭到忽视的社会对立，从此深入了戏剧。而且，这种反差的存在并非全部。欧里庇得斯作品中显然还有一种思考的努力，以及一种找出解决方案的倾向。显而易见，欧里庇得斯既无意于投身一场阶级斗争，也无意于支持某些诉求。在《厄勒克特拉》中，欧

---

① 行938及下。在厄勒克特拉随后的发言中，我们再次看到关于不义之财不长久的传统主题（因情境不同而焕然一新）。

② 这就是行367开始的长篇发言。行394-395证实了俄瑞斯忒斯的偏好。

③ Robert，Hartung 和 Ed. Fraenkel 都质疑了行438-442；Valckenaer 和 Fraenkel 质疑了行553-558；有些学者仅删除一行。我们还能指出剧中波吕尼刻斯关于财富使人怯弱的评论，我们发现，埃斯库罗斯和希罗多德把这句对个体的评论用在了雅典邦民身上。

里庇得斯甚至坚称，贫穷蕴含着危险，穷人可能会威胁城邦——①他在《乞援女》中已经说过这话。在此剧中，欧里庇得斯对比了富人的贪婪与穷人的嫉妒，并最终在中间阶层上找到了解决之道（参见上文，页128）。另外，这点与他对内战的憎恶和谐一致。

欧里庇得斯似乎全神贯注于这些［195］中间方案。我们知道，从政治上看，他在《腓尼基少女》中倡导和解、反对内战。从道德上看，他总是不失时机地宣称最好的希腊传统就是小富即安。② 因此在社会上，欧里庇得斯转向有理性的常人也是情理之中。

不过，根据戏文抛出的一句断言就坚信一个判断，未免太过草率。我们不妨思考一下，厄勒克特拉的丈夫这个人物是否证实了这种看法。一旦如此设问，我们马上就发现这个人物相当含混。首先，他以前是贵族，现已破产，欧里庇得斯微妙地表明了这点。他提醒我们，一个人身无分文，也就不再高贵了。③ 厄勒克特拉的丈夫是一介农夫，一名自耕农（autourgos），为人正直、宽厚、明晓事理。我们由此想到另一部作品中的自耕农，在《俄瑞斯特斯》中描述民众集会时，欧里庇得斯对此人充满溢美之词，还将他与煽动家对比：

---

① 参见《厄勒克特拉》，行375："贫穷有个缺点，它教人因需要而变恶。"对比《乞援女》，行240-243。某些评论家认为，这条评论很难用在厄勒克特拉丈夫身上。

② 参见《伊翁》行630："可我不爱手里紧攥着钱，耳朵听人家骂，我不爱遭麻烦。我愿有适中的财富，没有烦恼。"抑或《腓尼基少女》行553："或许，你想吃许多辛苦，积聚许多财富？"

③ 参见《腓尼基少女》行442："一个人虽然出身高贵，穷了就没人瞧得起。"亦参见残篇22（出自 Eole）："不要跟我说高贵：别跟我吹嘘，父亲啊，这是钱的问题啊……"另参残篇95（出自 Alcmène）："跟金钱比，高贵什么都不是：财富让最坏的人变得位高权重"；以及残篇326（引出自 Danaé）。

> 此人虽然长相不好看,却是真正的男子汉,
> 很少来城里参加市场上的集会,
> 是个自耕农,只有他们才是真正保护国土的人,
> 头脑清醒,热心参加舌战,
> 品性无瑕,行为无可指责。(行918-922)

这名自耕农是淳朴而明理的村夫。这让人马上想起阿里斯托芬盛赞的那些人。[196] 鉴于众人对煽动家的统治感到失望,我们明白了欧里庇得斯转向村夫的做法。但这不可能:厄勒克特拉的丈夫太穷了,一贫如洗。他的妻子在剪过发的头上顶着水罐(行108-110),头发蓬乱、衣衫褴褛(行185)。邻居的农妇提出把裙子借给她去参加还在筹备中的宗教节日(行190)。这对夫妇不知道如何款待两位客人,也就一天而已!我们得承认,这名自耕农是例外。于他而言,贫穷完全不像其他人可能觉得的那样是件坏事。只是看到在这些理论里出了一个特例,在作者阐述的观点和描述的人物中有一处让人不太舒服的脱节,我们觉得有些遗憾。

我们必须承认这点并感到庆幸,因为我们似乎由此把握了诗人的匠心。我们的确可以认为,欧里庇得斯结合了两重考虑:颂扬好农夫切合主题,俄瑞斯特斯的反思与冠以其名的戏剧密切相关——这种思考也(和我们在别处所见一样)完全契合欧里庇得斯本人的思想。只不过,欧里庇得斯对怜悯的兴趣促使他突出了贫富反差,令厄勒克特拉的处境雪上加霜,为的是更好地谴责母亲的傲慢。在这两种倾向之间出现些许摇摆,也许更好地证明了每种倾向对作者都很重要。

总之,这个例子足以证明两种相辅相成的观点。第一个观点是欧里庇得斯忧心同代人的经历,他在悲剧中描述了当时的总体社会情况和社会问题。第二个观点是,欧里庇得斯并不认同那些相关的

看法，读者必须留心阅读才能发现他的观点［197］、希望或同情，我们可以将之贯通，但它们无法自成一体。欧里庇得斯首先是剧作家，他从身边的生活取材，而绝非（像"介入"［engagé］作家那样）有意为之。

这么快就从单个例子盖棺论定，会不会过于草率？其实，类似的例子不胜枚举。所有问题都摆在那里，由一句评论或一位人物的性格揭示、暗示、论及。但从这些问题压根没法看出欧里庇得斯的任何看法或实际表态。我们看到了奴隶制的问题，奴隶比自由人还高贵，却没有任何人攻击奴隶制的存在。我们看到了私生子优于婚生子，却无人提出改革。我们看到了关于智性生活和体育生活的相对意义的争论，但有何定论吗？我们时刻感到，在这些作为史诗中角色的王公身后，是一个更加现代的社会，这个社会正在变革，行将分崩离析，多少弥漫着一些焦虑或不安。但我们不再能感同身受。

相反，一旦涉及整个城邦的共同经历（譬如战争的经历），这个主题就淋漓尽致地充斥于欧里庇得斯的作品。埃斯库罗斯作品中的情形也一样。修昔底德的史书同样聚焦于战争，把雅典内部的问题和社会的分崩离析笼罩在通常令人愤慨的阴影中，仅以影射的方式（毫无体系）触及。

对于一座卷入战争的城邦而言，一切都从属于战争。但这本身更有助于比较不同作家。我们也由此发现，即便在这个［198］人人谈及的共同主题上，欧里庇得斯也凭借一种现代得多的基调从中脱颖而出。

所有希腊作家（英雄时期或史诗时期的作家也一样）都敏锐地洞悉到战争的悲剧性，并在他们的作品中传达出来。

自《伊利亚特》（*Iliade*）以降，战争就与悲惨如影相随。无论何时，诗人都用充满同情的笔触描写人们如何战死疆场、从此与家人天人两隔。《伊利亚特》就以哀悼作结:在阿开俄斯人的(achéen)营帐中,阿喀琉斯和战友为帕特罗克洛斯(Patrocle)哭泣;在特洛亚营帐中,赫克托耳(Hector)的所有亲友为他哭泣。两场哀悼的平行对比,由年迈的普里阿摩斯(Priam)提及阿喀琉斯的父亲将遭受和他一样的命运而进一步强化。歌颂武力、战斗、胜利的《伊利亚特》,也是一阕献给阵亡者的哀歌。①

此外,战神阿瑞斯(Arès)在诗中受到猛烈抨击。别的神称呼他"阿瑞斯,人类的祸害,嗜血之神,城墙攻陷者",而父亲宙斯对他说:

> 你是所有奥林波斯神中我最恨的小厮,
> 你心里喜欢的只有吵架、战争和斗殴。②

同样,阿瑞斯的名号总让人想起死亡和眼泪。不过,《伊利亚特》并没有从观念上谴责特洛亚战争,也没有全盘谴责战争。《奥德赛》具有悖谬的特征,它不再直接讴歌战争,而是详述了战后所发生之事。对死者的怀念在其中也更令人心酸:在卷三的歌中,年迈的涅斯托尔(Nestor)痛苦地提到埃阿斯、阿喀琉斯、帕特罗克洛斯和他自己的儿子(行103—115);在下一卷的歌中,墨涅拉俄斯也沉浸在悲痛和悔恨中。这里甚至出现了[199]不如放弃远征的想法:

> 我宁愿拥有现有财富的三分之一居家中,

---

① J. Griffin, *Homer on Life and Death*, Oxford, 1980.
② 《伊利亚特》,5.889;参见前文引自同一首合唱歌的话,先由雅典娜(行30),随后由阿波罗(455)道出。[校注]《伊利亚特》中译本参见罗念生译,收于《罗念生全集》,第五卷,上海:上海人民出版社,2004。

> 若能使这些勇士安然无恙,他们都
> 丧命于特洛亚……(4. 97–99)①

在《奥德赛》中,我们还发现了对海伦的严厉谴责,"碎裂了多少将士的双膝"——用在她身上的这句话,在《伊利亚特》中仅用于激战中的战斗者。②事实上,《奥德赛》中的这句话遭到质疑,有人认为是后人增添的,但话中的意思和其余部分的语气一致。

由此可见,从《伊利亚特》到《奥德赛》,对战争的谴责变得清晰可见。随着战士的德性让位于足智多谋,战争也开始呈现更为不幸的一面。同样的谴责还体现在抒情诗中。在抒情诗中,除了战争诗,我们有时还看到对英雄德性的摒弃(譬如阿尔基罗库斯[Archiloque]),而常见对和平的美妙歌颂。在赫西俄德(Hésiode)、品达(Pindare)和巴基里得斯(Bacchylide)的作品中,和平以女神的形象出现。③

然而,战争的主题突然在埃斯库罗斯戏剧中回归中心,他以此为主题创作了三部悲剧——《波斯人》、《七雄攻忒拜》(Sept contre Thèbes)和《阿伽门农》。在其中两部剧中,哀悼举足轻重。某种意义上,《波斯人》这部悲剧就通过哀悼逐步展开。此剧由几段哀诉隔开——王后的哀诉、歌队的哀诉、国王本人的哀诉。几段哀诉都出现在对战斗的描述中。此剧还在[200]薛西斯(Xerxès)与歌队

---

① [校注] 荷马,《奥德赛》,王焕生译,北京:人民文学出版社,2003。

② 14.69,参见《伊利亚特》,5.176(此处提到狄俄墨德斯[Diomède])和15.291(提到赫克托耳)。Knight 和 V. Bérard 先后删除了这行诗(因为残缺不全)。

③ 最著名的文本,参见 Hésiode, *Théogonie*, 902; Pindare, *Olympique* 13, 7。关于抒情诗的总体情况,参见 D. Arnould, *Guerre et paix dans la poésie grecque, de Callinos à Pindare*, Arno Press, 1981, 307+LXXXVIII。

哀诉的长篇对话中以悲痛（goois）作结。

在《阿伽门农》中，哀诉的理由少了一些，因为这回讲述的是凯旋者而非战败者的归程。但凯旋也由人命换回。阿伽门农取得的胜利在这里还带有一种令人不安的色彩。歌队困扰不已地认识到胜利由人命换取，并特别通过一段动人心弦的歌唱表达了这点。鉴于这首歌的力量，我们至少得引用几句：

> 自从远征者一起离开
> 希腊土地，每个家庭
> 都承受了巨大的苦难。
> 无数的不幸刺痛心扉。
> 须知家家都曾送征人，
> 而今个个企盼征人归，
> 但见那罐罐骨灰，
> 替代亲人返故里。
> 用黄金兑换阵亡者尸体的阿瑞斯
> 在戈矛激战中提起一杆天秤，
> 从伊利昂的火葬堆，
> 把催人泪下的金沙
> 遣送给他们的亲人，
> 装入轻便的骨灰罐，
> 替代男儿们的真身……（行428-444）

另一方面，在对战争亦真亦幻的描述中，埃斯库罗斯总是极力凸显暴力、呼喊、鲜血，以及获胜者拉拽俘虏头发的粗暴。我们可以举出他对萨拉米斯（Salamine）屠杀（《波斯人》，行412-429）或者对沦陷城邦（《阿伽门农》，行321-345）的宏大描写为例，但即便在《七雄攻忒拜》中，那些被围攻的城邦女子也不停地想象她们即将遭受的暴力（行 287-368 那首充满恐惧的颂歌即如此）。埃斯库罗斯经历过战斗和城邦被困，他以一种令人难忘的暴力呈现了这些经历。

还要补充的是，《阿伽门农》进一步凸显了对战争的恐惧，因为埃斯库罗斯比荷马走得更远，他着意让人想起 [201] 战争的无谓：这些男子丧命，是"因为那个多丈夫的女人"，为了这个生来"害船害人害城邦"的海伦。①

不过，我们要想评价欧里庇得斯在这些方面的创新，就不得不注意埃斯库罗斯之后消失不见的两个特征。第一个特征是埃斯库罗斯剧作中那些捍卫临危城邦的勇武英雄——《七雄攻忒拜》中的厄忒俄克勒斯和《波斯人》中的希腊军队都充满了勇士气概。这种气概本身激励了希腊人抵抗外邦人入侵。而另一方面，在埃斯库罗斯的作品中，设若战争受到谴责，那么这种谴责总是与过失，尤其是宗教过失关联在一起（我们在他凸显海伦的不贞和阿伽门农的盲目上看到了这点）。正是薛西斯大胆的不虔敬导致了波斯的失败。他先是把一副脚镣丢进海峡（"他竟想用镣铐锁住神圣的赫勒海峡 [Hellespont] 和神明的牛津水流 [Bosphore]"，行 745-746），② 随后还洗劫了雅典卫城的神庙。招致阿伽门农失败的先是渎神的献祭，随后是侵占特洛亚神庙。③ 这也是激发埃斯库罗斯灵感的一个具体记忆（劫掠雅典的记忆）。这种记忆从属于完全由神义观主导的思想。

---

① 行 61-67 和行 686-700；亦参行 224-226、行 404-406、行 798-804、行 1454-455。

② ［校注］埃斯库罗斯《波斯人》中译本参见王焕生译，收于《古希腊悲剧喜剧全集》，张竹明、王焕生译，第 1 卷，南京：译林出版社，2007。

③ 行 336-347，对比行 525-530；关于《波斯人》，参见行 810-814。

这两个方面在欧里庇得斯作品中了无踪影。相反,欧里庇得斯彻底改造了战争这个主题。他采用了我们可以从他和他的戏剧中总结出的三种形式:怜悯、智性、切合时事。

[202] 欧里庇得斯的戏剧蕴含着对战争的描述,但主要是在战术意义上——①战斗的惨烈消失不见。然而,由战争带来的所有痛苦从此都被刻画得栩栩如生。《安德洛玛刻》《赫卡柏》《乞援女》《特洛亚妇女》等剧都由对苦难的追忆主导。苦难之中当然有哀悼,安德洛玛刻哀悼赫克托耳,赫卡柏哀悼儿子们。交战双方的痛苦如出一辙。在《赫卡柏》中(行650及下),那些特洛亚女子表示,

> 在美丽的欧罗塔斯河的两岸也有人在悲叹,
> 拉康尼亚的少妇们在家里痛苦流泪,
> 死了儿子的母亲们,
> 痛击自己斑白的头,
> 抓破自己的面颊,
> 血染红了她们的指甲。

但还有战败者特有的痛苦,其中就有女俘的痛苦。埃斯库罗斯提到这些女俘被扯着头发,欧里庇得斯则提到,她们被奴役之后蜷缩在地、惶恐不安。欧里庇得斯提到,昔日的公主不得不在主人家屈尊降贵干粗活。赫卡柏的女儿珀吕克塞娜想象着自己被迫做烤面包、打扫、纺织等活计并下嫁奴隶(《赫卡柏》,行360-365)。在《特洛亚妇女》中,赫卡柏想象着自己(曾贵为王后)看大门或照

---

① 参见拙著 *Histoire et raison chez Thucydide* 对真正叙述的研究,页107及下。

看孩子(行 195-196)。特洛亚妇女们则想象着去汲水,被迫嫁给希腊人(行 205)。稍后,赫卡柏悲叹:

> 主人会把最不适合老年人的工作
> 强加于我,叫赫克托耳的母亲
> 管钥匙看大门,或做面包,
> 干瘪了的背睡在地铺上……(行 490-498)

这种真实的怜悯充满社会差异观念的色彩,由此揭开了[203]一幅悲惨的战后图景。此外,我们还知道,在欧里庇得斯经历的这场伯罗奔半岛战争中,雅典随处可见战俘(从战败的其他希腊城邦带回),屡见镇压反抗,这使剧中再现的情景愈发打动人心。

此外,欧里庇得斯的戏剧还从战后的视角描述了萦绕着不安的心理悲剧。在《特洛亚妇女》中,安德洛玛刻事先思考过诸如此类的问题:是忘掉赫克托耳?还是忠贞地缅怀他,招人憎恨?当然,与其在这种情形下苟延残喘,还不如死去(行 658-672)。《安德洛玛刻》一剧就设置在这种情境之下,揭示了由合法妻子与女俘这两重身份引发的悲剧,以及紧随人生变故而来的怨恨、危险、要挟——心理学把它特有的问题引入战争问题,由此赋予战争全新的意义。

更不用说,残酷在这些从此沦为奴隶的女子身上尽情肆虐。赫耳弥俄涅想杀死安德洛玛刻和她的儿子,差点儿就得逞。尽管母亲百般乞求,珀吕克塞娜仍被希腊人祭杀。赫克托耳和安德洛玛刻的儿子尚是孩童,就被人从城墙高处推落。欧里庇得斯在描写战争的暴力上谨小慎微,却不遗余力地凸显了由施加在手无寸铁的妇孺身上的战后暴力激发的怜悯(参见上文,页 82-85)。

这些暴行怎能不出现？我们清楚失去丈夫和城邦的女俘的境况，

> 有谁来保护我呢！还有哪个儿子，
> 还有哪个城邦来保护我呢？
> 普里阿摩斯不在了，儿子们不在了。
> 我投奔哪里？（《赫卡柏》，行 159-162）

欧里庇得斯最早凸显了 [204] 这些女子的无能为力，她们遭遇的暴力不再仅限于战争本身，还有随之而来的人类激情引发的暴力。这一切无疑反映了伯罗奔半岛战争的氛围：在长达 27 年的战争期间，很多人对这场战争既厌倦又同情。

欧里庇得斯不仅创作了本章开头提到的那两部爱国作品，还在别的时期抨击了这场战争。他也不满足于神话中一闪而过的影射。作为知识分子，他由此抛出了反战的离题话、反战的宣称以及对战争的抗议。他以一种罕见的自由，经常根据时事直接向有着同样经历的观众宣说这些反战言论。

我们在他大约创作于同一时期的《赫卡柏》中看到，战争给双方阵营造成痛苦的观点充斥其间，作者更选择通过提及"拉科尼亚的"（Laconie）女人表明这点，从中我们似乎感受到一种对和平与和解的热望。我们在阿里斯托芬的作品中找到了佐证。这种热望还特别出现在欧里庇得斯已散佚的悲剧《克勒斯普丰特》（Cresphonte）残篇中。这部作品似乎属于同一时期，表面看来只字未提战争或和平。剧中的歌队以同样动人的方式颂扬了和平。阿里斯托芬重现了这个唱段，珀律比俄斯（Polybe）① 后来也加以引用——②他批评蒂

---

① ［译注］珀律比俄斯是公元前 3 世纪的古希腊政治家和史学家。
② 参见阿里斯托芬的《农夫》（Géôrgoi）和珀律比俄斯的作品，7.26.5。

迈欧（Timée）在演讲中引入了修辞术（而非政治）的主题。这个事实足以证明该唱段广为人知。被援引的这段话的确像在对当时的雅典人发出响亮的肺腑之言：

> 噢和平，华丽无比，一切幸福的神祇中的美人，[205] 我向你叹息，见你姗姗来迟！我担心衰老会提早来到，在我还没看到你优雅地来临，美妙的歌队的颂唱和头戴花冠的队伍还未抵达之前。①

同样的感情还出现在欧里庇得斯的其他作品中。② 埃斯库罗斯从未抒发过类似的感情。这些感情富含时事意味。

不过，欧里庇得斯不满足于这种宽泛的希望。作为观念剧，他的作品回响着诸多对战争的疯狂和荒谬本质的谴责。我们也可以预见，这些批评会随着伯罗奔半岛战争的持续变得愈发清晰。在这点上，欧里庇得斯的两部作品表现得尤为坚决。这就是《乞援女》和《海伦》。

《乞援女》不断重申对战争的谴责并使之带上某种普遍色彩。然而（这就是创新所在），这部剧也由此获得了一种现代视角。因为《乞援女》讲述的不是英雄而是城邦，以及就战争进行表决的民众：

---

① Fr. 453N^2。据说公元前 424 年，蒂迈欧就卡马林那（Camarine）（[译注] 位于西西里的古希腊殖民地）辩论时援引了这段出自赫耳墨克拉底（Hermocrate）的话。

② 参见下一段引自《乞援女》的例子。在《俄瑞斯忒斯》中（由阿波罗道出），我们还看到人们如是称呼和平女神："诸神中最美的那位"（行 1682）；以及《酒神的伴侣》中："那位哺育男儿的女神。她平等赐予富人"（行 420-421）。不过，最后这段英文与其说是某种切合现实的想法，不如说属于常见于抒情诗的文学传统。

> 每当民众投票表决战争时,
> 没有一个人考虑自己的死亡,
> 而是把这不幸推给别人;
> 倘若投票时死亡就在他们眼前的话,
> 希腊就永远不会因疯狂好战而奔向灭亡了。
> 我们大家都知道,
> 幸福和灾难两者哪个好,
> 对于人类,和平比战争好多少;
> 和平女神是文艺女神们的最好朋友,
> 是报复女神的敌人,看见多子而高兴,
> 看见多财而欢喜。[206] 恶人抛弃这些幸福
> 挑起战争,把弱小者变为奴隶,
> 人奴役人,城邦奴役城邦。(行481-493)

我们在此发现了欧里庇得斯的多个主题,比如已在《希珀吕托斯》中表明的好判断的不足。不过,除了修昔底德也评论过的轻率表决,我们还发现了强者奴役弱者的观点。这个说法来自修昔底德,并首先用来指称雅典的帝国主义。在《乞援女》中,当时的政治经验和道德经验明白无误地出现在神话里。这并非孤例。剧本稍后,阿德拉斯托斯谈及他的城邦与忒拜城先后出现的疯狂时马上总结说:"噢,人的虚荣……"他也谴责了战争原则本身:

> 还有你们这些城邦啊,本来可以通过谈判
> 避免灾祸,却选择了流血,不用谈判解决问题。
> (行747-748)

如果说爱好和平而非战争平淡无奇,① 那么,把战争与谈判、暴力与言辞对立起来,就不同寻常了。欧里庇得斯运用了第二人称的直接表达方式,赋予当时的观众一种身临其境、栩栩如生的亲历感。

稍后,阿德拉斯托斯更直接地对观众说道:

> 啊,不幸的凡人啊,
> 你们得到了刀枪,为什么要用来互相厮杀?
> 住手吧,放弃这种辛苦!
> 各守各的城邦,和平相处不好吗?
> 人生苦短,应当尽可能
> 轻松度过,别那么辛苦!②

[207] 每一次思想的迸发,都完全由时事及时事引发的痛苦激发。由此,普遍的思考使那些揭示与战争相关的痛苦的动人场景带上了时事的意义。

但这个主题分外突出,《乞援女》这部剧作既没有就此打消对斯巴达及其虚伪的敌意,也没有停止捍卫雅典的理想。在这里,我们似乎看到,一种新的厌倦情绪渗入了古老的爱国主义理想。在某些人看来,《乞援女》实际上标志着诗人本人作品的转折点。③

欧里庇得斯差不多同期创作了《厄瑞克忒翁神庙》(Erechthée),

---

① 譬如参见修昔底德,《伯罗奔半岛战争志》,4.59.2,那里谈及此类主题"众所皆知"的一面。

② 行949-954。我们在此剧开篇就看到了谴责战争的短评:战争带来了它难辞其咎的苦难:亦见行119。

③ V. di Benedetto, *Euripide: teatro e società* (1971) 认为,《乞援女》过后,这种戏剧的最后阶段开启:揭示当时的政治现实与社会现实。

作品呈现了一场为城邦举行的献祭。全剧在哀悼和痛苦中结束。①在十年之后的《海伦》中，这个主题本身已然演变为一种谴责。因为这一次，特洛亚战争甚至不是因海伦以及为了夺回她而引发，而是由一个幻影及对一个幻象的爱慕引发。此外，剧中再次以普遍方式揭示了谴责。这一回，谴责出现在一首合唱歌的中间：

> 你们凡是糊涂地
> 想用强大的武力解决人间争端，
> 用战争得到勇敢名声的人，
> 都是些蠢人。因为，如果由流血的竞争
> 来裁决争端，人间城邦间的
> 纷争就永远不会有完。（行 1151-1157）

歌队甚至再一次表示，人们本应［208］通过言辞（logois）来处理和解决争端。对战争蕴含的不幸的动人刻画，在此衍生为辩护和理性的呼吁。

并不是只有这些戏段表明了谴责战争的观点，②但至少它们在时事性上触动人心，因为自从诗人开始对他的同胞发言并向他们坦承自己的经历和疑惑，这些戏段就表明，戏剧已然成了法庭。

我们甚至可以跳过这个阶段，因为在雅典，对战争的看法日渐明晰。因此，人们也开始区分不同的战争。在埃斯库罗斯的作品中，

---

① 有学者近期发现了这个结尾，参见 *Recherches de Papyrologie de la Sorbonne*, IV。上一条注释（可能有些过于）强调了这个结尾的意义，页 145-153；参见上文，页 91，注释 17。

② 举一例，在《特洛亚妇女》中，诸多戏段不仅表明了战争的苦难，也表明了战争的荒诞——首先是有人宣称获胜的希腊人比特洛亚人更可怜（行 365 及下）。

我们已经看到了防卫战与和以征服为目的的远征之间的区别。但很快，希罗多德的史书揭示了另一种区别。当然，希罗多德有力地表明了战争的残酷，然而，史书最后几卷表明了另一个观点——令同族人（比如不同希腊城邦）相互厮杀的战争更令人难以接受。希腊人本应联合一致反抗波斯入侵。连一位波斯人都用欧里庇得斯式的口吻说道：

> 他们说同一种语言，他们本应通过传令官和使者结束他们之间的纷争，本应用战争之外的任何其他办法结束纷争。(7. 9)①

希罗多德甚至以他本人的名义表明了同样的观点。希罗多德赞同促使雅典人接受斯巴达指挥的团结意识。他表示，这些人言之有理，

> 因为正如战争不如和平，与其内乱，不如团结一致对外作战。②

［209］stasis［内乱］一词通常被用来指称希腊人之间的战争。stasis 通常指内战（埃斯库罗斯的《和善女神》就在这个意义上批评内战可憎）。但不会后无来者。由于漫长的伯罗奔半岛战争造成厌战——此间斯巴达仍乞得外邦人襄助——恢复希腊友爱、结盟对抗外邦人的愿望愈见明晰。公元前4世纪初，这些思想充斥着高尔吉亚③和吕西亚斯（Lysias）的奥林波斯演说，尤其常见于伊索克拉底和柏

---

① ［校按］希罗多德，《历史》，王以铸译，北京：商务印书馆，2016。译文略有改动，以下随文注出。

② 8. 3。我们在这段话中辨认出某种诗歌形式的痕迹，可能是希罗多德引用了一段古文。

③ 根据传统，高尔吉亚断言，战胜外邦人应唱凯歌，希腊人战败则该唱挽歌。

拉图的论说。事实上，在《理想国》中，柏拉图就为希腊人之间的战争确立了规则。他还称希腊内战为内部不和或内乱（stasis）。①

不过，这种希腊团结一致抵抗外邦人的意识，不仅体现在阿里斯托芬的某些作品中（比如公元前411年的《吕西斯特拉特》），最终还出现在欧里庇得斯的作品中。

这种意识语焉不详地出现在《伊菲革涅亚在奥利斯》里，却突然间占据了格外重要的地位。打一开始，墨涅拉俄斯就宣称为"希腊"哭泣，若不出征，希腊就没法获得外邦人尊重，希腊在他们眼里，也会变得可笑（行370-372）。随后，阿伽门农说道，"希腊人的军队"欲不惜一切代价出征攻打外邦人，为的是杜绝外邦人诱拐希腊女人的行径（行1265-1266）。他本人还断言："我们不会让希腊人的妻女遭外邦人强力劫夺。"（行1274-1275）尤其是，伊菲革涅亚同意［210］牺牲之时表示，她之所以这么做是为了希腊，为了不让希腊再受外邦人欺凌，为了希腊的自由。伊菲革涅亚对母亲说："因为你生我是为了全希腊的共同利益，不只是为了你自己一个人。"（行1386）她还宣称："我把我的身体献给希腊。"（行1397-1398）不仅如此，在这个感人肺腑的时刻，欧里庇得斯还让伊菲革涅亚诉诸当时众所周知的一种社会学分析方法。她慷慨激昂地断言：

---

① 参见行470c：

> 当希腊人反抗外邦人或外邦人反抗希腊人，我们会说，他们在进行交战……；希腊人对希腊人，当他们在做这种事情时，本质上他们仍是朋友，我们会说，希腊民族得了病，内部正在发生动乱，［470d］这种对抗必须称为内讧。

［校注］柏拉图《理想国》中译本参见王扬译注，北京：华夏出版社，2012。

> 母亲啊，只有这样才公道：
> 希腊人统治外邦人，不是外邦人统治希腊人，
> 因为，外邦人是奴隶，希腊人是自由人。①

她精妙的宣称顿时使特洛亚战争带上了一种非同寻常的泛希腊色彩，由此拉近了此剧与那股开始盛行的思潮之间的距离。此外，伊菲革涅亚运用的表达方式也切合这些思想。因为亚里士多德在《政治学》（*Politique*）开篇就在谈及奴隶制时援引了她的话，而在这个问题上，他原本可以引用别处的文本。② 此处的说法之所以触动人心，不仅因为如是呈现特洛亚战争是一种前所未闻的大胆，还因为其中的意识本身闻所未闻。此前各种文本中表达的爱国主义，仍是一种对城邦的热爱，一种对雅典的热爱，而此处的母邦却成了希腊。由于欧里庇得斯充满现代思想，他才看到这些处于萌芽状态的意识。我们甚至不清楚，这是不是欧里庇得斯本人正在发芽、壮大的思想。欧里庇得斯仿佛一位现代作家，让一位神话中的女主人公表达"建设欧洲"（faire l'Europe）的愿望（见下文，页 217）。

这导致大量表现战争的作品出现。[211] 我们也发现，作品与主导其创作的政治环境关联日益紧密。主题的选择、谋篇布局、单刀直入的反思，尽数囊括。与此同时，战争问题在一部部作品中逐渐明朗。

实话说，在作品中发现这种倾向相当了不起。从某种意义上说，正是欧里庇得斯收紧了悲剧的视野，让人聚焦内心和夫妻的失序。

---

① 同样的观点出现在《海伦》，行 276，但这种观点压根不是在为军事远征辩护，也不是为反对希腊人应受外邦人统治的各种举动辩护（《安德洛玛刻》，行 665；《特洛亚妇女》，行 93，或者 fr. 719）。

② I. 2. 1252b8。我们经常看到，他很可能引用了上一条注释中提到的《海伦》那个戏段。

但同时，他又扩大了悲剧视野，让重大时事问题不时进入戏剧。

不过，我们不能人为地把这两方面割裂开来，因为在实践中，这两方面往往相辅相成。在可称为夫妻悲剧的《美狄亚》中，剧中人物经常把外邦人与希腊人的对立当成理由。《安德洛玛刻》中的情感纠葛则反映了战后的情形。不过，两个方面的融合在欧里庇得斯笔下司空见惯。高乃依（Corneille）的《美狄亚》就不再含有这种政治对立，拉辛的《安德洛玛刻》也不再含有奴役——曾经融为一体的两个方面，而今分道扬镳。同样，在欧里庇得斯作品中，《海伦》或《伊菲革涅亚在奥利斯》都是心理悲剧，但随处可见对战争及其痛苦的思考。相反，在拉辛笔下，这两位阿特柔斯家族的成员再无冲突，墨涅拉俄斯也不再把阿伽门农比作拉选票的煽动家。至于伊菲革涅亚，她之所以同意献祭，也不再是出于对希腊的爱，而是出于对"她的荣耀"的爱。和欧里庇得斯剧本中的"希腊"一词一样，这个语词一再出现。此外，这种去政治化符合心理学的做法。在拉辛笔下，伊菲革涅亚、阿喀琉斯、俄里斐勒（Eriphile，［译注］拉辛《伊菲革涅亚》中的人物）都是恋爱的激情的猎物，这些激情在欧里庇得斯的相关剧作中毫无用武之地。

不过，17世纪作出的非此［212］即彼的选择，只是凸显了（我们看到的）二者融合的意味。在现代，政治和时事重新占据了舞台，戏剧便重新回到了欧里庇得斯。

现代戏剧即便没有充斥着时事，至少也广泛论及政府、宗教、道德选择和政治选择等重大问题。克洛岱尔和蒙泰朗的诸多作品都是如此（《死去的王后》《马拉特斯达》《西班牙的红衣主教》是众多例子中的几个）。① 在其他作家那里，这种总体趋势变得更强，他

---

① 加缪1948年的《戒严》也是一个出色的例子。该剧处理了同样的问题（这是他的小说《鼠疫》的主题）。

们用更直接的方式切入激发他们灵感的时事。

重新回到此处探讨的两个与欧里庇得斯相关的主题（影响不一），我们发现，在我们的时代，财富主题的基调和意义已全然更新，而战争的主题似乎得到完全延伸。应该说，财富的主题在阶级斗争出现后发生了彻底改变。对这个主题的描述变得很流行，描述者要么关注赤贫（循着布莱希特［Brecht］的足迹），要么从抨击富人转向抨击统治阶级及其虚伪（如萨特的《可敬的妓女》）。以上几个名字足以说明，即使两者都涉及了相同的主题（财富），但每个人都如此渲染，以至于认不出是同一个主题了。相反，在战争方面，我们重新看到了与欧里庇得斯笔下一模一样的重大主题。我们还会看到，这些主题进一步得到丰富、修正、明晰化。

首先是1914—1918年世界大战的经历——［213］这个主题在季洛杜的作品中得到体现。他先是在1928年的《西格弗里》（*Siegfried*）中触及两个民族的关系问题。但同样的主题尤其体现在1935年的《特洛亚战争不会爆发》中。对于一场近期战争的思考，再次借着特洛亚战争的机会提出来，这与欧里庇得斯的笔法同出一辙。

但这次已是西班牙内战。而在1937年的《厄勒克特拉》结尾，不惜一切代价寻求正义的狂热蓄势待发。剧中甚至有意无意地谈起穷人的友爱。剧作对时事的批评昭然若揭。此剧就算没有立场，不为某项事业辩护，也是直指当下。然而，随着二战的到来，基调发生了改变。季洛杜的作品中曾经洋溢着的那种崇高气息，而今烟消云散，人们进入了一个弥漫着占领、磨难和怀疑的时期。阿尔及利亚战争接踵而至，一个充满其他磨难和恐袭的时期。于是，一批充斥着苦难和不安的作品突然涌现。大战结束不到三年，这类作品就层出不穷。

在这里，我们只探讨四个引人瞩目的例子：萨特的《死无葬身之地》(1946)和《肮脏的手》 (1948)、加缪的《正义者》(1948)、萨特的《阿尔托纳的死囚》(*Les séquestrés d'Altona*, 1959)。

反抗、战争、地下斗争充当了这些作品的背景。这些作品重现了当时的氛围并对背景中的问题进行了探讨。在眼下这部研究欧里庇得斯的专著中，我们没必要细谈作品内容，也无须罗列所有相关著作的书名;① 我们只消明白，这些作品无一例外触及（人忍受或遭受的）折磨、（针对陌生人或亲友的）恐袭、由时代的暴力带来的屠戮或死亡的事实。[214] 于是，我们明白，战争的经历（阿尔及利亚战争有如第二次世界大战般严酷，战后也充满各种斗争）完全主导了作家们的思想，就像曾经经历的那场格外漫长而激烈的战争激发了欧里庇得斯若干作品的灵感。不过，无论在我们的古典主义、浪漫主义，还是在英国或德国的戏剧中，迄今都没有发现有点类似于希腊城邦的共同趣味。

这就表明了一种理解并评价欧里庇得斯的新方法。实际上，古典主义仅仅吸收了欧里庇得斯作品中（他乐于施展）的心理学一面，时至今日，他却因这些总体的政治性描述重新流行起来。②在这里，更不用说对古代神话的现代改编，萨特仅为法国国家人民剧院（TNP）改编过一部欧里庇得斯戏剧，即正好距今20年的悲剧《特洛亚妇女》。据说，这是唯一一部完全专注于战争的戏剧。除了各部分描述的共同苦难，剧中压根没有别的统一戏剧行动。也唯有在这部剧中，怜悯完全服务于谴责。欧里庇得斯之所以还能在现代保

---

① 譬如，蒙泰朗也写了《内战》(1965)，热内(Genet)谈及阿尔及利亚和法国在这个国家的暴行（《屏风》[*Les paravents*]，作品发表于1961年，并于1966年上演）。

② 语文学家们保留了古典趣味，在 A. Rivier 这样的学者眼中，《赫卡柏》和《特洛亚妇女》不再是真正的悲剧，这些剧令他感到困惑（*Le Tragique d'Euripide*, 169）。

持活力，正因《特洛亚妇女》充分证明了本书所表明的那种联系。①

我们还可以补充一点，电影也采用了同样的取向，因为在伟大的古典悲剧（《美狄亚》《厄勒克特拉》）之后，电影直接从最强烈的反战 [215] 作品《伊菲革涅亚在奥利斯》中取材。更出彩的是，电影改编了此剧的结尾，让战争显得愈发荒诞，因为起风发生在献祭之前。

这种情境、趣味和取向上的关联由此不容置疑。但要补充一点，关联本身就表明了限度，接下来它也会帮助我们更好地勾勒欧里庇得斯独有的特征。首先，从外部来看，我们发现，在古希腊悲剧中逐步明确的时事切入，在现代戏剧中要紧密得多。遭到质疑的不再是战争本身，而是战争的后果及其强迫性给个人带来的所有道德问题。此外，受关注的不再只是民族之间的战争，还有内战、阶级斗争、秘密组织。我们的关注点从所有人的苦难转到了个人的问题，从国家灾难转到了对恐怖组织的担心。

是情境和时代的差别使然吗？这无疑是部分原因。但我们也得承认，情境从此举足轻重，以致它首先影响到作者的态度本身和他的意图。

欧里庇得斯有时会直接对他的观众发言，突然用明白无误的方式道出他对眼下的看法。他甚至基于这种看法创作了一部剧（《特洛亚妇女》）。但此剧仅涉及极为人性的问题，触及对苦难或哀悼的同情。更何况这只是特例。我们因此可以说，时事的确在欧里庇得斯剧作中出现，但它并未有意导向某个始终不变，从一开始就确

---

① 萨特本人已明确指出，他之所以产生改编《特洛亚妇女》的念头，是因为他看到此剧的一个译本深受支持在阿尔及利亚独立战争中与民族解放阵线（F. L. N.）谈判的民众欢迎（*Un théâtre de situations*, p. 364, 修订了 Gallimard 版引言）。

定无疑的方向。欧里庇得斯作品中不乏影射现实的诗句，但我们不能说他是"介入"派诗人。

[216] 我们也不能这么评价季洛杜或蒙泰朗。但是我们可以如是评价萨特。就算他的作品并非直接置于当代战争的背景，它也要宣示立场。① 当时的所有人都认为，《苍蝇》表达了对 1943 年间各种屈服之举的反对立场。四年之后，萨特本人表示，通过创作这部作品，他试图

> 表明，悔恨不是法国人在我们的国家战败后应有的态度。往日不可追，过去已在我们的指间流过，我们却没来得及把握它，没有好好了解它。虽然一支外国军队占领了法国，但未来是新的。②

萨特还就俄瑞斯忒斯写道：

> 他是踏上自由之路的第一人，与此同时，民众能够并应该有自我意识。③

另外，即便在现代背景下，人们也常借助戏剧形式掩盖某种以明确而富有争议的方式传达给大众的看法。④ 萨特坦承了这个意图。这种意图切合其作品的总体倾向，即意欲把文学作品与集体斗争结合在一起，由此赋予这些作品新的意义。⑤ 从此，戏剧真的成了

---

① 在这里，我们只讨论与战争相关的问题。但 1955 年的 *Nekrassov* 是一部讽刺新闻媒体的作品，再次触及当代政治问题。
② *Un théâtre de situations*, p. 228–229，评论引自 *Verger*，1947 年 6 月。
③ 这就是萨特就《阿尔托纳的死囚》作出的解释（同上，p. 234）。
④ 参见萨特作品中对"大众戏剧"思想的坚持（同上，p. 301）。
⑤ 同上，p. 69（出自 *Théâtre populaire*，1955）。

"介入"戏剧。

由此可以解释,即便在对《特洛亚妇女》的改编中,政治教训相较于原著[217]也进一步得到明确和强化。萨特在其中引入了"欧洲"和"殖民主义"的概念。他还突出了结论:欧里庇得斯仅仅呈现了由战争带来的苦难。萨特在改编中总结称:"你们都将死去",波塞冬宣布。① 这些轻微的改动表明了"介入"剧与欧里庇得斯戏剧的差异。在欧里庇得斯的剧作中,时事只是仿佛乘其不备或不经意间渗入主题。

我们方才揭示的欧里庇得斯戏剧与20世纪中叶的戏剧的惊人相似,让我们明白了一个同样惊人的区别。在某个时候(其实是第二次世界大战期间,这也是阶级斗争遍地开花的时期),戏剧突然转向并跨过一道门槛,从此令它的功能脱胎换骨。

或许,我们得通过某种分裂来解释这点。这种分裂的可能性曾引发公元前5世纪的忧虑,并切实发生在20世纪。这就是那些曾凭借公民身份辨识的人,被认为团体归属至关重要的人所取代。修昔底德揭示了遭受内战之苦的希腊诸邦的这个弊病(3. 82及下)。他也表明了公元前411年当众人着眼于内战而非伯罗奔半岛战争时,这种弊病险些导致雅典分崩离析。不过,这场分裂并没有发生。各方达成了和解。当时群体之间的对立也没有演化成某种思想体系或价值体系。[218]从他竭力反对徒劳地进行社会阶层划分来看,欧里庇得斯压根未曾是革命者。当雅典城邦令他大失所望时,欧里庇得斯压根没有试图推动改革或进行反抗——他崇尚安宁的生活、艺

---

① 在这里,萨特也作出解释并表明了强化这个观点的原因:如今,人人都知道要避免战争,但关键是"一场核战没有胜者,也没有败者"(参见引用的作品,页364,引用了此剧Gallimard版导言)。

术及精神上的和平。① 我们还看到，欧里庇得斯晚年离开雅典，去往马其顿国王阿刻劳斯（Archélaos）的宫廷生活。他并非唯一处于这种境况的艺术家。但事实是，欧里庇得斯客死在远离雅典的他乡，在他的作品中还有一部旨在歌颂东道主（马其顿国王）祖先的《阿刻劳斯》（Archélaos）。或许就是在这位国王的宫廷上，欧里庇得斯重新发现了他在《酒神的伴侣》中描写的那种酒神式的热情。不过，无论如何，没有任何迹象表明他的创作出现了中断。欧里庇得斯之所以离开母邦，只是为了到他乡能有更多闲暇致力于文艺创作。欧里庇得斯的戏剧中压根没有党派偏见，他也压根不是党徒。

此外，与"介入"戏剧对观，为我们理解欧里庇得斯的总体运思提供了启发。他质疑、批判宗教，但他也描述了宗教富有感染力的热忱；他提出了一些观点，追随了一个又一个哲学家，采用了智术师的创新精神，却又与之保持距离。欧里庇得斯摇摆不定，从不满足，对所有思想都感到好奇，为一切苦难动容，他坚持不懈地革新自己的作品，同时也革新了悲剧。不过，对于这种革新的方向，我们有时很难见出其中的一致性。同样，欧里庇得斯使戏剧贴近现实，他本人却从来都不是 [219] 党徒，也不是空论家。欧里庇得斯的反应更像是一时兴起。

但我们不应过分强调这种对比。因为即便在我们此处探讨的戏剧中，"介入"剧的概念也是后起之物，在萨特之后也基本没有持存下去，或者说至少没有取得值得一提的成功。即便在萨特的作品

---

① 宁静而没有危险的生活的主题贯穿其作品始终：《希珀吕托斯》，行 1013-1020；《伊翁》，行 633 及下；《安提戈涅》，fr. 193、194、198。这个主题越来越明确，参见《伊菲革涅亚在奥利斯》，行 1720，甚至《酒神的伴侣》，行 389-431。有学者认为，这个主题主导了欧里庇得斯的晚期作品（参见 di Benedetto, *Euripide, Teatro e Società*）。

中，不也是问题多于理论吗——这对戏剧和悲剧而言难道不都合情合理吗？事实上，萨特经常承认这点。

同样，用这种特征结束这种比较恰如其分：该特征并非人人共有，而是表明了某些作家跨过的一条界线。然而，在试图表明欧里庇得斯的现代主义为如今的现代性铺垫的那些方面，我们不妨思考一下，是否应将这种现代性的另一个方面归功于他，我们多少得坦承，这个方面不仅把现代与欧里庇得斯关联在一起（因为他有别于其他两位古希腊悲剧家），还总体上将之与古希腊悲剧形式关联在一起。

结语　悲剧家欧里庇得斯

[221] 本研究结束之际，我们会萌生一丝顾虑并思考一个问题：由于本书只揭示了欧里庇得斯作品的一个方面，会不会有以偏概全之虞。因此，为了尊重事实，我们要揭示欧里庇得斯作品的另一面以恢复平衡，只有平衡才能表明欧里庇得斯作品内在的独特性。

至此，我们已经揭示了欧里庇得斯作品创新、大胆、令人费解及完全朝向未来的一面。我们揭示了欧里庇得斯如何让那些此前鲜有人描述的感情、新近发现的观点、时事、（比前人）更自由的文学手法进入悲剧这种文类。此类形形色色的倾向使他的作品成了他那个时代的现代作品，并往往使之与另一种（更接近今天的）现代性关联在一起。

上述分析中谈到的这些特征与现代的关联性在许多情况下是暗示性的，而非真正紧密的关联。通过呈现这些特征，本书尤其希望让人们理解激发公元前5世纪雅典改革及 [222] 各领域出现变化的力量。通过把欧里庇得斯视为截然不同于埃斯库罗斯或索福克勒斯而已然接近今人的作家，本书试图让大家明白，认为古典主义一成不变的看法多么有悖现实，那些我们乍看上去显得彼此一致的作家，其实互不相同，这不只是由于个体差异，还是由于一种持续而强大的内在演变。此外，古希腊研究本身也发生了改变。古希腊研究目前恰切地转向这类探讨：不久前，我们还在欣赏那些永远一清二楚的完美典范，而今却更愿意追踪某些突然出现的一系列作品，这些作品的思想年年翻新，还经常颠覆之前的作品。与其通盘研究某个时期，古希腊研究更愿意关注这个时期逐步激发并在随后超越的一系列发现。

毫无疑问，这种视角有道理。本书的研究就试图证明这点。不过，我们也要避免过度阐释，以免最终与我们的初衷背道而驰。

因此，在本书结束之前，我们不妨借机强调并重申一点：从诸多方面来看，欧里庇得斯彻底革新了悲剧并在其中加入了某种现代精神。但在他的时代背景下，欧里庇得斯同样运用了他的时代就存在的那种文类（悲剧）。

某些学者时常质疑，欧里庇得斯的三四部剧是否还称得上名副其实的悲剧（参见上文，页 38）。还有学者坚称，欧里庇得斯之后不久，悲剧不再是一种有生命力的文类［223］并就此消亡。在《悲剧的诞生》中，尼采极其严厉地批评了欧里庇得斯，在他看来，欧里庇得斯摈弃了由神话激发的精神而扼杀了悲剧："渎神的欧里庇得斯，你执意强迫这个垂危之人为你服务的用意何在？他在你粗暴的笔下死去"（第 10 节末），或者"欧里庇得斯杀死了悲剧"（第 11 节开篇）。

不过，这些尖刻的批评与正面、清晰的事实互生龃龉。首先，我们已经看到，尼采把欧里庇得斯和苏格拉底混为一谈，忽略了二者的深刻对立：苏格拉底表现了激情的非理性，欧里庇德斯则受源于道德的理性主义启发。其次，也由于这个原因，显而易见，通过把悲剧性奠定在神话的神秘莫测之外，欧里庇得斯的悲剧在无损悲剧丰富性的情况下重新激发了悲剧的活力。

总之，撇开一切价值评价和主观判断，我们就会看到，就算悲剧这种文类消亡，也并非由欧里庇得斯导致，那是发生在他之后的事。

我们可以试着寻找欧里庇得斯悲剧与新谐剧的关联。但欧里庇得斯的作品使用的是悲剧的灵感、悲剧的主题,甚至悲剧的形式。他使规则更加灵活,却从未违背这些规则。欧里庇得斯的作品处于新谐剧可以顺理成章加入的过程中。

再怎么强调这点都不为过:就悲剧的原则本身而言,这种文类在当时定义严格、独具一格。

悲剧的两个不同场地,使舞台上的人物与乐池(orchestra)中的歌队形成对比。悲剧的两种不同风格,使戏剧人物用短长格的三音步韵律发言,歌队则以抒情歌韵律吟唱。悲剧中戏剧行动与颂唱间歇的规律交替,其别具一格的风格,都由形式规整的诗句组成,[224] 使用了沿袭自荷马的语词和意象,在合唱歌部分还杂糅了抒情歌特有的方言。悲剧意象通常取自以前的诗人;唱段精心设计;长篇发言通常均衡;整体一丝不苟;古希腊悲剧有其独特的惯例,它们使悲剧完全脱离对生活的所有模仿及对自然的一切探索,但顿时赋予悲剧某种崇高性。此外,我们怎会忘记,悲剧由头戴面具、脚踩厚底靴的演员郑重其事地在户外上演呢?我们怎会忘记,整个城邦都来看戏,只有那些(至少间接)反映集体问题的主题才与之相宜呢?我们怎会忘记,所有这些悲剧都与古代神话有关,它们把传说中的国王搬上舞台,由此赋予所呈现之事某种更渺远的距离感和某种更崇高的气场?我们怎会忘记,威风凛凛的神祇出面介入戏剧行动,他们的行动在剧中显得令人生畏,并且,由于歌队具有分隔整个戏剧行动的特有属性,因此几乎总是扮演思索神的意志、神义或神之玄秘莫测的角色?甚至古希腊悲剧本身都具备了超验性,这也表明了古希腊悲剧最深刻的崇高性。

不过,这种文类从诞生到终结,若干特征都在埃斯库罗斯或欧里庇得斯笔下得到进一步强化。但这个问题很微妙。欧里庇得斯的歌队规模稍小，但仍依惯例组成。同样，如果我们可以考证出从埃斯库罗斯到欧里庇得斯给场景或程式带来了哪些革新，那也是因为欧里庇得斯不仅重新回归同一类型的主题，有时还回到同样的主题，不仅运用了同一类别的场景，有时还运用了同样的场景，[225]他还使用了让人联想到埃斯库罗斯的那些意象和惯用语。尽管阿里斯托芬以降的每位评论家都揭示了欧里庇得斯诸多特征中更为人性、更现实的一面，但欧里庇得斯从未逾越界线，从未抛弃神话而去直接描写他那个时代的人。他也没有放弃悲剧的崇高，采用与这种文类格格不入的现实主义。

总之，正是这一点造就了欧里庇得斯专属的特征。他擅于使悲剧这种传统文类变得现代，革新悲剧并为之注入新鲜血液，却又从不背离这种传统文类的精神和规则。欧里庇得斯在戏剧史上的独特地位，源于他把一种原本具有超验性的戏剧带到了荒诞边缘，他还把一种自认为与现实主义针锋相对的文学类型带至现实主义身边。

在诸多方面，这种难得的平衡都具有启发意义。这种平衡就是希腊精神。希腊精神总是以令我们惊讶不已的方式把现代与古代结合在一起。希腊精神经历了大胆的智识革命，但革命在对昔日的崇敬中进行，批评隐于毕恭毕敬的援引，创新在某个细节中猝不及防地出现。如今，我们热衷于表明相较过去的创新和不同，公元前5世纪的希腊人有过之而无不及，但他们宁可宣称自己忠于传统。无论如何，最现代的手法往往出现在传统框架下。

欧里庇得斯就是如此。这个事实也解释了为何本书描述的所有创新虽然都很真实也很重要，却往往体现在细节上，并与所有古希腊悲剧的共同特征保持一致。共同特征和这些创新有着内在分歧：共同特征[226]倾向于崇高、英雄主义、神的存在，而创新却偏于日常、非英雄主义、无序。只要这种平衡存在，且这两个截然相反的因素互相制衡，我们就有了更具现代精神但又不容置疑、不折不扣的悲剧。我们猜想着古希腊悲剧继续沿着这个方向演进会如何消亡，但悲剧是在欧里庇得斯之后死去，而非因他死去。

我们甚至可以认为，欧里庇得斯拥有独特地位：他把新的精神和灵活性与昔日充满崇高的形式融为一体，这使他处于某种至高无上的顶峰。我们完全可以承认，通过强化这种悲剧性，将（剧情行动的）推动力植入人性深处，强调人类境遇的种种苦难，他的诸般创新只是更好地表现了悲剧文类的各种可能和悲剧精神本身。无论如何，事实就是：在《诗术》(*Poétique*) 中，亚里士多德称欧里庇得斯为"最具悲剧性的诗人"（1453a29）。

人人都可以自由选择偏好哪位诗人，但事实比偏好更重要。很显然，埃斯库罗斯和欧里庇得斯有着微妙而深刻的精神差异，但无论如何，两人都处于同一阵营，使用同一种文类。

我们致力于指出欧里庇得斯在他的时代及迄今的现代性，但可能会忘了这点：在结束本书前，我们必须把欧里庇得斯放回他的时代，甚至放回他之前的时代。我们必须把欧里庇得斯与"从前"联系在一起，而不只是与"后世"关联在一起。

通过这种非凡的举动，这个表明欧里庇得斯与他的时代精神若合符节［227］的方法有了意想不到的收获。

事实上，我们发现，我们有机会借着欧里庇得斯提到的那些现代作家，无疑都没有看到这位作家身上的创新力量，较之这些现代作家的创新，欧里庇得斯的创新毕竟无足轻重。但现代作家们有时会怀念这种由欧里庇得斯和他的前人共同奠立的悲剧性崇高。

或许，这又是时代的影响：时代所经历的种种悲剧，促使现代作家们渴望与这些悲剧所含的人性意义相称的艺术。或许，这就是社会变革和一种突如其来的渴望：让文化（尤其是戏剧）适于更广泛的大众，突破沙龙作品、林荫大道剧或者所谓的小资作品之限。或许，作家们意识到了那些触及生命和人类行为关键问题的道德危机。总之，在我们所考察的时期，重新发现一种戏剧表达的渴望在多处萌生，并最终与悲剧及其特有的崇高融为一体。

这方面的最初表现是回归希腊神话的语言。短短几年间，我们就相继看到季洛杜的《特洛亚战争不会爆发》和《厄勒克特拉》、萨特的《苍蝇》、阿诺伊的《安提戈涅》和《美狄亚》等作品及众多其他作品。[①] 那个时期的古希腊研究学者不仅总有理由解释希腊英雄何以流传至今，还善于提出吸引普罗大众的研讨话题！如果人们突然对希腊象征产生浓厚兴趣，那也绝非偶然。而且，这种情况前所未有，并很快消退了。当然，这些作家的基调［228］压根儿不是古典的，其戏剧人物为人熟知、风格具象，却隐含着全新的现代思想。不过，作家诉诸神话这一事实富有启发。这意味着作家有必要重新找到神话人物昔日承载的人性（及其问题）。[②]

此外，即便在他们的非希腊题材作品里，这个时代的作家也常常模仿相似的主题：那些与国王或王子有关，有着传奇色彩的历史悲剧。克洛岱尔的所有戏剧作品，以及蒙泰朗的所有戏剧作品都是明证。如果说这两位作家都借此描写醉心于荣誉和责任、充斥着宗教思想的西班牙，那也并不意外，因为他们描写的不是古时候的西班牙，就是充满王子和教皇的意大利，比如《马拉特斯达》。很明显，题材的选择同样反映了对悲剧的追忆。

---

① 纪德（Gide）和谷克多（Cocteau）为这场运动作了铺垫。

② 克洛岱尔的《俄瑞斯特斯》译本（1900—1920 年）已经把握了这个想法。令人震惊的是，早在 65 年前，尼采就在忆及瓦格纳时提到这个想法。（参见《悲剧的诞生》，19 节："如今，我们看到了悲剧的诞生"）。

当然，这不是 17 世纪意义上的悲剧。17 世纪的悲剧也把国王搬上舞台，但更关心他们的私人问题，而非政治问题或宗教问题。而且，这些悲剧欲将国王塑造成典型人物，而非不同寻常、色彩鲜明、爱走极端的人物。浪漫派悲剧存在过并留下了印迹。但前述历史背景下的现代剧作接近古希腊悲剧的基调。和古希腊悲剧一样，现代剧追求崇高和距离感，并同样探讨那些质疑理想之人的问题。[229] 这些作品的风格同样强烈而壮丽，充满了对比和关于原则的宣称，文采斐然。这种风格通过散文的自由接近了悲剧的风格。

此外，我们没必要在此进行主观臆测，因为有确凿证据表明，某些作家至少意识到了这种对古代崇高悲剧风格的向往。我们不妨简单举两位作家为例——季洛杜和加缪，他们以各自迥然不同的精神表明了这点。

季洛杜多次谈及或撰文论及悲剧。在 1931 年的《论戏剧》(*Discours sur le théâtre*) 中（他在 *littérature*, p. 233–240 再次提到这个观点），他为文学戏剧作了辩护。季洛杜还毫不犹豫地把向往古代崇高的悲剧风格与时局关联在一起，而在当时，更糟糕的惨剧尚未发生。他确实写道：

> 在我们的时代，戏剧、小说甚至评论没有成为一种肤浅而小资产阶级式的平静生活的点缀，而是重新成为所有波澜壮阔而充满忧患的时代最急需的工具。

"波澜壮阔而充满忧患"的时代，用两个精妙的修饰语描述了我们深信在公元前 5 世纪及其经历的危机中所见的一切。无论如何，对崇高的渴望与时代危机的关联，表明了这里提到的向往。季洛杜并非总是这么严肃。他就曾有一次在别的著作里提到了"悲剧"。

在《贝拉克与悲剧》中（"Bellac et la tragédie"，Littérature，p. 285-301。老实说，这是一篇相当反讽的文章，专门处理了与古代题材相关的那些作品），季洛杜称颂了贝拉克和法国出现的悲剧热，他把这种流行与某种"精神上的满足和生活富裕"关联在一起——悲剧人物［230］为此付出代价。这并非什么纲领（季洛杜无意于此），但至少表明了某种趣味和某种偏好，也证实了他的作品所反映的基调。

至于加缪，他更明确地承认了对于崇高风格的向往。这两个心灵之间的差异使他们的相似打动人心。在 1955 年于雅典举行的悲剧研讨会上（Pléiade，Théâtre，p. 1699etsuiv），加缪明确把悲剧的存在与时局关联在一起：

> 悲剧艺术的伟大时期，出现在史上多事之秋的那个世纪，出现在人们的生活充满威胁的时刻，彼时，未来莫测、现实悲惨。①

随后，他以无与伦比地证明了本书观点的方式解释说：

> 我只想让你们明白，如今的法国戏剧艺术中存在一种混沌状态的悲剧，在它的内部，凝聚的核心正在形成。

这些希望和这些凝聚的核心宣告了悲剧艺术和悲剧语言的更新。但随后又如何呢？如此描述的向往似乎并未实现，预示着硕果的花朵也没有结果。

当然，这是一个精彩戏剧迭出的时代。但从加缪开始，戏剧就

---

① 加缪没有举欧里庇得斯，而是举了埃斯库罗斯和莎士比亚为例。这不是否定，因为在这点上，欧里庇得斯之所以没有引起关注，仅仅因为他和前人一样是悲剧家。

开始朝着另一个方向演变。萨特已经迫不及待地追求一种大众戏剧,就此脱离了悲剧的理念。他仍使用一种绚丽有力的语言(坦白说,特别是在《苍蝇》中),但他想越来越接近真实,越来越暴力、尖刻。另外,存在主义哲学与悲剧感也格格不入,因为[231]确切地说,悲剧感赋予世界某种意义,也多少表达了某种超验。萨特越强调我们在欧里庇得斯笔下找到的潜在趋向,越强调欧里庇得斯笔下从未发生之事可能发生,就越与悲剧这种文类决裂。于是,当我们以此审视荒诞戏剧之时,我们就再也找不到它与欧里庇得斯或悲剧的任何关联了。从此,再无人能重建这种联系(即使在改编剧中也不能)。

因而,我们应该坦率地承认,在某个时刻,这种对悲剧性崇高的向往突然转向了其他东西。在某些现代戏剧采用的哲学理论与悲剧精神之间,存在着某种内在矛盾。这种矛盾很快就令对悲剧的这种向往破灭。

不过,时间的限度与悲剧的衰落,帮我们更好地确定了本书论述中提出的那些关联的含义。这些关联把某种现代性(欧里庇得斯的现代性)与另一种同样受时间限制的现代性关联在一起。两种现代性涉及多少有些脆弱的平衡——怀疑人类命运的思想和一种信念之间的平衡,这种(或是秉承或是刚刚树立起来的)信念能够高贵地表达这种思想,以此见证人类的命运。

通过把我们所说的现代性框定在一个有限的范围,怀疑和信念的平衡原则在某种意义上削弱了本书提出的诸种关联的重要性。不过,通过削弱两种现代性关联的意义,这种平衡原则解释了两种现代性关联。在解释中,怀疑和信念的平衡原则能帮我们更好地理解欧里庇得斯(为了重返欧里庇得斯)这位令人费解的作家。

欧里庇得斯在多个方面都令人费解。之所以令人费解,乃因他忠于悲剧的架构、悲剧惯例和悲剧［232］精神——虽然他也在诸多领域革新了悲剧手法。正因为如此，欧里庇得斯令阿里斯托芬着迷又吃惊。阿里斯托芬总是批评欧里庇得斯，却又不断引用他。这些批评精妙又令人发笑，总与现代性相关。不过，悲剧作家作为谐剧人物出现，或者在悲剧中再现，不就是为了沦为笑柄么？毕竟，在本书开篇提到的《蛙》的那场戏中，阿里斯托芬对埃斯库罗斯的嘲讽同样尖刻、令人发笑。我们清楚地感受到，欧里庇得斯难以捉摸、令人惊奇，可能也令人恼火；但我们也感受到，欧里庇得斯是一位作品家喻户晓的大作家，一位闻名遐迩的作者，以至于在西西里被俘的雅典水手若是会唱欧里庇得斯的合唱歌，就能获得自由。

"欧里庇得斯是好作家？还是坏作家？"每当人们变革传统时，同样的异见就会出现。而这些无伤大雅的争议造就了他不容置疑的名声。

不过，如果只谈传统和变革，一切还相对简单。但事实并非如此，我们已经看到，变革导致了欧里庇得斯的时代经常截然对立的特征：有痛苦、怜悯、令人泪下的一面，但也有激动人心的新观点、巧妙的论据、论证、辩论的一面。当然，两方面相辅相成，但它们的结合永远令人难以捉摸。

况且，新观点中难道就没有不同面相吗？对神的批判带来怀疑的同时，也带来一种新的经过净化的虔诚；对人类过错的分析不仅带来对各种激情令人同情的刻画，也带来对卑劣的怪癖的辛辣刻画；政治和社会分析不仅使虚与委蛇遭到严厉谴责，还带来充满未来的新观点（譬如和谐或泛希腊主义）。［233］所有这些不同侧面都内含于欧里庇得斯的作品，并适时出现在剧作中。

因此，欧里庇得斯的思想与他的作品真正的统一，无疑很大程度上就在于上述这种开放性本身和接纳的态度。夏布提尔（F.

Chapouthier）用此话描述欧里庇得斯的宗教："迎接神圣"。[①] 此话适用于当时在雅典萌芽、茁壮成长的所有观点。所有观点都表明欧里庇得斯接受力强，充满好奇，向各种影响开放。

不过，"当时的雅典"这种说法把我们引向了另一个特征，它有助于我们理解诸多分歧最终融为一体的统一。本书没有探讨这个特征，因为它不属于"现代"特征。但它赋予欧里庇得斯的现代性以自己的色彩，补充了后者并防止后者走向极端。雅典最看重美和艺术。这种趣味促成了雅典卫城（Acropole）的建成。这种趣味赋予古希腊作品（甚至学术著作）以力量和独特性，修昔底德的作品就是如此。在阿里斯托芬的作品中，这种趣味与谐剧的奔放杂糅在一起。这种趣味也始终是悲剧（尤其是欧里庇得斯悲剧）的一个显著特点。

欧里庇得斯使这些多样性融为一个鲜活的整体。我们要分析其作品，以此来感受这些多样性并找到其原因。通过全面阅读欧里庇得斯的悲剧并回到文本之源，我们应该能从相反的方向完成这趟认知之旅，还原这些悲剧令人意想不到的和谐。

[①] "Euripide et l'accueil du divin," *Entretiens de la Fondation Hardt*，卷一，参见上文，页24，注释5。

大 事 记

公元前 5 世纪经历了两场战争：

公元前 490 年—公元前 480 年：米提亚战争（guerres médiques）

希腊人战胜外邦人，雅典一跃成为霸主。埃斯库罗斯参与了当时的两场反抗入侵的战役。公元前 480 年，索福克勒斯年方 15。是年，欧里庇得斯出生。

公元前 431 年—公元前 404 年：伯罗奔半岛战争（guerre du Péloponnèse）

雅典与忧心雅典帝国主义的希腊余邦交战；雅典战败。其时，索福克勒斯、欧里庇得斯、阿里斯托芬、修昔底德、苏格拉底均处于创作活跃期。

传世悲剧名单（仅剧名前标注日期的作品有文献依据，无争议）：

埃斯库罗斯

公元前 472 年：《波斯人》；公元前 467 年：《七雄攻忒拜》、《乞援女》（*Suppliantes*）、《被缚的普罗米修斯》（*Prométhée enchaîné*）；公元前 458 年：《俄瑞斯忒斯》三联剧（《阿伽门农》、《奠酒人》[*Choéphores*]、《和善女神》）。

索福克勒斯

《埃阿斯》、《特拉基斯少女》（*Trachiniennes*）；公元前 441 年：

《安提戈涅》、《俄狄浦斯王》(Oedipe Roi)、《厄勒克特拉》；公元前409 年：《菲洛克忒忒斯》(Philoctète)；公元前 401 年：《俄狄浦斯在科洛诺斯》(Oedipe à Colone，遗作)。

欧里庇得斯

公元前 438 年：《阿尔刻斯提斯》(Alceste)；公元前 431 年：《美狄亚》、《赫拉克勒斯的儿女》(公元前 430 年—公元前 427 年间)；公元前 428 年：《希珀吕托斯》(Hippolyte)、《安德洛玛刻》(Andromaque)、《赫卡柏》(Hécube)(约公元前 424 年)、《乞援女》(公元前 424 年—公元前 421 年间)、《疯狂的赫拉克勒斯》(Héraclès furieux，公元前 420 年—公元前 415 年间)、《伊翁》(Ion)(公元前 418 年—公元前 414 年间)；公元前 415 年：《特洛亚妇女》(Troyennes)、《厄勒克特拉》(Electre，公元前 413 年)、《伊菲革涅亚在陶洛人里》(Iphigénie en Tauride)；公元前 412 年：《海伦》；公元前 410 年：《腓尼基妇女》(Phéniciennes)；公元前 408 年：《俄瑞斯忒斯》、《伊菲革涅亚在奥利斯》(Iphigénie à Aulis，遗作)、《酒神的伴侣》(遗作)。

图书在版编目（CIP）数据

欧里庇得斯的现代性／（法）德·罗米伊著；方晖，罗峰译. --北京：华夏出版社有限公司，2022.4
（西方传统：经典与解释）
ISBN 978-7-5222-0091-0

Ⅰ.①欧… Ⅱ.①德… ②方… ③罗… Ⅲ.①欧里庇得斯（Euripides 约前480-约前406）-悲剧-文学评论 Ⅳ.①I545.073

中国版本图书馆 CIP 数据核字（2020）第 260833 号

© Presses Universitaires de France/Humensis, La modernité d′Euripide, 1986, 2nd edition
Copyright © 2022 Huaxia Publishing House Co., Ltd.

版权所有　翻印必究
北京市版权局著作权合同登记号：图字 01-2019-6258 号

欧里庇得斯的现代性

作　者	［法］德·罗米伊
译　者	方　晖　罗　峰
责任编辑	李安琴
责任印制	刘　洋
出版发行	华夏出版社有限公司
经　销	新华书店
印　装	三河市少明印务有限公司
版　次	2022 年 4 月北京第 1 版 2022 年 4 月北京第 1 次印刷
开　本	880 ×1230　1/32
印　张	7.75
字　数	181 千字
定　价	68.00 元

华夏出版社有限公司　地址：北京市东直门外香河园北里 4 号　邮编：100028
网址：www.hxph.com.cn 电话：　（010）64663331（转）
若发现本版图书有印装质量问题，请与我社营销中心联系调换。

西方传统：经典与解释
Classici et Commentarii
HERMES
刘小枫◎主编

古今丛编

欧洲中世纪诗学选译　宋旭红 编译
克尔凯郭尔　[美]江思图 著
货币哲学　[德]西美尔 著
孟德斯鸠的自由主义哲学　[美]潘戈 著
莫尔及其乌托邦　[德]考茨基 著
试论古今革命　[法]夏多布里昂 著
但丁：皈依的诗学　[美]弗里切罗 著
在西方的目光下　[英]康拉德 著
大学与博雅教育　董成龙 编
探究哲学与信仰　[美]郝岚 著
民主的本性　[法]马南 著
梅尔维尔的政治哲学　李小均 编/译
席勒美学的哲学背景　[美]维塞尔 著
果戈里与鬼　[俄]梅列日科夫斯基 著
自传性反思　[美]沃格林 著
黑格尔与普世秩序　[美]希克斯 等著
新的方式与制度　[美]曼斯菲尔德 著
科耶夫的新拉丁帝国　[法]科耶夫 等著
《利维坦》附录　[英]霍布斯 著
或此或彼（上、下）　[丹麦]基尔克果 著
海德格尔式的现代神学　刘小枫 选编
双重束缚　[法]基拉尔 著
古今之争中的核心问题　[德]迈尔 著
论永恒的智慧　[德]苏索 著
宗教经验种种　[美]詹姆斯 著
尼采反卢梭　[美]凯斯·安塞尔-皮尔逊 著
舍勒思想评述　[美]弗林斯 著
诗与哲学之争　[美]罗森 著
神圣与世俗　[罗]伊利亚德 著
但丁的圣约书　[美]霍金斯 著

古典学丛编

赫西俄德的宇宙　[美]珍妮·施特劳斯·克莱 著
论王政　[古罗马]金嘴狄翁 著
论希罗多德　[古罗马]卢里叶 著
探究希腊人的灵魂　[美]戴维斯 著
尤利安文选　马勇 编/译
论月面　[古罗马]普鲁塔克 著
雅典谐剧与逻各斯　[美]奥里根 著
菜园哲人伊壁鸠鲁　罗晓颖 选编
《劳作与时日》笺释　吴雅凌 撰
希腊古风时期的真理大师　[法]德蒂安 著
古罗马的教育　[英]葛怀恩 著
古典学与现代性　刘小枫 编
表演文化与雅典民主政制
[英]戈尔德希尔、奥斯本 编
西方古典文献学发凡　刘小枫 编
古典语文学常谈　[德]克拉夫特 著
古希腊文学常谈　[英]多佛 等著
撒路斯特与政治史学　刘小枫 编
希罗多德的王霸之辨　吴小锋 编/译
第二代智术师　[英]安德森 著
英雄诗系笺释　[古希腊]荷马 著
统治的热望　[美]福特 著
论埃及神学与哲学　[古希腊]普鲁塔克 著
凯撒的剑与笔　李世祥 编/译
伊壁鸠鲁主义的政治哲学
[意]詹姆斯·尼古拉斯 著
修昔底德笔下的人性　[美]欧文 著
修昔底德笔下的演说　[美]斯塔特 著
古希腊政治理论　[美]格雷纳 著
神谱笺释　吴雅凌 撰
赫西俄德：神话之艺
[法]居代·德拉孔波 编
赫拉克勒斯之盾笺释　罗逍然 译笺
《埃涅阿斯纪》章义　王承教 选编
维吉尔的帝国　[美]阿德勒 著
塔西佗的政治史学　曾维术 编

古希腊诗歌丛编
古希腊早期诉歌诗人　[英]鲍勒 著
诗歌与城邦　[美]费拉格、纳吉 主编
阿尔戈英雄纪（上、下）
[古希腊]阿波罗尼俄斯 著
俄耳甫斯教祷歌　吴雅凌 编译
俄耳甫斯教辑语　吴雅凌 编译

古希腊肃剧注疏
欧里庇得斯的现代性　[法]德·罗米伊 著
希腊肃剧与政治哲学　[美]阿伦斯多夫 著

古希腊礼法研究
宙斯的正义　[英]劳埃德-琼斯 著
希腊人的正义观　[英]哈夫洛克 著

廊下派集
剑桥廊下派指南　[加]英伍德 编
廊下派的苏格拉底　程志敏 徐健 选编
廊下派的神和宇宙　[墨]里卡多·萨勒斯 编
廊下派的城邦观　[英]斯科菲尔德 著

希伯莱圣经历代注疏
希腊化世界中的犹太人　[英]威廉逊 著
第一亚当和第二亚当　[德]朋霍费尔 著

新约历代经解
属灵的寓意　[古罗马]俄里根 著

基督教与古典传统
保罗与马克安　[德]文森 著
加尔文与现代政治的基础　[美]汉考克 著
无执之道　[德]文森 著
恐惧与战栗　[丹麦]基尔克果 著
托尔斯泰与陀思妥耶夫斯基
[俄]梅列日科夫斯基 著
论宗教大法官的传说　[俄]罗赞诺夫 著
海德格尔与有限性思想（重订版）
刘小枫 选编
上帝国的信息　[德]拉加茨 著
基督教理论与现代　[德]特洛尔奇 著
亚历山大的克雷芒　[意]塞尔瓦托·利拉 著
中世纪的心灵之旅　[意]圣·波纳文图拉 著

德意志古典传统丛编
《浮士德》发微　谷裕 选编
尼伯龙人　[德]黑贝尔 著
论荷尔德林　[德]沃尔夫冈·宾德尔 著
彭忒西勒亚　[德]克莱斯特 著
穆佐书简　[奥]里尔克 著
纪念苏格拉底——哈曼文选　刘新利 选编
夜颂中的革命和宗教　[德]诺瓦利斯 著
大革命与诗化小说　[德]诺瓦利斯 著
黑格尔的观念论　[美]皮平 著
浪漫派风格——施勒格尔批评文集　[德]施勒格尔 著

美国宪政与古典传统
美国1787年宪法讲疏　[美]阿纳斯塔普罗 著

启蒙研究丛编
论古今学问　[英]坦普尔 著
历史主义与民族精神　冯庆 编
浪漫的律令　[美]拜泽尔 著
现实与理性　[法]科维纲 著
论古人的智慧　[英]培根 著
托兰德与激进启蒙　刘小枫 编
图书馆里的古今之战　[英]斯威夫特 著

政治史学丛编
克服历史主义　[德]特洛尔奇 等著
胡克与英国保守主义　姚啸宇 编
古希腊传记的嬗变　[意]莫米利亚诺 著
伊丽莎白时代的世界图景　[英]蒂利亚德 著
西方古代的天下观　刘小枫 编
从普遍历史到历史主义　刘小枫 编
自然科学史与玫瑰　[法]雷比瑟 著

地缘政治学丛编
施米特的国际政治思想　[英]欧迪瑟乌斯/佩蒂托 编
克劳塞维茨之谜　[英]赫伯格-罗特 著
太平洋地缘政治学　[德]卡尔·豪斯霍弗 著

荷马注疏集
不为人知的奥德修斯　[美]诺特维克 著
模仿荷马　[美]丹尼斯·麦克唐纳 著

品达注疏集
幽暗的诱惑 [美]汉密尔顿 著

欧里庇得斯集
自由与僭越 罗峰 编译

阿里斯托芬集
《阿卡奈人》笺释 [古希腊]阿里斯托芬 著

色诺芬注疏集
居鲁士的教育 [古希腊]色诺芬 著
色诺芬的《会饮》 [古希腊]色诺芬 著

柏拉图注疏集
挑战戈尔戈 李致远 选编
论柏拉图《高尔吉亚》的统一性 [美]斯托弗 著
立法与德性——柏拉图《法义》发微 林志猛 编
柏拉图的灵魂学 [加]罗宾逊 著
柏拉图书简 彭磊 译注
克力同章句 程志敏 郑兴凤 撰
哲学的奥德赛——《王制》引论 [美]郝兰 著
爱欲与启蒙的迷醉 [美]贝尔格 著
为哲学的写作技艺一辩 [美]伯格 著
柏拉图式的迷宫——《斐多》义疏 [美]伯格 著
苏格拉底与希琵阿斯 王江涛 编译
理想国 [古希腊]柏拉图 著
谁来教育老师 刘小枫 编
立法者的神学 林志猛 编
柏拉图对话中的神 [法]薇依 著
厄庇诺米斯 [古希腊]柏拉图 著
智慧与幸福 程志敏 选编
论柏拉图对话 [德]施莱尔马赫 著
柏拉图《美诺》疏证 [美]克莱因 著
政治哲学的悖论 [美]郝岚 著
神话诗人柏拉图 张文涛 选编
阿尔喀比亚德 [古希腊]柏拉图 著
叙拉古的雅典异乡人 彭磊 选编
阿威罗伊论《王制》 [阿拉伯]阿威罗伊 著
《王制》要义 刘小枫 选编

柏拉图的《会饮》 [古希腊]柏拉图 等著
苏格拉底的申辩（修订版） [古希腊]柏拉图 著
苏格拉底与政治共同体 [美]尼柯尔斯 著
政制与美德——柏拉图《法义》疏解 [美]潘戈 著
《法义》导读 [法]卡斯代尔·布舒奇 著
论真理的本质 [德]海德格尔 著
哲人的无知 [德]费勃 著
米诺斯 [古希腊]柏拉图 著
情敌 [古希腊]柏拉图 著

亚里士多德注疏集
《诗术》译笺与通绎 陈明珠 撰
亚里士多德《政治学》中的教诲 [美]潘戈 著
品格的技艺 [美]加佛 著
亚里士多德哲学的基本概念 [德]海德格尔 著
《政治学》疏证 [意]托马斯·阿奎那 著
尼各马可伦理学义疏 [美]伯格 著
哲学之诗 [美]戴维斯 著
对亚里士多德的现象学解释 [德]海德格尔 著
城邦与自然——亚里士多德与现代性 刘小枫 编
论诗术中篇义疏 [阿拉伯]阿威罗伊 著
哲学的政治 [美]戴维斯 著

普鲁塔克集
普鲁塔克的《对比列传》 [英]达夫 著
普鲁塔克的实践伦理学 [比利时]胡芙 著

阿尔法拉比集
政治制度与政治箴言 阿尔法拉比 著

马基雅维利集
君主及其战争技艺 娄林 选编

莎士比亚绎读
莎士比亚的政治智慧 [美]伯恩斯 著
脱节的时代 [匈]阿格尼斯·赫勒 著
莎士比亚的历史剧 [英]蒂利亚德 著
莎士比亚戏剧与政治哲学 彭磊 选编
莎士比亚的政治盛典 [美]阿鲁里斯/苏利文 编
丹麦王子与马基雅维利 罗峰 选编

洛克集
　　上帝、洛克与平等　[美]沃尔德伦 著
卢梭集
　　论哲学生活的幸福　[德]迈尔 著
　　致博蒙书　[法]卢梭 著
　　政治制度论　[法]卢梭 著
　　哲学的自传　[美]戴维斯 著
　　文学与道德杂篇　[法]卢梭 著
　　设计论证　[美]吉尔丁 著
　　卢梭的自然状态　[美]普拉特纳 等著
　　卢梭的榜样人生　[美]凯利 著

莱辛注疏集
　　汉堡剧评　[德]莱辛 著
　　关于悲剧的通信　[德]莱辛 著
　　《智者纳坦》（研究版）　[德]莱辛 等著
　　启蒙运动的内在问题　[美]维塞尔 著
　　莱辛剧作七种　[德]莱辛 著
　　历史与启示——莱辛神学文选　[德]莱辛 著
　　论人类的教育　[德]莱辛 著

尼采注疏集
　　何为尼采的扎拉图斯特拉　[德]迈尔 著
　　尼采引论　[德]施特格迈尔 著
　　尼采与基督教　刘小枫 编
　　尼采眼中的苏格拉底　[美]丹豪瑟 著
　　动物与超人之间的绳索　[德]A.彼珀 著

施特劳斯集
　　苏格拉底与阿里斯托芬
　　论僭政（重订本）　[美]施特劳斯[法]科耶夫 著
　　苏格拉底问题与现代性（增订本）
　　犹太哲人与启蒙（增订本）
　　霍布斯的宗教批判
　　斯宾诺莎的宗教批判
　　门德尔松与莱辛
　　哲学与律法——论迈蒙尼德及其先驱
　　迫害与写作艺术

柏拉图式政治哲学研究
论柏拉图的《会饮》
柏拉图《法义》的论辩与情节
什么是政治哲学
古典政治理性主义的重生（重订本）
回归古典政治哲学——施特劳斯通信集
　　***
论源初遗忘　[美]维克利 著
政治哲学与启示宗教的挑战　[德]迈尔 著
阅读施特劳斯　[美]斯密什 著
施特劳斯与流亡政治学　[美]谢帕德 著
隐匿的对话　[德]迈尔 著
驯服欲望　[法]科耶夫 等著

施米特集
　　宪法专政　[美]罗斯托 著
　　施米特对自由主义的批判　[美]约翰·麦考米克 著

伯纳德特集
　　古典诗学之路（第二版）　[美]伯格 编
　　弓与琴（重订本）　[美]伯纳德特 著
　　神圣的罪业　[美]伯纳德特 著

布鲁姆集
　　巨人与侏儒（1960-1990）
　　人应该如何生活——柏拉图《王制》释义
　　爱的设计——卢梭与浪漫派
　　爱的戏剧——莎士比亚与自然
　　爱的阶梯——柏拉图的《会饮》
　　伊索克拉底的政治哲学

沃格林集
　　自传体反思录　[美]沃格林 著

朗佩特集
　　哲学与哲学之诗
　　尼采与现时代
　　尼采的使命
　　哲学如何成为苏格拉底式的
　　施特劳斯的持久重要性

大学素质教育读本
古典诗文绎读 西学卷·古代编（上、下）
古典诗文绎读 西学卷·现代编（上、下）

柏拉图读本（刘小枫 主编）
吕西斯　贺方婴 译
苏格拉底的申辩　程志敏 译
普罗塔戈拉　刘小枫 译

阿里斯托芬全集
财神　黄薇薇 译

中国传统：经典与解释
Classici et Commentarii
刘小枫　陈少明 ◎ 主编

知圣篇 / 廖平 著
《孔丛子》训读及研究 / 雷欣翰 撰
论语说义 / [清]宋翔凤 撰
周易古经注解考辨 / 李炳海 著
图象几表 / [明]方以智 编
浮山文集 / [明]方以智 著
药地炮庄 / [明]方以智 著
药地炮庄笺释·总论篇 / [明]方以智 著
青原志略 / [明]方以智 编
冬灰录 / [明]方以智 著
冬烘三时传旧火 / 邢益海 编
《毛诗》郑王比义发微 / 史应勇 著
宋人经筵诗讲义四种 / [宋]张纲 等撰
道德真经取善集 / [金]李霖 编撰
道德真经藏室纂微篇 / [宋]陈景元 撰
道德真经四子古道集解 / [金]寇才质 撰
皇清经解提要 / [清]沈豫 撰
经学通论 / [清]皮锡瑞 著
松阳讲义 / [清]陆陇其 著
起凤书院答问 / [清]姚永朴 撰

周礼疑义辨证 / 陈衍 撰
《铎书》校注 / 孙尚扬 肖清和 等校注
韩愈志 / 钱基博 著
论语辑释 / 陈大齐 著
《庄子·天下篇》注疏四种 / 张丰乾 编
荀子的辩说 / 陈文洁 著
古学经子 / 王锦民 著
经学以自治 / 刘少虎 著
从公羊学论《春秋》的性质 / 阮芝生 撰

刘小枫集
共和与经纶［增订本］
城邦人的自由向往
民主与政治德性
昭告幽微
以美为鉴
古典学与古今之争［增订本］
这一代人的怕和爱［第三版］
沉重的肉身［珍藏版］
圣灵降临的叙事［增订本］
罪与欠
儒教与民族国家
拣尽寒枝
施特劳斯的路标
重启古典诗学
设计共和
现代人及其敌人
海德格尔与中国
现代性与现代中国
现代性社会理论绪论
诗化哲学［重订本］
拯救与逍遥［修订本］
走向十字架上的真
西学断章

编修［博雅读本］
凯若斯：古希腊语文读本［全二册］

古希腊语文学述要
　　雅努斯：古典拉丁语文读本
　　古典拉丁语文学述要
　　危微精一：政治法学原理九讲
　　琴瑟友之：钢琴与古典乐色十讲
译著
　　柏拉图四书

经典与解释辑刊

1 柏拉图的哲学戏剧
2 经典与解释的张力
3 康德与启蒙
4 荷尔德林的新神话
5 古典传统与自由教育
6 卢梭的苏格拉底主义
7 赫尔墨斯的计谋
8 苏格拉底问题
9 美德可教吗
10 马基雅维利的喜剧
11 回想托克维尔
12 阅读的德性
13 色诺芬的品味
14 政治哲学中的摩西
15 诗学解诂
16 柏拉图的真伪
17 修昔底德的春秋笔法
18 血气与政治
19 索福克勒斯与雅典启蒙
20 犹太教中的柏拉图门徒
21 莎士比亚笔下的王者
22 政治哲学中的莎士比亚
23 政治生活的限度与满足
24 雅典民主的谐剧
25 维柯与古今之争
26 霍布斯的修辞
27 埃斯库罗斯的神义论
28 施莱尔马赫的柏拉图
29 奥林匹亚的荣耀
30 笛卡尔的精灵
31 柏拉图与天人政治
32 海德格尔的政治时刻
33 荷马笔下的伦理
34 格劳秀斯与国际正义
35 西塞罗的苏格拉底
36 基尔克果的苏格拉底
37 《理想国》的内与外
38 诗艺与政治
39 律法与政治哲学
40 古今之间的但丁
41 拉伯雷与赫尔墨斯秘学
42 柏拉图与古典乐教
43 孟德斯鸠论政制衰败
44 博丹论主权
45 道伯与比较古典学
46 伊索寓言中的伦理
47 斯威夫特与启蒙
48 赫西俄德的世界
49 洛克的自然法辩难
50 斯宾格勒与西方的没落
51 地缘政治学的历史片段
52 施米特论战争与政治
53 普鲁塔克与罗马政治
54 罗马的建国叙述
55 亚历山大与西方的大一统
56 马西利乌斯的帝国
57 全球化在东亚的开端
58 弥尔顿与现代政治
59 拉采尔与政治地理学